10
18

12, AVENUE D'ITALIE. PARIS XIIIe

Sur l'auteur

Hubert Selby Jr. est né à Brooklyn en 1928. À seize ans, il s'engage dans la marine marchande, mais, atteint de tuberculose, il démissionne et est hospitalisé durant quatre ans, de 1946 à 1950. La maladie, l'alcool, la drogue, les hôpitaux psychiatriques et même la prison font partie de sa vie jusqu'au jour où il achète une machine à écrire et décide d'écrire. En 1964, *Last Exit to Brooklyn* paraît aux États-Unis et rencontre immédiatement un très vif succès. Il publie ensuite d'autres romans – *Retour à Brooklyn, La Geôle, Le Démon* –, toujours salués par la critique. Après un silence de près de trente ans, il publie *Le Saule* (L'Olivier, 1999) *et Waiting Period.*

Hubert Selby Jr. est mort à Los Angeles le 26 avril 2004.

HUBERT SELBY Jr.

LA GEÔLE

Traduit de l'américain
par J. LANTURLE

10/18

« Domaine étranger »

créé par Jean-Claude Zylberstein

ALBIN MICHEL

Du même auteur
aux Éditions 10/18

Édition originale américaine :
The Room
Grove Press, Inc., New York

ISBN 978-2-264-02326-1

Ce livre est dédié,
en témoignage d'affectueuse sympathie,
aux milliers d'anonymes
qui savent
et se taisent.

L'avocat de la défense toucha la main de son client,
Puis se leva lentement, face au jury.
Il n'hésita qu'une seconde avant de parler.
Je ne demande pas justice pour le prévenu,
mais compassion.

Il avait conscience de l'obscurité et du silence qui régnaient dans le corridor. Il savait qu'il n'y verrait rien d'intéressant, pourtant il s'obstinait à regarder à travers le reflet de son visage dans la petite vitre. Le couloir n'avait guère plus de deux mètres de large mais il distinguait à peine le mur d'en face. Il lut les inscriptions sur les paniers de linge sale : chemises bleues, pantalons bleus, couvertures, serviettes de bain, essuie-mains. Pour lire les deux dernières il lui fallut se pencher de côté et appuyer son front à la vitre. Il lut de nouveau, de gauche à droite, d'abord du milieu de la vitre, puis en s'inclinant sur la gauche et en plissant les paupières pour la dernière inscription. Chemises, pantalons... Il aurait pu réciter sans peine. Il ferma les yeux. Essuie-mains, couvertures, serviettes de bain... Il ne se soucia pas de vérifier l'exactitude de l'énumération. Il était sûr de la connaître par cœur.

Il se détourna de la lourde porte fermée au verrou et se regarda dans le miroir au-dessus du lavabo. Parce que ses yeux étaient accoutumés à l'éclairage nocturne, il vit clairement son visage et distingua même une petite rougeur sur sa joue. Il se pencha en avant et la toucha du bout du doigt. Le début d'un bouton. Il le pinça légèrement puis abaissa la main. A quoi bon s'en soucier? Ce serait endolorir et marquer la peau. J'attendrai qu'il mûrisse... à moins qu'il disparaisse tout seul. Ça se pourrait, qui sait? Il le toucha de nouveau du bout du doigt, puis cessa de tripoter ce bouton, recula un peu et considéra son visage en abaissant les paupières pour mieux ajuster son regard, et des rides froncèrent sa figure.

Il haussa les épaules, se détourna du miroir et s'assit au bord de sa couchette. Il savait que la pièce était fort peu éclairée par comparaison à la lumière diurne, quand toutes les lampes étaient allumées au plafond; mais il lui semblait voir aussi clair qu'en plein jour. Bien sûr il avait seulement l'impression qu'il en était ainsi. Mais quand on croit y voir, on y voit. Pas vrai? A l'instant même, il y voyait aussi clair que sur une plage par une belle journée ensoleillée.

Mais vous savez que ce n'est pas vrai. Vous savez qu'il vous semble seulement y voir clair et vous en avez l'impression à force d'habitude. Quand on allumera toutes les lumières, il fera si clair que vous ne pourrez pas ouvrir complètement les yeux, puis au bout d'un moment il vous semblera que vous avez toujours été éclairé comme cela, jusqu'au moment où on éteindra la plupart des ampoules et qu'il ne restera plus que l'éclairage de nuit; alors il vous semblera être plongé dans l'obscurité jusqu'à ce que vos yeux s'accoutument et alors vous y verrez aussi clair qu'avant. C'est toujours pareil : vous vous habituez à quelque chose et puis ça change. Vous vous habituez à une autre chose et puis elle change. et ainsi de suite. toujours pareil.

Et que diable! qu'est-ce que ça peut faire? Ça n'a pas d'importance. Il ne fait pas nuit et je ne suis pas assez fatigué pour dormir. Je n'aurais pas dû faire un somme cet après-midi. Si j'avais quelque chose à lire je pourrais sans doute me fatiguer les yeux et m'endormir. Ma foi, peu importe que je dorme la nuit ou le jour. Ça revient au même. Chaque jour

et chaque nuit doivent durer autant : les mêmes vingt-quatre heures. Mais plus on dort, plus le temps passe vite. C'est comme quand on était gosse, la veille de Noël, on avait hâte d'être au lendemain matin pour voir ce qu'avait apporté le Père Noël. On savait qu'aussitôt endormi ce serait le matin. Il suffisait de s'endormir et on se réveillait aussitôt, on sautait à bas du lit et on était déjà au pied du sapin à déchirer le papier qui enveloppait les cadeaux. On avait du mal à s'endormir. On savait qu'il suffisait de céder au sommeil pour que le matin arrive, même s'il était encore très loin dans le temps. On se répétait : dors, ce sera le matin. Mais on n'y arrivait pas. Pourtant le temps passait et on finissait par s'endormir. C'est aussi difficile quand on ne croit plus au Père Noël.

Et puis zut.

Eh bien, il faut tout de même que le temps passe. Mais parfois c'est bigrement long. Parfois le temps semble traîner, traîner, et peser des tonnes. Il s'accroche à nous comme le singe de la légende. Comme s'il allait nous vider de notre sang. Ou nous serrer le ventre à faire jaillir nos entrailles. Et puis parfois aussi il file. Il vole. Il est parti quelque part, Dieu sait comment et on ne réalise même pas qu'il a existé. Comme si le temps ne servait qu'à nous rendre malheureux. Le temps n'a pas d'autre raison d'être. Nous pressurer. Nous écraser. Nous tortiller en nœuds et nous rendre foutument misérables. Si on pouvait seulement dormir douze ou seize heures par jour. Oui, ça serait chouette. Pourtant ça n'arrive pas. On y parvient peut-être une fois si on a passé plusieurs jours en dormant à peine. Mais après on repart à zéro : on essaie de dormir pour que passe ce nom de Dieu de temps.

Et ces vieux dingos qui passaient toute leur foutue existence à regarder les étoiles et toutes ces conneries-là pour deviner leur avenir. Complètement obnubilés par le temps. Pas de télescopes. Pas de montres. Ils cherchaient quand même à calculer le temps. Ils étaient des milliers et ils ont fait ça pendant des milliers d'années. Assis sur le cul, ils observaient le ciel. Complètement obnubilés par le temps. Ils ne se souciaient que des sottes étoiles et des planètes idiotes. Des fous. Comment pouvaient-ils bien faire ça? Rien qu'à passer toute leur existence de caves à observer le ciel. Et quelques-uns de ces dingues vivaient quatre-vingts ou quatre-vingt-dix ans. Jour après jour, nuit après nuit. Complètement obnubilés. Fallait qu'ils soient folingues. Et à quoi ça leur a servi? A calculer où serait Mars dans dix mille ans. La belle affaire. Krist, quelle perte de temps imbécile. Et à quoi ça leur a servi? A quoi donc? Quand ils ont calculé toutes ces conneries ils étaient morts ou encore assis sur le cul, la tête en l'air et l'œil rivé au ciel. Ils en revenaient où ils avaient commencé.

On finit toujours là où on a commencé. Quoi qu'il arrive. On revient tout droit au cloaque. Même quand on dort vingt-quatre heures, on revient exactement à son point de départ. Pendant les vingt-quatre heures suivantes on se morfond en attendant le sommeil. Assis au bord de sa couchette, ou n'importe où, on regarde le mur devant soi. Cette foutue veilleuse clignote et on a les yeux ouverts.

Au moins le mur est gris.

Gris.

Ma foi oui, il est gris. Presque le gris des bateaux de guerre. C'est agréable à l'œil. Cette saloperie de veilleuse allumée toute la nuit est déjà assez pénible, encore heureux que le mur ne soit pas brillant pour nous éblouir.

C'est ça. Voilà pourquoi les bateaux de guerre sont peints en gris. Je me l'étais déjà demandé. J'avais quel âge.
à peu près huit ou neuf ans sans doute. Je l'ai trouvé dans mon soulier à Noël. Qu'est-ce que c'était ce bateau de guerre.

Me rappelle plus son nom. Mais la colle empestait, ça c'est sûr. Je crois que maman m'a aidé à le monter, pièce à pièce. En général elle m'aidait. On y a mis au moins deux jours je crois. Probablement plus. J'ai poncé toutes les pièces soigneusement il me semble. C'est cette espèce de colle qui a mis longtemps à sécher. Il fallait prendre bien garde que chaque pièce reste exactement à sa place pendant que la colle séchait. Ouais. Il a fallu le laisser devant une fenêtre ouverte pendant que la colle séchait. Tellement mauvais ça sentait. C'est moi qui ai eu l'idée de le peindre en gris comme un bateau de guerre.

Est-ce vraiment moi? Peut-être que le mode d'emploi indiquait cette couleur. Et puis zut. Je me rappelle pourtant bien avoir acheté la peinture. Chez le quincaillier, juste en face de chez nous. C'était une toute petite boîte et elle n'a coûté que dix *cents*. Le même prix qu'un sandwich au jambon et pommes de terre bouillies à la charcuterie Kramer. Fini, mon bateau n'avait pas grande allure. Je ne sais pas. Mais c'était peut-être à cause du gris. Il lui manquait quelque chose. C'est comme les modèles réduits d'avion. Une fois montés ils ne sont jamais comme on l'espérait. Pas tout à fait comme sur l'image. Mais les construire et y mettre le feu après, c'était marrant. Ils flambaient vite fait. Fallait être vraiment cave pour se donner tant de mal sur ces modèles réduits. Y perdre tellement de temps et pour avoir quoi? Un modèle réduit. Quelle connerie.

Et puis, au diable tout ça. Il regarde le sol de ciment granuleux et cherche à discerner des dessins dans les taches aux formes diverses. C'est drôle mais on y arrive facilement quand on observe les nuages qui planent dans le ciel. Il observa le sol attentivement mais plus il le fixait, plus le gris semblait constituer une masse uniforme. Enfin après avoir étudié chaque pouce carré du sol à la portée de ses yeux, il se tourna vers la porte. Son regard monta jusqu'à la petite fenêtre. Ouais, je sais : chemises, pantalons... serviettes, couvertures. Dans un sens et dans l'autre, dans l'autre sens et dans l'un.

Il regarda le haut du mur puis ferma les yeux et rejeta la tête en arrière. NORD, NORD-NORD-EST, NORD-EST, EST-NORD-EST, EST; EST-SUD-EST, SUD-EST, SUD-SUD-EST, SUD; SUD-SUD-OUEST, SUD-OUEST, OUEST-SUD-OUEST, OUEST; OUEST-NORD-OUEST, NORD-OUEST, NORD-NORD-OUEST, NORD. Oui, ça a l'air exact. Voyons NORD, NORD-NORD-OUEST, NORD-OUEST, OUEST-NORD-OUEST, OUEST; OUEST-SUD-OUEST; SUD-OUEST; SUD-SUD-OUEST; SUD; SUD-SUD-EST, SUD-EST, EST-SUD-EST, EST; EST-NORD-EST, NORD-EST, NORD-NORD-EST, NORD.

Oui, il baissa la tête et ouvrit les yeux. Me rappelle encore la rose des vents. Dans un sens et dans l'autre. Krist, ça fait vingt-cinq ans. Et même plus. J'étais le meilleur de la bande. Pour le repérage aussi. Je serais probablement encore capable de nouer les cordages : bouline, chaise de calfat, laguis, nœud d'écoute. Il ferma les yeux et revit l'illustration de son manuel de scout. Puis il les rouvrit et hocha la tête. Oui, il était encore capable de les faire tous ces nœuds. il devait y en avoir d'autres mais apparemment il ne se les rappelait plus...

oui, il y avait l'anguille, le plein poing. c'est ça... presque oublié. oui.

On était la plus petite troupe de la ville. de brooklyn au moins. On s'amusait bien pourtant. La tête rejetée en arrière il sourit. On s'amusait bien à la tirette. Hanson m'a bien eu cette fois-là. j'essayais de lui sauter par-dessus mais il a feinté. Je suis tombé de tout mon poids.

Comme la fois où j'essayai de plaquer Day la Globule... J'aurais dû l'envoyer dinguer à cinq mètres, mais c'est ma tête, pas mon épaule qui l'a atteint aux jambes. Ça m'a foutu sur le cul. C'est tout juste si je ne me suis pas évanoui. Bien sûr j'étais idiot de l'attaquer comme ça. Si je l'avais pris en biais je l'aurais arrêté net. Un placage du tonnerre. Personne à dix ou douze mètres de nous. Il y en avait qu'un à proximité et puis j'ai raté ce placage et l'autre a filé sur vingt mètres. Quelle connerie.

Je me demande si on a gagné ce match? Rater ce placage ne nous a pas fait grand mal. Merde. Qu'est-ce que ça peut faire! Jai raté mon coup. Et après? Il allume une cigarette. Il a alors une expression de défi en regardant la fumée flotter dans la cellule et monter en spirale au bout de sa cigarette.

Pourquoi diable prennent-ils la peine d'installer des aérateurs ici. Ces saloperies ne marchent pas d'ailleurs. Quand on souffle de la fumée en plein dans l'orifice elle y reste. Ça n'aspire rien. On n'est pas ventilé du tout. Ils nous enferment dans des pièces de deux sur quatre et qu'on aille au diable. Tas de fumiers de lapin pouilleux. Non mais pour qui se prennent-ils ces gens qui enferment un homme dans une merdouille de cage à peine bonne pour une souris? On n'a jamais entendu parler d'une saloperie comme ça. Je vais leur manier le train. Je vais faire péter le couvercle de tout le service de police. De tout le système pénitentiaire aussi. Il jette sa cigarette vers un coin. Je vais leur montrer à qui ils ont affaire. Je vais leur arranger le cul. Toute cette bande de merdeux puants. Il donne un coup de poing dans son oreiller, l'ajuste contre le mur, s'allonge sur sa couchette, les deux mains derrière la nuque et ferme les yeux.

Au Rédacteur en chef et Directeur :

Messieurs,

J'aimerais attirer votre attention et celle du public en général sur la situation dans laquelle se trouve cet État.

A vrai dire j'estime que mon devoir m'oblige à vous révéler cette situation — *non* — cette situation flagrante et en appeler à la conscience de la population.

Il existe... *non. Voyons*

Nous vivons dans un État policier, sous un régime néo-fasciste larvaire. Partout où l'on va, quoi qu'on fasse, on est suivi par l'œil de l'État qui porte en l'occurrence l'uniforme de la police.

oui, c'est bon, ça devrait les frapper.

La plupart des gens évidemment connaissent mal les nombreuses et diverses lois en vigueur. Disons même qu'il existe tant de lois dans les codes, certaines datant de centaines d'années, que même les juristes, y compris les magistrats, ne peuvent pas les connaître toutes à fond. Par exemple — *non — exempli gratia :* combien de gens savent qu'il est interdit de cracher sur le trottoir. Et ce n'est pas la seule loi ridicule — *non* — la seule loi absurde des codes. Il en existe littéralement des centaines tout aussi saugrenues. Et pourquoi les garde-t-on en vigueur? Je vais vous le dire. Afin de donner aux agents (les policiers) de cet État policier le moyen de harceler à leur gré tous les citoyens. Ils savent qu'aucun citoyen, quel que soit son respect de la loi, ne peut marcher pendant cinq minutes dans la rue sans enfreindre une loi quelconque.

Évidemment bien des gens vous diront que des lois aussi... archaïques ne seront plus jamais appliquées. Eh bien permettez-moi de vous affirmer sur-le-champ, par la présente, que tel n'est pas le cas. En général les flics sont vindicatifs et n'hésitent pas à abuser de leur autorité et de leur situation pour redresser des torts réels ou imaginaires. Qu'un flic vous ait pris en grippe et que vous arrêtiez votre voiture un peu trop loin du trottoir ou que vous laissiez tomber un mégot sur le bitume, vous verrez ce qui se passera.

oui, et comment qu'ils le verront.

Ou bien supposez qu'on vous arrête à tort et que vous parveniez à le prouver en justice. Vous verrez ce qui se passera. Vous verrez comment les flics vous épieront pas à pas pour vous prendre sur le fait à la moindre infraction. *ouais, les fumiers.* Il pourra s'agir de quelque obscur règlement d'hygiène datant de la navigation à voile. Ils continueront à vous traquer et à vous boucler (en sachant évidemment que vous serez libéré) jusqu'à ce que vous soyez au seuil de la dépression nerveuse. Considérez aussi ceci : combien de fois pouvez-vous vous permettre de téléphoner à votre employeur que vous ne travaillerez pas ce jour-là parce que vous êtes en prison. Combien de temps garderez-vous votre emploi. Même si on vous incarcère à tort, y a-t-il beaucoup de monde qui puisse continuellement faire appel à un avocat.

Ça aussi la police le sait... elle est au courant. Elle sait qu'aucun individu ne peut supporter ses machinations bien ourdies. Elle est forte du pouvoir de l'État.

Il est temps que les habitants de cet État se réveillent et prennent conscience du danger réel et potentiel dans lequel ils vivent. Si on n'y prend garde et si on ne prend pas de mesures pour empêcher de croître ce cancer fasciste, il se pourrait qu'une nuit ou l'autre nous soyons réveillés par un bruit de haches brisant notre porte et que des S.A. nous tirent de notre lit.

Tout cela est vrai. Je le sais parce que je suis une des victimes de cette conspiration.

oui voilà une bonne idée.

Écrire cette lettre me met en grand péril, de même que la personne qui la fait passer en cachette. Pour cette raison je n'ose pas la signer de mon nom, ni même indiquer où je suis incarcéré.

Il

relut sa lettre en hochant la tête de satisfaction et en insistant sur certains mots, certaines lignes.

Ça fera l'affaire. Ça

devrait vraiment soulever un lièvre et même un gros. Ils essayeront probablement de me clore le bec d'une manière ou d'une autre, mais que je sois pendu s'ils y parviennent. Peu m'importe ce qu'ils maniganceront. Ils peuvent bien me rosser tant qu'il leur plaira et me mettre au trou aussi longtemps qu'ils le voudront, je ne céderai pas. Ils ne m'auront jamais. Pour *me* faire taire faudra qu'ils me tuent.

D'ailleurs quand cette lettre aura paru dans le journal ils n'oseront plus me tuer. Quand j'aurai ce journal derrière moi ils auront peur de me faire la moindre ecchymose et encore plus de me buter. Le directeur exigera sans doute ma mise en liberté. Même si on augmente ma caution *ils* me fourniront de quoi la verser. Grâce à *leur* argent et *leur* influence je n'aurai aucune difficulté. *Ils* peuvent même s'adresser au gouverneur. De toute façon d'ailleurs ils finiront par soumettre l'affaire au gouverneur. Y aura une enquête par la Chambre de l'État et alors tout le pays — diable, le *monde* entier — saura. Alors ils regretteront de m'avoir mis en cabane. Ils regretteront d'avoir fait les zouaves avec moi. J'espère au moins qu'ils n'en tomberont pas raides morts de frousse ou un truc dans ce genre-là. Je veux qu'ils vivent pour regretter.

Sa porte s'ouvrit à grand bruit et le gardien lui annonça une visite. Il rajusta ses vêtements en souriant d'un air confiant et suivit le gardien au parloir. On le conduisit à un tabouret du côté réservé aux détenus. Il n'y avait dans la salle que le gardien, deux messieurs bien mis et le chef geôlier. Quand le gardien se retira, le geôlier se tourna vers le détenu. Voici M. Donald Preston, directeur de la *Press*, et Me Stacey Lowry, avocat. Ils se saluèrent d'un signe de tête par-delà la demi-cloison. Comme vous le savez, ce n'est pas l'heure réglementaire des visites mais j'accorde une exception dans ce cas particulier. Le geôlier leur sourit à tous les trois et s'en alla.

Il regarda le dos du geôlier en ricanant. Exception. Il sait parfaitement que les avocats ont droit de visite à tout moment. Il attendit encore quelques secondes et ne parla que lorsque la porte se fut refermée.

Je vois que vous avez reçu ma lettre. Oui. Votre ami nous l'a remise hier soir et mon rédacteur en chef m'en a fait part sur-le-champ. Je suis immédiatement entré en contact avec Stacey — Me Lowry — et nous avons pris rendez-vous ici dès la première heure ce matin.

Eh bien je suis heureux, croyez-moi, que vous soyez venu aussi vite. Je craignais qu'il n'ait pas réussi à passer la lettre. Je me demandais s'il n'avait pas été obligé de la détruire ou si on ne l'avait pas saisie sur lui. Constater qu'il a réussi me soulage. Il sourit un bref instant et reprit une expression attentive et sérieuse.

Quelqu'un vous a-t-il permis de supposer d'une manière quelconque qu'ils savent ou soupçonnent qu'une lettre est sortie d'ici en fraude?

Il considéra Stacey Lowry en s'ingéniant à lui faire entendre qu'il connaissait sa réputation : celle d'un des plus grands avocats d'assises du pays, sinon *le* plus grand. Non monsieur. Je suis certain que personne ne soupçonne rien. Nous avons été extrêmement prudents. Le geôlier-chef n'aurait d'ailleurs pas eu cette attitude s'ils soupçonnaient quelque chose.

C'est probablement vrai, mais il ne faut pas en être trop sûr.

J'espère que vous n'avez pas eu trop de mal à lire mon écriture. Ma foi, mon rédacteur en chef a eu des difficultés à lire quelques mots, là où le papier avait été plié, mais rien de grave. A propos de papier, qui a eu l'idée d'utiliser du papier hygiénique.

C'est moi. Je n'en avais pas d'autre, ni d'argent

pour en acheter. Ils m'ont confisqué tout mon argent. Je craignais d'éveiller des soupçons en demandant du papier à lettres alors je me suis servi de celui que j'avais sous la main. Ils n'en vérifient pas la consommation. Mon ami est parvenu à me procurer un crayon et j'ai écrit pendant la nuit. Une seule difficulté : aiguiser ce crayon. J'ai dû le faire avec les dents. A mon écriture, vous avez deviné sans doute que mon crayon était mal aiguisé.

Eh bien, vous vous y êtes pris fort habilement. Il m'apparaît à l'évidence que vous comptez parmi les rares individus capables de persévérer sans trop de peine devant l'adversité.

Il regarda Donald Preston et esquissa un sourire mais se retint et ne se permit qu'une expression de détente car il ne voulait pas passer à leurs yeux pour un vaniteux. Il tenait pendant toute cette conversation à leur donner une impression de courage tranquille.

Vous dites qu'on a confisqué tout votre argent et qu'on a refusé de vous en rendre une part quelconque. Oui monsieur. C'est exact. Il ne vous ont même pas accordé de quoi acheter des cigarettes. Pire que ça, je n'ai pas même pu avoir une brosse à dents.

Il éprouva un sentiment de satisfaction intense quand Stacey Lowry se tourna l'air indigné vers Preston. Mais c'est parfaitement ridicule.

Comme vous le voyez, je n'exagérais pas en disant qu'ils me persécutent. Eh bien, nous allons y mettre un terme immédiatement. Nous avons déjà pris contact avec un prêteur pour la caution et vous devriez être libre dans une heure.

Je suis heureux de l'apprendre, croyez-moi. Être enfermé sans même un livre à lire ni de cigarettes à fumer, il y a de quoi abattre un homme au bout d'un certain temps. Eh bien nous allons rester ici jusqu'à ce qu'ils en aient fini de leurs paperasses et vous relâchent. Nous n'acceptons aucun risque.

Risque? demanda-t-il en les considérant d'un air intrigué. Oui. Le geôlier-chef était très curieux de savoir pourquoi Me Lowry et moi-même tenions à vous voir.

Ah, je vois.

Il rectifia la position de sa chaise pour ne plus voir le magnétophone. Donald Preston était assis derrière son grand bureau en noyer et Stacey Lowry en face de lui. Il rectifia de nouveau la position de sa chaise pour faire face à l'espace qui séparait ses deux interlocuteurs afin de les avoir l'un et l'autre dans son champ de vision. Les dimensions et la richesse de la pièce lui plaisaient. Il étendit les jambes et but une gorgée.

Il parla sans hâte, distinctement, en s'appliquant à être cohérent et intelligible. Il raconta son histoire en donnant des détails qu'il avait été obligé de passer sous silence dans sa lettre. Lorsqu'il eut terminé, les deux autres s'accordèrent une pause avant de l'interroger.

A l'évidence les relations qui s'étaient établies spontanément entre eux étaient dues au fait qu'ils avaient un but commun et encore plus qu'ils le considéraient comme un homme. Ils se trouvaient sur un pied de parfaite égalité. Ils avaient compris d'emblée qu'ils n'avaient pas affaire à un maniaque, voire un paranoïaque, mais à une victime des autorités, et il s'en rendait compte. Ils réalisaient aussi, c'était évident, qu'il ne combattait pas pour ses propres droits, pour se venger, mais pour les autres qui avaient été victimes de semblables abus d'autorité ou qui le seraient si on ne prenait pas des mesures afin d'arrêter immédiatement la progression de cette tumeur maligne. Constater qu'ils le comprenaient et savaient à quel genre d'homme ils avaient affaire lui fit du bien.

Donald Preston fit tourner les glaçons dans son verre. Il hocha la tête. Plus nous en discutons et plus je suis perplexe en constatant qu'un individu comme vous puisse se trouver dans une situation aussi... aussi anormale, dirais-je. Voici où je veux en venir : il me semble trop incongru qu'un homme de votre éducation — vous êtes assurément cultivé et, je me hâte de l'ajouter, vous êtes un gentleman — puisse se trouver derrière des barreaux.

Il considéra le directeur du journal et Stacey Lowry, et se pencha un peu en avant. Ma foi, à vrai dire, je n'y comprends rien. Cette affaire a un tel aspect de cauchemar que je ne la saisis pas complètement. Leurs mobiles m'échappent. Voilà quelque temps j'étais libre et, d'un instant à l'autre, je me suis trouvé incarcéré. J'ai d'abord supposé qu'il s'agissait peut-être d'une erreur sur mon identité ou de quelque bévue de ce genre. Puis, après avoir subi l'épreuve de l'interrogatoire et quand j'ai été placé sous écrou, j'ai commencé à perdre la tête. Il me sembla qu'ils avaient tout simplement décidé de me soumettre par pur arbitraire à un traitement d'une indignité aussi flagrante parce qu'ils m'avaient sous la main, sans autre raison... comme la montagne et l'alpiniste. Il sourit en constatant qu'ils jugeaient l'analogie appropriée. C'est seulement quand j'ai parlé à d'autres détenus et observé ce qui se passait que j'ai compris ceci : mon cas est semblable à bien d'autres et reflète l'influence d'une autorité supérieure inconnue, invisible et dont personne n'a entendu parler. Ma foi, je devrais plutôt dire dont personne n'a entendu parler sauf aux échelons inférieurs.

La manifestation de cette autorité, comme vous le dites si exactement, est précisément une chose que nous combattons depuis des années, ou que nous cherchons au moins à combattre. Malheureusement la plupart des gens croient que la brutalité de la police est un phénomène spontané, une erreur de comportement dû à l'excès de zèle ou à la corruption de quelques fonctionnaires de police due à la fréquentation des éléments criminels. Apparemment personne ne se rend compte du fondement réel de cette brutalité. Donald et moi nous nous sommes efforcés d'indiquer au public les causes réelles de ce phénomène et les conséquences qui en fin de compte doivent logiquement en résulter. Mais il est évidemment inutile de le préciser à votre intention, vous avez déjà esquissé clairement et succinctement les tenants et aboutissants de cette structure.

L'avocat de renommée mondiale lui sourit. En acceptant ce compliment, notre homme permit à son expression grave de se détendre légèrement.

C'est exact, tout à fait exact. Depuis des années Stacey fait des conférences sur ce même sujet. Quant à moi, je me suis efforcé de temps à autre d'attirer l'attention du public, dans mes éditoriaux, sur les dangers de cette situation. Mais nos propos, je devrais plutôt dire nos plaidoyers, sont tombés pour la plupart dans des oreilles de sourds.

Il reprit une expression de gravité. Je ne sais pas s'il s'agit de surdité ou d'un excès d'assurance, de l'attitude : ça-ne-peut-pas-arriver ici, celle de l'autruche qui se cache la tête dans le sable.

Voilà précisément pourquoi votre lettre nous a tellement intéressés et nous a paru si importante. Désormais nous pouvons travailler sur quelque chose de tangible.

Il regarda Stacey d'un air intrigué. Je ne suis pas sûr de comprendre.

Voilà de quoi il s'agit. Nous n'avons encore jamais connu un individu comme vous, capable d'exposer son cas au public d'une manière intelligible et cohérente, après avoir été victime d'un tel arbitraire. J'ai rencontré bien des gens qui avaient souffert du même mal implacable mais ils avaient tous une tare qui les discréditait aux yeux du public. Naturellement, c'étaient presque tous des repris de justice. Ça se conçoit car la police préfère s'en prendre à ce genre d'individus. Alors le public met leur témoignage en doute à cause de leur passé, ou bien il estime que c'est bien fait pour eux, qu'ils n'ont que ce qu'ils méritent. Personne ne semble réaliser que ça pourrait arriver à n'importe qui.

Je ne le sais que trop bien. Un large sourire éclaira son visage.

C'est bien ça. Ses deux interlocuteurs lui rendirent son sourire. Ajoutons que la plupart de ces gens sont incapables de présenter clairement la situation parce qu'ils n'en comprennent pas toutes les ramifications. Même s'ils comprennent, ils sont trop harcelés par les autorités pour oser faire une enquête et la pousser jusqu'à ses conclusions logiques. Ils craignent qu'on retrouve leur cadavre dans une ruelle. Franchement, je ne doute pas que ça puisse arriver et même que cela arrive.

Je sais parfaitement que c'est possible. Et que ça arrive. J'ai appris des histoires qui terrifieraient tout le monde, dit-il avec une expression des plus sévères, comme pour souligner la gravité de ses propos. Mais il doit sûrement y avoir eu d'autres gens qui ont été victimes de ce... système, mettons le mot entre guillemets.

Oui, évidemment, d'innombrables gens se sont trouvés dans la situation où vous êtes actuellement, mais même ceux qui protestent ne s'intéressent qu'à leur propre cas, et certains n'ont envie que de poursuivre l'État pour en tirer dédommagement dans la mesure du possible. De toute façon, quels que soient leurs mobiles, ils sont généralement égoïstes. Peut-être devrais-je dire qu'apparemment ils ne se représentent pas la situation dans son ensemble. Ils ne semblent pas capables de réaliser que cette corruption se perpétue d'elle-même, qu'elle croît de jour en jour, qu'elle représente un danger constant, non seulement pour eux mais aussi pour leurs enfants et les enfants de leurs enfants. Leur vue des choses n'est pas assez large.

Et même si nous parvenons à leur exposer la situation, est-ce qu'ils la comprennent; ils redoutent pour une raison quelconque, et ils en ont de nombreuses, de s'attaquer à ce cancer. Ils craignent vengeance et représailles. Ils estiment que mieux vaut laisser courir. Dans la plupart des cas ils préféreraient aller vivre ailleurs et repartir à zéro plutôt que de se mêler de cette affaire.

Vous comprenez, j'en suis sûr, que me contenter de publier cette lettre ne servirait absolument à rien. Sa parution doit déclencher une campagne vigoureuse. Sinon ce sera un exemple parmi bien d'autres de quelques individus, victimes occasionnellement... peut-être devrais-je plutôt dire momentanément (il hocha la tête pour approuver cette correction) d'un abus ou d'une erreur. Alors, on l'oublierait parce que les nombreux soucis et responsabilités quotidiens en effaceraient le souvenir.

Bon, qu'envisagez-vous exactement. Vous comprenez certainement que toute ma collaboration vous est acquise. Rien ne m'empêcherait de tout faire pour remédier à cette situation.

Eh bien Stacey et moi avons discuté ce point précis. Après avoir lu votre lettre, nous étions certains d'avoir enfin trouvé l'homme qu'il nous faut pour nous aider.

Nous avons l'intention de lancer une campagne à grande échelle en nous servant de votre mésaventure en guise de tremplin. Je crois... nous croyons qu'en vous mettant au premier plan la campagne sera efficace et ses résultats seront bénéfiques.

Mais il faut coordonner nos efforts. Stacey s'adressera à des associations professionnelles et civiques, ou à n'importe quel groupement qui nous prêtera l'oreille. Moi, je continuerai quotidiennement mon tir de barrage dans mon journal. Nous déterrerons nos vieux dossiers : déclarations, lettres, dépositions, photographies, rumeurs, tout et n'importe quoi pour soulever l'opinion publique et obtenir une enquête par la Chambre de l'État. Nous sommes prêts à utiliser toutes les armes disponibles, même les plus sujettes à caution, pour porter ce mal à l'attention du public et, finalement, y remédier. Nous n'aurons de cesse jusqu'à ce que le public oblige la législature à agir.

Êtes-vous sûr que ce soit possible. Les politiciens, à tous les échelons, sont précisément les hommes qui ont contribué à créer cette situation. Ajoutons qu'ils sont jaloux de leur pouvoir. Ils refuseront de se départir de la moindre parcelle de leur autorité. Ils ne sont pas exagérément sensibles aux injustices qui accablent un public insuffisamment soupçonneux. J'en suis sûr.

C'est tout à fait exact, évidemment. Mais, et ce *mais* est important, ils sont sensibles aux réactions et aux désirs de leurs électeurs. Ils sont prêts à tout pour conserver leur mandat.

Dès que le public réagira assez vivement, vous verrez que quelqu'un ne tardera pas à se manifester dans la capitale pour exiger une enquête. D'abord le parti d'opposition, quel qu'il soit, s'en servira pour attaquer le parti au pouvoir et n'oubliez pas qu'il y aura des élections cette année. Corrélativement, bien sûr, les élus qui entendent briguer un renouvellement de leur mandat considéreront comme une bonne publicité de défendre la demande d'enquête, à quelque parti qu'ils appartiennent. A cela s'ajoute le fait que les politiciens adorent faire imprimer leur nom surtout dans le rôle de défenseur et protecteur du bien-être de leurs électeurs.

Tous rêvent de s'installer un jour dans le manoir du gouverneur ou d'aller à Washington. N'oubliez pas qu'à tous les niveaux notre gouvernement est sous la dépendance des présidents de commissions et que ces messieurs sont prêts à réclamer une commission d'enquête sur la dimension et le poids d'une plaquette de chewing-gum à un centime, surtout si l'enquête peut traîner et intéresser quotidiennement presse et télévision.

Voici encore une chose avec laquelle il faut compter. La campagne dont j'ai parlé doit tout englober, pas seulement les discours de Stacey et mes éditoriaux. Nous entendons nous servir de la télévision, des revues à gros tirage, accorder des interviews, paraître personnellement en public, séparément ou ensemble, tous les trois. S'il le faut, nous imprimerons et ferons circuler des brochures.

Il secoua la tête et sourit à ses deux interlocuteurs. Je dois vous avouer que cela me dépasse un peu. Évidemment, j'espérais quelque chose dans ce genre-là, mais je n'ai jamais rêvé qu'elle se matérialiserait aussi rapidement. Je vous en suis extrêmement reconnaissant, messieurs.

Au contraire. C'est nous qui sommes vos obligés et qui vous devons de la reconnaissance. Vous nous permettez de lancer une campagne à laquelle nous aspirons depuis des années. C'est vous qui la rendez possible.

Les yeux encore fermés et son visage rayonnant de satisfaction, il récapitula toutes les scènes et les dialogues. Il n'y trouva rien à modifier ou à améliorer. Grâce à cette aide il allait leur faire voir de quel bois il se chauffait. Il allait vraiment leur faire chier leurs tripes.

Et ce foutu Smith. *Avocat de l'assistance judiciaire.* Il s'en fout. Il cherche probablement une situation au parquet. Ils vous demandent tous de plaider coupable. Oui, ils vous disent que si vous n'êtes pas coupable vous devez le proclamer. Mais ils font tout ce qu'ils peuvent pour vous amener à plaider coupable. *Avocat de l'assistance judiciaire.* ha. Défenseur. Défenseur, mon cul. Pas foutu de défendre un cul, ce fumier pourri. Il craint d'indisposer le juge devant lequel il se retrouvera quand il défendra un client payant. Il ne cherche qu'à s'assurer les bonnes grâces de tout le prétoire sauf de son client. *Client?* En voilà un mensonge de merde. Pour eux, on n'est qu'un cloche. Ils n'osent même pas s'asseoir trop près de nous. Ils se servent de nous pour se faire valoir et afin de s'associer à un confrère plus important. Un sourd-muet s'en tirerait mieux. Avec un avocat comme Stacey Lowry je serais déjà libre comme l'air dès maintenant. Il suffit d'avoir de l'argent. Et de l'influence. Or, qui possède de l'argent a de l'influence. Avec ça, on est toujours libre. Merde. Quand on a de l'argent on ne passe même pas à l'audience. Ils n'oseraient pas faire comparaître pour une affaire aussi minable un prévenu qui serait défendu par un bon avocat. Mais dès qu'ils voient qu'on est obligé de recourir à l'assistance judiciaire ils n'ont plus qu'une envie : nous envoyer au trou jusqu'à la fin de nos jours. Il leur suffit de gonfler le dossier. De lui donner mauvaise allure. Hé les gars! regardez tout ce qu'il obtient comme condamnations. Il doit être capable. Il faudra présenter sa candidature au poste de procureur aux prochaines élections et puis après à celui de gouverneur. Et ensuite, qui sait... Oui, qui sait. Un type comme ça, un salaud aussi pourri ne serait même pas capable de capturer les chiens errants. Mais peu leur importe qui ils écrasent. Rien qu'en une seule journée de travail. Pourvu que ça serve à leur carrière ils se soucient peu du malheureux qu'ils crèvent. Rien qu'une bande d'assassins. Et ils ont le culot de traiter certains individus de sangsues qui sucent le sang de la société ou de mauvaise herbe qu'il faudrait arracher et brûler. Où diable trouvent-ils le courage d'envoyer un homme à la chambre à gaz. Ils ne valent pas mieux que les assassins professionnels. Les uns et les autres tuent pour de l'argent. A cette différence près, pourtant, que le tueur à gages ne tue qu'à l'occasion alors que les autres fumiers détruisent chaque jour autant de vies humaines qu'ils le peuvent. Et ces salauds ne risquent rien. Ils sont protégés par l'immunité judiciaire. Vêtus de soie, embusqués dans le prétoire, ils se retranchent derrière des livres de droit. Quoi que vous leur disiez, ils haussent les épaules et vous assurent qu'ils n'ont rien fait de mal : qu'ils exercent tout simplement leur profession. Ils brisent et tuent des centaines — des milliers — de gens chaque année et on les félicite à grandes tapes dans le dos. Bon boulot. Tu es sur la bonne voie connard. Ce sera bon pour ta carrière, mon gars. Si un enfant de putain tue quelqu'un, tout le monde lui file au train pour lui faire la peau. Il n'est plus qu'un animal à abattre... L'autre, c'est un brillant procureur. Et qu'est-ce qui se passe si on prouve qu'un prévenu est innocent du crime dont on l'accuse. Est-ce qu'ils sont heureux parce qu'un innocent n'est pas condamné à tort. Diable non. Vous pouvez parier votre trou de balle qu'ils ne le sont pas du tout. Peu leur importe que le sujet soit innocent ou coupable. Krist ils s'en foutent. La seule chose qui compte pour eux c'est qu'ils ont raté leur coup. En rentrant chez eux ils foutent sans doute une tatouille à bobonne et aux lardons. Puis ils se demandent ce qu'ils auraient dû faire pour obtenir une condamnation. Le cave était innocent. Et alors? Et leur carrière? Qu'un prévenu soit libéré, ça leur nuit, même s'il est innocent. C'est pas avec des échecs comme ça qu'ils s'installeront dans le manoir du gouverneur. Quant à messieurs les avocats de la défense, qu'est-ce qu'ils font. Rien. Ils lèchent le cul du juge. Ils ne se contentent même pas de fermer les yeux. Ce serait inutile. Ils agissent sans se soucier de personne. Ils ne

prennent même pas la peine de faire semblant. Rien ne les y oblige.
aaaaaaaaaahhhhhh merde! Qu'ils aillent tous au diable. Je m'en vais les liquider tous. Tout ce système pourri. Quand j'en aurai fini de ces gonzes tout le monde saura combien le système est pourri. Je les battrai sur leur propre terrain. Alors c'est eux qui pisseront le sang.

Il s'essuya les mains sur ses cuisses puis s'étira sur sa couchette, remit ses mains derrière sa nuque et regarda fixement la porte. Sans s'en rendre compte il fit jouer les muscles de ses jambes au rythme des battements de son cœur. Pendant plusieurs secondes son esprit se concentra intensément alors qu'il fixait la porte verrouillée

puis il respira profondément et changea de position sur la couchette. Le regard au plafond, il écouta battre son cœur un moment puis ferma les yeux.

Debout, il écouta la lecture du réquisitoire et ne reconnut que quelques mots. Quant au reste, ç'aurait pu être une langue étrangère : nommément, conséquemment, blablabla. Il entendait mais n'écoutait pas en réalité. Il percevait des sons. Il avait conscience d'être debout dans le prétoire, de ne pas rêver, mais il n'en savait pas plus. Finalement le juge lui demanda comment il plaidait et il répondit seulement non coupable. Il avait à peine remarqué la présence de son avocat debout auprès de lui. Puis ce dernier lui dit de s'asseoir, fit glisser un morceau de papier et un crayon devant lui et lui dit de noter les questions qui lui venaient à l'esprit pour ne pas lui parler pendant les dépositions des témoins parce qu'il ne pouvait pas écouter plusieurs personnes en même temps : le témoin, le procureur et le client. Sans rien dire, d'un air morne il accepta le papier et le crayon. Il savait que l'homme qui lui parlait était chargé de le défendre. C'était un type dont il ignorait le nom, qu'il n'avait encore jamais vu mais qui lui avait passé un bout de papier, un crayon, lui avait dit quelques mots, puis qui ne se souciait plus de lui et feuilletait ses paperasses. Il attendit, immobile. Son avocat parcourait du regard des paperasses et échangeait de temps en temps quelques mots avec le procureur. Peu lui importait qui était assis auprès de lui. Il savait déjà que cet homme l'avait vendu. Alors il se pencha en avant, le crayon à la main, et on appela le premier témoin.

Il tenait à écouter attentivement, à enregistrer chaque mot, chaque geste. Le crayon en suspens, prêt à écrire. Si son avocat ne remarquait pas les contradictions du témoin il en prendrait note et lui fournirait ainsi des munitions pour détruire la thèse de l'accusation.

Déposèrent d'abord les policiers qui l'avaient arrêté. De temps en temps il cherchait à écrire mais ne trouvait pas les mots pour indiquer exactement ce qui se passait dans sa tête. Sa frustration s'accrut. Il s'appuya au dossier de sa chaise et bientôt laissa tomber son crayon sur le feuillet de papier. Au cours de cette audience préliminaire le juge chercha à préciser les points sur lesquels accusation et défense étaient d'accord. Il convint de certains détails. Alors le juge disait : il en est ainsi, et le greffier le notait au procès-verbal. Ensuite ils se mirent à se désister de ceci et de cela et on notait les désistements au procès-verbal. Quand ils en eurent assez de convenir et de se désister, l'avocat de la défense réclama la relaxe pour divers motifs, cita plusieurs cas et jugements, puis le procureur demanda qu'il n'en fût pas ainsi, en citant d'autres cas et jugements. Alors il y eut une courte pause durant laquelle le juge se retira dans la chambre des délibérations afin de statuer sur les conclusions de relaxe.

Quand le juge revint,

il dit quelques mots à l'avocat et au procureur en citant leurs propres propos, cita d'autres cas de jurisprudence et refusa la relaxe. Puis ces messieurs échangèrent questions et réponses et s'ensuivit tout un tas de conneries. Son foutu avocat restait le cul bien posé sur sa chaise en laissant tout passer sans jamais rien faire pour lui. L'enfant de salaud ne tenta rien, ne dit pas un mot. Tout un charabia de merde. Toute cette foutue affaire d'ailleurs n'était qu'un gros tas de merde.

Il ne savait pas du tout combien de temps il était resté dans la salle d'audience. Mais le temps passait et le blablabla n'en finissait pas. En fin de compte toute cette merdouille cessa et on l'emmena. Si bien que finalement il se retrouva dans sa cellule.

Prostré il s'assit au bord de sa couchette. La porte claqua derrière lui. Ses yeux brûlants lui semblaient lourds, comme si un poids énorme lui écrasait les paupières, comme si la lumière les raclait. Pourtant il lui restait de l'énergie. Il avait envie de remuer. Il aspirait à agir. Mais il ne savait pas dans quelle direction, contre quoi... contre qui. Il avait envie de bondir pour échapper à une sensation poignante de vide intérieur qui lui semblait due à la douleur et la brûlure de ses yeux, au poids qui pesait sur ses paupières. Il abandonna sa tête à l'oreiller, allongea les jambes sur la couchette, ferma les yeux et les couvrit de ses avant-bras.

Il essaya de récapituler ce qui s'était passé dans la journée mais n'en avait plus qu'un souvenir confus. Il regrettait de ne pas avoir sauté sur le maton quand ce dernier avait ouvert la porte de la cellule le matin. Il lui aurait cogné la tête contre le mur, aurait ouvert toutes les cellules pour libérer tous les détenus qui auraient tué toutes les bittes en uniforme qui leur tomberaient sous la main, mais le poids qui lui pesait sur les yeux l'en aurait empêché. Il essaya de saisir le gardien par le cou et de lui briser la colonne vertébrale. Mais quand il remua les bras ils flottèrent avec une lenteur désespérante et des dizaines d'années plus tard, ils étaient encore à des kilomètres de ce foutu cou. Il se vit lui-même en train de regarder flotter ses bras. Il leur hurla de se presser de saisir le salopiaud. Il se tordit sur lui-même à s'en nouer le corps, mais ses bras continuèrent à flotter dans une espèce d'état d'apesanteur. Un temps infini s'écoula. Puis il sentit un fourmillement dans sa main, son avant-bras glissa de son visage, l'obscurité diminua un peu, il s'obligea à ouvrir les yeux et il comprit alors que sa main s'était endormie, exsangue, et il la secoua pour la ranimer. Ses paupières papillotèrent sous la lumière de la lampe qui éclairait le plafond. Ses jambes glissèrent à bas de la couchette. Il se redressa et s'assit. Il resta ainsi un moment, se frotta le visage, se leva, alla au lavabo et s'aspergea la figure d'eau fraîche. Il se sécha, se regarda dans la glace, examina la rougeur sur sa joue. Elle lui sembla avoir grandi, rougi et être plus molle. Il se pencha pour la regarder de plus près, la toucha d'abord timidement puis plus fermement et finit par éprouver une douleur aiguë pareille à une piqûre. Il retira le doigt, continua à examiner le bouton, puis retourna à sa couchette.

Assis au bord de la couchette il se demanda d'abord s'il avait dormi, opta pour l'affirmative et se demanda combien son sommeil avait duré. Et puis, qu'importe. Le temps ne change rien à rien. Trois repas par jour et une douche de temps en temps. L'heure n'avait aucun sens. Et la nuit. On ne sait pas s'il fait nuit ou jour parce que la lumière est toujours allumée. Pourtant il y a plus de bruit dans la journée, mais c'est pareil. Ça ne change pas.

Il s'adossa au mur et posa ses talons sur le bord de la couchette. Il lui sembla qu'on l'avait réveillé un instant auparavant pour le conduire au tribunal. Il savait pourtant que ça c'était passé à 5/30 et qu'il était revenu à sa cellule après 7/30. 14 heures. Quatorze longues heures qui ne lui laissaient pourtant presque aucun souvenir. Il avait attendu debout, attendu assis, attendu en faisant les cent pas et ça n'en finissait pas. Mais voilà que maintenant il lui semblait que le gardien l'avait réveillé un instant plus tôt, lui avait jeté un bleu en lui disant qu'il était l'heure de comparaître.

Il récapitula sa journée, pensa à quelques incidents précis, chercha à se rappeler tous les détails, chaque mot, à revivre chaque geste. Il y parvint en quelques minutes. Pourtant ces minutes représentaient un total de quatorze heures. Il est assis sur son banc, puis ils prennent l'ascenseur pour descendre au sas de garde. Il attend ses vêtements dans un des sas, puis il passe dans l'autre où on lui met les menottes. Alors ils prennent le car, vont au palais de justice, passent dans une autre salle de garde, on lui retire ses menottes, il va dans la salle d'audience, retourne au sas, on lui met les menottes, il remonte dans le car, revient à la prison, passe par une autre série de sas de garde et atterrit finalement dans sa cellule. Au total ça fait quatorze heures. A ce moment-là, ça semblait interminable et maintenant il n'en reste que quelques minutes.

Il était resté longtemps au palais de justice et il le savait parce que de retour à la conciergerie, au-dessous de la salle d'audience, les autres gars lui avaient demandé pourquoi il était resté si longtemps. Maintenant il lui semblait que ça n'avait duré que quelques minutes. Tout le bavardage. Toutes les précisions et tous les désistements. Toutes les questions et les réponses stupides. Quelques minutes. Quatorze heures de conneries se réduisent finalement à quelques minutes. C'était comme à l'église pendant une cérémonie ou quelque autre faribole. Personne ne sait ce que signifient les rites de la cérémonie et personne ne s'en soucie car tout le monde ne tient qu'à une chose : que ça continue. C'est tout. Que ça continue. Comme une machine à mouvement perpétuel. On lui donne l'élan et elle marche à perpette

jusqu'à ce qu'on l'arrête, la saloperie. Voilà ce qu'il faut faire : l'arrêter. C'est ce que j'aurais dû faire. Il me suffisait de lever la main pour stopper toutes les conneries. Je n'avais qu'à préciser où on en était réellement. Leur faire rentrer leurs mots et leurs rites dans leurs gorges de connards. Les leur enfoncer dans le cul. Ce ne sont que des culs. J'aurais dû repousser cet abruti d'avocat d'office, l'écarter de mon chemin, ce fumier, et prendre l'affaire en main. Jean-Foutre. Un bon-à-rien. J'aurais dû retourner leur rituel et leur enfoncer dans le cul.

Leur bourrer l'oignon. Ça n'a d'ailleurs pas d'importance. Audience préliminaire et rien de plus. Jeles aurai la prochaine fois. Ils ne vont pas m'enfiler avec leur règlement. Çava se passer autrement la prochaine fois, celle qui compte pour de bon. Ils ne feront plus les zouaves avec moi.

Pan, pan. Je t'ai eu. Non, t'as raté. Menteur, je t'ai eu en plein entre les yeux,

il sourit, ricane bruyamment, s'allonge sur la couchette, court dans le parc en se tapant la cuisse et en faisant claquer la langue, à la fois cheval et cavalier. Il reçoit une balle au sommet de la colline, la dévale en roulant sur lui-même, rampe derrière un arbre ou un buisson, tire sur les sales Peaux-Rouges, sur le shérif ou sur quiconque le poursuit. Caché derrière l'arbre ou le buisson, il se sert du fusil qu'il a décroché de sa selle en tombant de sa monture. Il tire sur ses poursuivants, rate de temps en temps et parfois la balle ricoche sur un rocher. L'autre cavalier met pied à terre et riposte coup pour coup. Bientôt tout le monde rampe, court, se cache, tire. Chaque jour, avant le début du jeu on braille tous je suis un mauvais gars — je suis un bon gars. En quelques secondes il s'est formé deux camps, on court, on trotte, on tire. Les balles sifflent. On se tape sur les cuisses, on claque la langue, les chevaux galopent, leurs fers écrasent l'herbe autour des buissons et des arbres. De temps en temps on saute par-dessus une taupinière ou on franchit d'un bond un tronc abattu. On tire brusquement sur les rênes pour éviter la piqûre d'un serpent à sonnette. Finalement on s'allonge dans l'herbe, près d'un ruisseau, d'une mare, et on regarde le ciel pendant que le cheval apaise sa soif. L'herbe chaude embaume l'été. Monture et cavalier reprennent des forces pour recommencer la poursuite ou reprendre une fuite éperdue.

Et ces batailles dans la 72e rue, des centaines de gosses grouillaient dans cette rue, semblait-il, tous armés de pistolets faits avec du bois de cageots d'oranges. On ajustait deux morceaux de bois à angle droit et on tendait un élastique d'un bout à l'autre du plus long. Avec ça on tirait des bouts de carton pliés en deux. Tous couraient, vociféraient, chargeaient ou bien attaquaient derrière un char d'assaut fait d'une caisse montée sur de vieux patins. La vieille Mme McDermott crut à une vraie bataille; elle appela les flics. A leur arrivée toute la marmaille s'enfuit en braillant, affolée.

Elles étaient sensas ces batailles, bon dieu! On passait ses journées à fabriquer des pistolets, à découper tous les bouts de carton qu'on trouvait et puis toute la marmaille envahissait la rue. Ces batailles n'en finissaient pas et, quand on manquait de munitions, il suffisait de se baisser pour ramasser des bouts de carton. La chaussée en était jonchée. D'un trottoir à l'autre, hahahahahahahahaha. Les éboueurs devaient râler. Des vieux Italiens qui poussaient une voiture à bras et qui maniaient balais et pelles. Pourtant ramasser des bouts de carton leur déplaisait sans doute moins que les crottes de chiens et de chevaux. Mais le vieux M. Leone leur donnait un coup de main. Il sortait avec une pelle et un seau, et choisissait le plus beau crottin. Mais il attendait toujours que les oiseaux aient d'abord picoré ce qui leur plaisait. Parfois il restait là pendant une heure en attendant que les oiseaux aient fini. Puis il se penchait sur la crotte, choisissait les meilleurs morceaux et les mettait soigneusement dans son seau. Sûr que Leone avait un beau jardin devant sa maison mais sûr aussi qu'il puait parfois, surtout l'été. Tout le monde disait qu'il avait un plus grand jardin, encore plus épatant, derrière chez lui. Surtout des tomates. Mais personne n'en savait rien parce que personne ne l'avait jamais vu. De toute façon ses rosiers étaient chouettes devant sa maison. Les fleurs sentaient si bon au printemps qu'on ne sentait plus le fumier. Le printemps c'était toujours le bon temps. Mais juin durait trop. On attendait les grandes vacances mais ça n'en finissait pas. Il tardait à venir le moment où l'on chantait les cahiers au feu, le maître au milieu. Alors on rentrait à la maison, on montrait son bulletin scolaire à sa mère et on lui annonçait la promotion. Elle était toujours heureuse en voyant les bonnes notes mais elle voulait savoir pourquoi on avait un D en effort et un D en conduite. On n'avait jamais rien à lui répondre. Tu es pourtant un si gentil garçon. Pourquoi n'as-tu pas A en effort et en conduite. Elle était si peinée. Alors, on haussait les épaules, on bredouillait, on éludait, mais ça ne marchait pas. On en avait les nerfs en pelote et la nausée, on en suait, mais que dire? Rien à dire du tout. Rien que les autres puissent comprendre. On parle dans les rangs, on rit en classe et toc! l'institutrice, cette conne, nous dit de remplir un bulletin de mauvaise conduite. On chuchote encore ou bien on ricane et la salope nous donne un autre mauvais point et puis encore un autre. Après ça comment pourrait-on expliquer pourquoi ces ordures nous mettent un D en effort et un D en conduite, comme si c'était notre faute.

Merde et merde. Tout le monde s'en fout. Ces maîtresses, c'est des vieilles poires à injection desséchées. Pourquoi diable enseignent-elles puisqu'elles détestent tellement les gosses. Cesse de ricaner, tu vois bien que tu déranges tes camarades. Merde. Elles ont horreur de voir quelqu'un rire. Elles connaissent que le règlement elles ont des gueules amères et puis c'est tout. Elles ne veulent rien entendre à rien. Celui qui n'obéit pas au doigt et à l'œil, elles le possèdent. Dommage qu'on ne les ait pas coincées au milieu d'une de nos batailles. On les aurait eues avec nos pistolets à élastiques ou nos lance-pierres.

Oui... ils étaient fameux ces lance-pierres. C'était

à cause des lanières de caoutchouc. Leurs vieux les découpaient dans des chambres à air. Ils cinglaient dur ces lance-pierres. On taillait les munitions dans des morceaux de vieille toile cirée. Ça faisait bougrement mal. Ça c'était la sale bagarre. Avec son lance-pierres John est arrivé à tuer un chat. Il avait tiré un morceau d'acier et a eu le chat en pleine tête. Elle a éclaté. Mais les batailles, ça c'était chouette. On criait, on braillait. On embouteillait la rue, on arrêtait la circulation.

Jouer aux gendarmes et aux voleurs, ça c'était bon. Même quand il pleuvait et qu'on devait rester à la maison. Surtout dans l'appartement de la 3e Avenue. C'était au quatrième étage. Bonne hauteur pour tirailler contre les flics,

à genoux auprès de la fenêtre ouverte. Pan. Pan. Il était Dillinger. Ou peut-être Floyd Beau Gosse. Pan pan. La rue était pleine de flics, embusqués partout, derrière les voitures, dans les encoignures de porte, derrière les lampadaires, partout. La pluie inondait la rue, tombait sur le rebord de la fenêtre et lui rejaillissait au visage. Ils lui criaient de se rendre. Vous ne m'aurez pas vivant, flicards, pan. Pan. Il se savait encerclé et qu'ils étaient des centaines prêts à le farcir de balles, mais il n'allait pas capituler il se défendiait jusqu'à la mort. Ils finiraient par l'avoir mais il en descendrait bien quelques-uns avant lui aussi : il ne partirait pas tout seul. Il s'allongea sur le plancher parce que les balles pleuvaient, brisaient les montants de la fenêtre. Toutes sortes de balles : de pistolet, de fusil, de mitraillette. Il tordit les lèvres et jeta sa cigarette par la fenêtre en sacrant contre ces salauds de flics. Il s'accroupit contre le mur, regarda les balles consteller la cloison d'en face et ricana. Quand la fusillade cessa, il leva lentement la tête et vida le magasin de son pistolet sur les flics.

Alors

Pan! une balle l'atteignit à l'épaule. Il tomba à la renverse, pistolet au poing.

Dans la chambre voisine sa mère sursauta sur son lit. Qu'est-ce qu'il y a petit. Elle se leva et saisit un peignoir. Il sursauta et pivota sur lui-même, effaré et vit sa mère entrer en trombe tout en ajustant sa robe de chambre. La voix de sa mère dénotait tant de frayeur et ses gestes une telle panique qu'il en resta muet. Elle avait de gros seins; ils le fascinaient. Il ne s'était jamais rendu compte de leur énormité. Il n'avait jamais vu non plus les gros mamelons foncés. Même quand elle eut refermé sa robe de chambre, ils la gonflèrent. Elle s'agenouilla près de lui. A ce moment-là les seins remuèrent sous le peignoir. Elle le prit dans ses bras. Qu'est-ce qu'il y a petit? Qu'est-ce qu'il t'arrive? Rien. Rien du tout. Je jouais, c'est tout. Elle l'étreignit. La chair de la mère sembla douce à l'enfant. Il n'avait jamais remarqué combien elle était douce. Sa mère lui tint la tête à deux mains, sourit, lui baisa le front, se leva et retourna dans sa chambre pour s'habiller. D'abord il reprit son jeu mais cessa presque aussitôt. Appuyé au rebord de la fenêtre, il regarda la pluie rejaillir sur les pavés de la rue et sur les toits des voitures.

Oui, cette foutue pluie. C'est toujours au mauvais moment qu'il pleut. On se propose de faire quelque chose ou d'aller quelque part et il pleut. C'est toujours comme ça. Tiens! le Quatre-Juillet on me permet d'acheter des pétards et il pleut toute la journée. Quel temps de merde. Un seul jour de fête à pétards dans cette putain d'année et il pleut justement ce jour-là. C'est peut-être la seule fois où il a plu le Quatre-Juillet. En tout cas la seule fois que je me rappelle. Toujours ma putain de malchance, quoi. Pas commode de garder la mèche au sec pour pouvoir allumer les pétards. S'il avait plu un grand coup, comme vache qui pisse et qu'après il eût fait beau, passe encore. Non, c'était une petite pluie fine, pendant toute la journée. Et puis, bien sûr, le lendemain il a fait un temps radieux. Un gros cochon de soleil brilla toute la journée, comme un gros cochon de soleil.

Bon Dieu de merde. Il est assis au bord de sa couchette, les muscles crispés, les dents serrées, le regard fixe. Il secoue la tête. Merde et remerde pour toute cette merde. Il se lève d'une détente et regrette de n'avoir rien ni personne à cogner. Il va vers le lavabo et se regarde dans la glace un moment, les bras à demi levés. Il se penche pour considérer la rougeur sur sa joue. Il appuie dessus avec le doigt et ce salaud de bouton lui fait mal, mais il n'en sort rien. Il ne s'est rien passé. Le bouton n'a pas grossi, n'a pas rapetissé, il fait mal, c'est tout.

Il se retourna et considéra sa cellule en attendant qu'elle lui dise quelque chose, n'importe quoi. Vas-y salope, dis quelque chose, que je t'écrase ta sale gueule. Je te ferai éclater le citron. Il regarda le mur droit dans les yeux et le défia de bouger. Moufte pas, bouge pas. Un mot, un geste, je te défonce. Je réduis ton ciment en poudre. Je te pulvérise. Si seulement il y avait une bobine à engueuler, une figure qui dise quelque chose, il lui ferait rentrer ses mots dans la gorge, ou bien il lui cognerait la poitrine. Ou donnerait des coups de pied dans la porte

merde.

Il regarde le mur

Merde!

Il s'assoit au bord de la couchette, se détend lentement et secoue la tête, dégoûté. Une pute. Une saloperie de pute. Il savait où il était. Vous avez foutument raison, il le savait. Pas de doute pas de conneries à ce sujet. Il était là et bien là. Le mur aussi y était. Et la porte et le plafond et le sol de ciment et les barreaux aux fenêtres et le siège d'aisance dans le coin et le lavabo scellé au mur et ce salaud de bouton à sa joue. Et la couchette sur laquelle il était assis, pas même bonne pour le cul d'un rat. Vrai. Tout vrai. Oui, il savait où il était. Aussi sûr que Krist fait les petites pommes, il savait où il était. Mais s'il pouvait seulement chasser toute cette merdouille à force de rêver. Rien que fermer les yeux et tout chasser dans un rêve. Pas même s'allonger ni rien d'autre. Fermer les yeux et faire disparaître l'ordure. Ouvrir les yeux et traverser la porte, la salope. Ouverts ou fermés, avancer, merde, et passer à travers. C'est tout. Adieuchérie.

Merde et remerde. Il s'allonge et couvre ses yeux de ses avant-bras. Qu'ils éteignent donc les lumières un moment. Rien que cinq minutes, merde. C'est tout. Cinq minutes seulement pour qu'on puisse peut-être se reposer.

Se reposer? Quelle blague de con. Ils aimeraient mieux crever que de nous laisser nous reposer. Rien qu'un peu d'obscurité, c'est tout. Rien qu'un brin de nuit. C'est pas trop demander. Ils y gagneraient, ce serait une économie. Rien que la nuit noire pour qu'on ne voie rien du tout. Pas de coins, pas de murs. Pas de fenêtre. Rien du tout. Rien qu'un gros rien tout noir. C'est tout. C'est pas demander la lune, quand même. Je ne demande qu'une chose, un gros rien tout noir. Et je ne sifflerai même pas. Mais ils raffolent de la lumière. Krist comme ils l'aiment. Ils vous donneront toutes les teintes de gris imaginables mais ne demandez pas le noir. Pas d'ombres. Il faut de la lumière dans tous les coins. Il en faut, c'est tout. Juste assez pour qu'on ne puisse pas se reposer. C'est leur but : juste assez pour qu'on ne puisse pas se reposer. Ils ne veulent pas qu'on en perde une miette. Ils ne veulent pas qu'on gagne quelques heures en dormant — la porte de la cellule s'ouvrit avec fracas — fils de putain pourris.

Il se leva et alla au réfectoire, bien éclairé. Les plateaux luisaient, brillants. Il s'adossa au mur avec les autres et avança petit à petit, pouce par pouce. Tout était sinistre. Les conversations. La nourriture. Les gens. Sinistre. Tout lugubre. Quand il eut fini il retourna à sa cellule, s'aspergea le visage et s'assit au bord de la couchette en attendant qu'on boucle sa porte.

Il

ne savait pas ce qu'il pensait, peut-être rien, mais il sentait quelque chose remuer en lui. Il avait des fourmis dans les bras et les jambes, il souhaitait pour l'amour de Krist qu'on se presse de lui boucler sa porte. Ils sont toujours sur notre cul pour qu'on n'aille pas par là, qu'on ne regarde pas par ici et voilà qu'ils se la coulent douce maintenant quand il faut fermer la porte. Mais qu'est-ce qu'ils attendent donc. Voilà belle lurette qu'elle devrait être fermée cette saleté. Pour l'amour de krist. On va glander combien de temps avant qu'un enfant de putain vienne fermer notre porte. Voilà une heure qu'on a fini de bouffer. Si cette ordure était bouclée et si vous demandiez qu'on l'ouvre, ils la laisseraient fermée et maintenant, tout d'un coup, ils veulent plus la boucler, ces salauds. Tout et n'importe quoi pour nous casser les burettes. Des fumiers *pourris*. Poings serrés mâchoires tendues, il est de plus en plus crispé. Krist, quoi qu'on leur demande, ils ne veulent jamais le faire. Quoi que ce soit, ça n'a pas d'importance, foutre! ils ne veulent jamais. — la porte claque. Bouclée.

Il la regarda un moment,

puis

il jeta le bras droit en arrière et frappa sur l'oreiller. Il le saisit de la main gauche et le cogna du poing droit en grognant. Il cogna encore. Il le saisit à la gorge et serra, le tordit avec des grognements rauques, l'estomac noué. Il le jeta contre le mur, sauta pour le rattraper, l'envoya d'un coup de poing sur le lit et l'étrangla encore contre le matelas. Il cogna lui écrasa le visage en fit de la pâte le leva au-dessus de sa tête le jeta contre le mur le cogna contre un autre mur, mais son poing s'enfonçait dans l'oreiller qui ne résistait pas. Alors il l'écrasa de nouveau contre le matelas et cogna à n'en plus finir. Il n'entendit qu'un bruit sourd à peine perceptible à chaque coup. Il continua à cogner son oreiller.

Il cessa, regarda l'oreiller avec dégoût et l'envoya d'un revers de main à l'autre bout de la couchette. Il haletait mais avait l'estomac moins crispé et la poitrine plus libre. Les salauds. Les fumiers pourris. Son souffle ralentit, il se baissa, saisit l'oreiller, en fit une boule, posa la tête dessus et s'allongea. Il laissa ses paupières se fermer dès qu'elles en eurent envie et les couvrit de ses avant-bras. Il se retourna, enfonça sa tête dans l'oreiller. Le gris devint plus foncé, ses yeux s'apaisèrent. Il se détendit.

Bien vêtu et sûr de lui, il attendait dans la salle d'audience en compagnie de Stacey Lowry. On appela son affaire et il suivit l'avocat à la table de la défense. Il resta debout, raide et calme pendant la lecture du réquisitoire, déclara qu'il plaidait non coupable, s'assit et écouta la procédure préliminaire. Elle se déroula sans à-coups, rapidement. Quand le procureur eut fini d'interroger le premier témoin — un des policiers qui avaient procédé à l'arrestation — Stacey Lowry se leva, fit quelques pas vers le témoin et ne l'interrogea que quelques minutes, d'une voix suave et sur un ton toujours modéré. Quand le juge eut congédié le témoin, Lowry demanda la relaxe en arguant de l'affaire État contre Rubens (1958; 173, 20.5). Le magistrat accorda la relaxe et il suivit son avocat hors de la salle d'audience.

Donald Preston les rejoignit dans le corridor et ils échangèrent des poignées de main. Preston lui mit le bras sur l'épaule et lui demanda quelle impression ça lui faisait d'être libre. Franchement, c'est un peu ahurissant. Ça s'est passé si vite, on a peine à croire que ce soit fini.

Dans un restaurant paisible et somptueux, ils sont assis à l'écart dans une petite salle à manger. Les murs sont lambrissés de chêne. Le soleil filtre à travers les fenêtres aux vitres de couleur et se réfléchit sur la nappe d'un blanc immaculé. Intérieurement il est surexcité, bien sûr, mais il garde son sang-froid sans difficulté. On leur sert des cocktails. Ils les boivent à leur réussite et à leur prochaine campagne. Il sourit et dit que, ma foi, c'est bien volontiers qu'il lève son verre à leur réussite et tous trois de rire. Preston le félicite pour son courage. Il répond d'un sourire plein d'humilité.

Dans l'impressionnant bureau de Preston, il fait tinter de temps en temps la glace dans son verre. Tout à fait à l'aise, il participe énergiquement à la discussion de leur plan de campagne. Il a hâte d'apprendre ce qu'ils projettent et de présenter ses suggestions. Depuis que les formalités légales sont terminées il exprime clairement des idées concrètes.

Comme je l'ai déjà dit, un de mes reporters, un des meilleurs, assista à l'audience; il est en train d'en rédiger un compte rendu. Quand il en aura fini, il montera vous interviewer ici. Ça ne sera pas trop long, juste ce qu'il faudra pour lui permettre de communiquer à nos lecteurs vos réactions et vos pensées. Le reportage du procès paraîtra dans le journal de demain et l'interview, dans le supplément de dimanche. Comme je l'ai déjà dit, ce ne sera pas trop long : deux ou trois pages à peu près. Vous voyez, nous ne voulons pas tout assener d'un seul coup au public. Il se fatiguerait trop vite (il acquiesce d'un hochement de tête) et perdrait son enthousiasme. Entre-temps, je publierai une déclaration personnelle — un manifeste si vous préférez — pour expliquer les buts de notre campagne. Ensuite nous continuerons en publiant quelque chose de nouveau et de frappant deux ou trois fois par semaine sur ce même sujet que le public aura ainsi toujours sous les yeux.

Cependant, de mon côté, j'écrirai des articles pour la Revue juridique et je parlerai aussi souvent que possible devant des organisations civiques et professionnelles.

Voilà qui me paraît fort bien, vraiment merveilleux. Pourtant je tiendrais beaucoup à dire quelque chose. Il marqua une pause d'une seconde et se pencha en avant. Je crois que cette campagne doit être dirigée contre l'abus d'autorité sous toutes ses formes. Voici ce que je veux dire : le despotisme se manifeste de manières diverses et partout : dans la police, la politique, les syndicats, chez les banquiers, dans les écoles et les prisons... et Dieu sait où encore. Il me semble aussi que si la campagne dure trop les lecteurs s'immuniseront. Mais en ménageant des intervalles de temps appropriés et quand les nouvelles se font rares on peut à nouveau prendre un des divers aspects de la campagne et dénoncer l'un ou l'autre des maux dus à l'autorité en ce monde.

A la manière dont ils l'approuvèrent, ils apparut à l'évidence que non seulement ils approuvaient sa suggestion mais encore ils comprenaient qu'il ne la présentait pas par esprit de vengeance personnelle.

Le reporter s'assit en face de lui, le micro du magnétophone portatif entre eux deux.

Question : D'abord permettez-moi de vous demander quelle impression vous éprouvez à être libre de nouveau.

Réponse : Une bonne impression (sourire) bonne, simplement. Je ne saurais assez remercier messieurs Preston et Lowry pour leur aide.

Q. Comment êtes-vous parvenu à entrer en contact avec eux?

R. Ma foi... (il appuya les épaules au dossier de sa chaise et prit un air pensif. Sans vouloir paraître mystérieux, il entendait faire sentir au reporter le sérieux de cette question à laquelle il ne pouvait répondre, évidemment, sans mûre réflexion. Lorsqu'il vit à l'expression du reporter que ce dernier ne le soupçonnait pas de jouer un rôle et comprenait combien la question était grave et délicate, il se pencha en avant). Je ne peux pas vous exposer en détail comment je suis parvenu à prendre contact avec ces messieurs et je le regrette. Néanmoins je peux dire que j'ai réussi à communiquer avec le journal. Voilà comment messieurs Preston et Lowry ont consenti à se mêler de l'affaire.

Q. Pourquoi, exactement, avez-vous estimé qu'il vous était nécessaire de prendre contact avec le journal?

R. Parce que j'étais injustement détenu. En réalité, comme maître Lowry l'a démontré aujourd'hui, mon arrestation n'était pas seulement injuste mais illégale.

Q. Pourquoi ne vous êtes-vous pas adressé à un avocat ou à un ami?

R. Eh bien, voyez-vous, je ne connais personne dans cette ville. J'avais décidé de passer l'été à parcourir le pays et je venais à peine d'arriver ici quand on m'a arrêté. J'avais roulé toute la nuit et j'arrivai en fin de matinée. Je descendis dans le premier hôtel que j'aperçus. Je réalise maintenant que ce n'est pas le meilleur de la ville, loin de là, mais j'étais trop las pour en chercher un autre. Voilà pourquoi je m'arrêtai au premier venu. Je me lavai, déjeunai et me couchai. A mon réveil je m'habillai et partis à pied en quête d'un bon restaurant. J'y dînai à loisir et allai ensuite à la dernière séance d'un cinéma. Le spectacle terminé, j'eus envie de me faire une idée de la ville telle qu'elle se présente la nuit. Je marchai donc au long des rues en regardant autour de moi, plus ou moins comme un touriste sans doute. Comme j'avais dormi pendant l'après-midi je n'étais pas fatigué et je ne me rendais pas compte de l'heure. Finalement j'eus l'impression d'être presque le seul à circuler encore dans les rues. J'en fus un peu étonné. La ville était déserte. C'est à peine si j'avisais de temps en temps un passant, de-ci de-là. Comme je l'ai déjà dit, j'avais perdu la notion du temps. Je continuai donc à marcher sans hâte. Puis je constatai que je ne savais plus exactement où j'étais. Alors je me mis à lire les plaques des rues, les numéros des maisons et à chercher tout ce qui m'aurait permis de me repérer.

Q. Autrement dit, vous étiez passé sans vous en rendre compte d'une partie de la ville que vous connaissiez à une autre partie qui vous était inconnue.

R. Exactement. Je ne savais pas où était situé mon hôtel par rapport à l'endroit où je me trouvais à ce moment-là. A un carrefour, je regardai autour de moi en me demandant quelle direction je devais prendre quand voilà une voiture de la police qui s'arrête devant moi et, en un clin d'œil, je suis en état d'arrestation.

Q. Pour quel motif?

R. Suspicion. Je ne sais pas de quoi mais on me dit que j'agissais d'une manière suspecte. Je cherchai à m'expliquer, je montrai mon permis de conduire et d'autres pièces d'identité mais on m'incarcéra quand même.

Il avait douze ans, peut-être treize. Il jouait aux dés avec deux amis sous un lampadaire du parc. C'était le soir, il faisait froid. Entièrement absorbés par leur jeu ils s'efforçaient quand même de se réchauffer les mains. Il y avait une pièce de deux cents *par terre et c'est lui qui lançait les dés. Au moment où il les ramassait quelqu'un cria les flics et les deux autres s'enfuirent. Il tendit la main vers la pièce de deux* cents. *Il n'avait pas encore eu le temps de se lever et de s'enfuir quand un type sortit d'un buisson derrière lui et donna un coup de matraque sur sa main tendue. Il fila sans même voir la tête du type. C'est une heure plus tard seulement qu'il ressentit une douleur à la main. Les flics ne les poursuivirent pas. Après avoir couru un instant il retrouva ses amis et ils retournèrent vers chez eux. Ils l'interrogèrent au sujet de sa main. Il répondit que ça allait, pourtant elle commençait à lui faire mal. De retour chez lui, la tiédeur du logement accrut la douleur. Il n'osait pas en parler à ses parents qui lui auraient demandé pourquoi on l'avait frappé, ce qui l'aurait obligé à avouer à quoi il jouait dans le parc avec ses camarades. Au milieu de la nuit un élancement lui arracha un gémissement dans son sommeil. Sa mère vint dans sa chambre, le réveilla et lui demanda pourquoi il geignait. Il lui dit qu'il était tombé en jouant et s'était blessé à la main. Dès la première heure le lendemain matin ils allèrent à l'hôpital et on examina sa main aux rayons X. Trois os étaient brisés si net qu'on les aurait crus coupés au rasoir. Le flic avait frappé si violemment que la radio ne révélait aucune esquille. Pour une telle fracture il n'y avait pas besoin de plâtrer ni même de mettre d'attelle. Un simple pansement de gaze et de tissu suffit. Aussi simple que cela.*

A la réflexion cela me paraît difficile à comprendre. Au début je ne les ai pas pris au sérieux, peut-être par naïveté. Ça m'ennuyait, évidemment, mais je n'aurais jamais supposé qu'ils me conduiraient au poste de police... *et menottes aux poings.*

Q. Que s'est-il passé alors?

R. Pour être tout à fait honnête je dois avouer que mes souvenirs sont brouillés et confus pour tout ce qui précède mon incarcération en cellule. Je me rappelle avoir attendu dans une pièce pendant des heures, puis dans une autre et une autre encore. On a pris mes empreintes digitales, on m'a photographié, on m'a posé des questions à n'en plus finir. J'étais dans un état d'extrême ahurissement, tellement tout cela me paraissait irréel.

Q. S'est-on livré à des violences physiques sur votre personne?

R. Il est assez difficile de répondre à cette question. Précisons : ils ne m'ont pas battu et ne m'ont pas menacé non plus. Je parle de menaces verbales. Mais à leur manière de circuler autour de moi, de me regarder comme si j'étais un animal ou Dieu sait quoi, il me semblait qu'ils avaient envie de se trouver seul à seul avec moi... dans de telles circonstances on se sent toujours menacé. Mais, pour nous en tenir aux faits : non. On ne m'a pas fait de mal physiquement et on ne m'a pas menacé réellement.

La douleur diminua dès que la main eut été bandée. Toutefois il eut peur de dire à la mère qu'il souffrait moins. Quelque temps après leur retour à la maison, elle lui demanda ce qui s'était passé. Je ne sais pas. Nous étions en train de jouer. J'ai cogné ma main sur quelque chose et elle s'est cassée. Mais comment aurais-tu pu cogner si fort, mon enfant? Je te dis que je ne sais pas. Tout ce que je sais c'est que nous étions en train de jouer et que j'ai heurté quelque chose. C'est moi qui me suis cogné. Personne ne m'a frappé — oui, oui, je sais. Mais c'est ce que tu pensais : que quelqu'un m'a frappé parce que je faisais quelque chose de mal. Mais je... jésus krist maman, laisse-moi tranquille. J'ai déjà assez mal comme ça sans que tu me tarabustes.

Q. Avez-vous subi quelque autre sorte de contrainte?

R. Oui. Catégoriquement oui. Outre l'hostilité de leurs regards — le mot sadisme conviendrait peut-être mieux — ils m'ont humilié de bien d'autres manières.

Peut-être devrais-je dire qu'ils m'ont infligé un traitement inhumain.

Q. Pouvez-vous préciser ce que vous entendez par là?

R. Eh bien... Voyons. Après avoir prononcé ma mise sous écrou, on m'envoya à l'étage supérieur subir une visite médicale, si c'est bien ainsi que je dois dire. On m'a radioscopé. Puis on m'a envoyé... voyons, quelle était leur formule?... ah oui, on m'a envoyé au service des sujets soupçonnés de tuberculose.

Q. Et pourquoi?

R. Je n'en suis pas sûr. Ils m'ont dit que j'avais une tache au poumon. Je leur ai répondu que j'avais été légèrement atteint de pleurésie bien des années plus tôt et que cette tache devait être une cicatrice datant de cette époque. Ils ont dit qu'il fallait vérifier. J'ai haussé les épaules tout simplement. Je n'imaginais pas qu'on me mettrait au cachot.

Q. Au cachot?

R. Non, ce n'est pas exactement ça. Ce n'était pas ce que les autres appellent le trou, mais on m'a enfermé dans une cellule de trois sur deux, au service des détenus soupçonnés de tuberculose.

Q. Voilà qui me paraît fort inconfortable.

R. C'est le moins qu'on puisse dire (sourire). Se trouver enfermé tout seul dans une pièce de dimensions quelconques est toujours une épreuve. Dans une petite cellule, c'est encore pire. Mais j'ai réussi à survivre. (Il regarde à tour de rôle les autres personnes qui se trouvent dans le bureau.) J'ai survécu et je suis ici.

Il ouvrit lentement les yeux et considéra le plafond tout en voyant encore l'approbation sans réserve exprimée par les visages de Donald Preston et de Stacey Lowry. Il se redressa, se retourna et s'assit au bord de la couchette. De temps en temps il hochait légèrement la tête, tout à fait satisfait.

Il se leva et s'approcha du lavabo. Il se regarda dans la glace et tira la peau autour du bouton. Il le pressa doucement puis le toucha du bout du doigt. Le bouton lui parut un peu plus mûr, mais pas encore assez. Il retourna à sa couchette, regarda le mur et chercha à discerner des images dans les failles du ciment. Il s'allongea sur le dos et mit ses avant-bras devant ses yeux.

Quand les flics l'embarquèrent dans la voiture il s'indigna et demanda à téléphoner à son avocat dès qu'il arriverait au poste de police. Il appela Stacey, lui dit ce qui s'était passé et refusa de parler jusqu'à l'arrivée de l'avocat. Il s'entretint un instant avec Stacey puis ce dernier alla dans le bureau du capitaine auquel il demanda la mise en liberté immédiate de son client — son ami. Le capitaine répondit qu'il ne pouvait pas faire ça, que seul un magistrat pouvait accorder la mise en liberté. D'ailleurs je ne sais même pas de quoi il s'agit, ni pourquoi cet homme a été amené ici. Stacey répondit que peu lui importait ce que le capitaine savait ou ne savait pas de cette affaire, que cet homme était son ami depuis bien des années, qu'il le savait honnête et que l'arrêter sur un simple soupçon parce qu'il se trouvait à un carrefour était une erreur ridicule. Le capitaine répéta ce qu'il avait déjà dit. Stacey appela le commissaire de police et lui expliqua l'affaire. Le commissaire parla au capitaine et quelques minutes plus tard ils se trouvèrent ensemble dans la voiture de Stacey.

Excuse-moi de t'avoir dérangé, mon vieux Stace, mais je ne savais pas quoi faire d'autre.

Tu as parfaitement bien fait. A quoi serviraient les amis si on ne s'adressait pas à eux dans l'embarras. J'aurais été affreusement vexé si tu ne m'avais pas appelé.

Merci quand même. Merci. Il lui donna une tape sur l'épaule.

J'étais très étonné d'entendre ta voix, tu sais. Je croyais que tu n'arriverais ici que demain.

Ma foi, je n'avais pas prévu d'arriver si tôt mais je suis parti de bonne heure et j'ai roulé à une bonne moyenne. Je viens à peine d'arriver.

Alors tu dîneras chez nous demain soir.

J'en serai enchanté. Voilà si longtemps que nous ne nous sommes pas vus. Tes gosses ont dû grandir.

S'ils ont grandi ! Tu ne les reconnaîtras pas.

Ils sourirent tous les deux et Stace le conduisit à son hôtel.

Il remua un peu sur sa couchette, s'allongea dans une autre position et sourit, satisfait.

Quand le commissaire eut ordonné de le remettre en liberté, il s'entretint avec Stace au sujet des deux policiers qui l'avaient arrêté. Écoute, Stace, je ne tiens pas à me venger mais ils méritent une réprimande. Ça les rendra plus prudents à l'avenir. On aurait tort de rester indifférent devant de tels abus. S'ils ont pu me faire une chose pareille à moi, ils peuvent la faire à d'autres et l'ont probablement déjà faite. Tu comprends.

Parfaitement. Tu sais que j'ai toujours combattu les injustices, quelles qu'elles soient — exactement comme toi — et surtout les abus d'autorité.

Ils allèrent dans le bureau du capitaine et demandèrent à ce dernier s'ils pourraient parler aux deux policiers. Le capitaine acquiesça et les convoqua. Il vit à leurs visages qu'ils étaient inquiets et il en éprouva une légère bouffée de satisfaction secrète. Il leur déclara qu'il n'avait pas l'intention de porter plainte ni de prendre une mesure officielle quelconque mais leur recommanda de faire plus attention à l'avenir. Dans certains cas l'excès de zèle peut être aussi dangereux que la négligence.

Lorsqu'il quitta le bureau avec Stace, les deux agents étaient encore debout devant le bureau du capitaine, visiblement mal à l'aise. Quant à leur chef, il paraissait furieux. Il attendit plusieurs secondes après que la porte se fut refermée. Qu'est-ce qui vous prend, espèce de culs? Est-ce que vous cherchez à me faire virer de la police ou transférer à un commissariat impossible? Il faut être parfaitement imbéciles pour arrêter ainsi un ami de Stacey Lowry. Mais nous ne savions pas — alors vous auriez dû le savoir ou vous renseigner. Le capitaine frappa son bureau du poing et tendit vers eux un visage rouge de colère. Et mettez-vous au courant, vite fait. Si jamais vous me faites encore des ennuis avec le commissaire, c'est vous que j'enverrai dinguer sur le cul au fond d'une cellule. Et maintenant, foutez-moi le camp d'ici.

Il appuya ses avant-bras plus fermement sur ses paupières pour mieux distinguer leurs visages. Le rouge de la gêne était devenu la lividité de la panique. Son corps fut parcouru d'une joie si intense que sa gorge se serra. Il s'assit et toussa. Assis au bord de la couchette, il chercha à maintenir devant ses yeux ces deux visages terrifiés mais la toux les effaça, ce qui le mit en fureur. Enfin la toux cessa. Il se coucha et s'efforça de faire surgir de nouveau les deux visages. Bien que confusément, il les distingua assez pour que le plaisir traverse encore son corps, mais il se remit à tousser et le beau spectacle s'évanouit.

Il s'assit le dos au mur, le corps frémissant encore de joie. Il écarquilla les paupières en voyant la stupéfaction apparaître puis s'accentuer sur le visage du capitaine qui écoutait le commissaire, puis l'expression de rage intense quand il engueula les deux flics.

Même après avoir ouvert les yeux et quand il fixa le mur gris et craquelé, il continua à ressentir le même bonheur pendant plusieurs minutes. Puis les craquelures se rapprochèrent et grandirent, de même que le mur.

Il se leva et fit les cent pas. Il regardait ses pieds en allant attentivement du mur à la porte (si tu marches sur une ligne, tu casses le cou de ta mère) et de la porte au mur. Pendant quelque temps il n'éprouva rien, puis la colère monta lentement en lui et le crispa. Il se regarda dans la glace un instant puis se remit à marcher. Un jeu stupide. Je me demande pourquoi on jouait à ça. A marcher bien au milieu des pavés d'un bout de la rue à l'autre. Quel intérêt ça présente? Des conneries.

Il s'assit sur la couchette et couvrit ses paupières de ses deux mains.

Les policiers étaient inquiets, effrayés. Ils tremblaient visiblement en sortant du bureau du capitaine. La rage déformait le visage du capitaine quand il leur avait rappelé le règlement. Ensuite il passa une soirée exquise avec Stace et sa famille. Enfin tout s'effaça à la lumière de l'ampoule. Il se leva et se remit à faire les cent pas.

1, 2, 3, 4, 5, 6, la porte. 1, 2, 3, 4, 5, 6, le mur. 1 et 2 et 3 et 4 et 5 et 6 et la porte — un coup d'œil à travers la petite vitre — personne, rien, rien que les murs et le sol. 1 et 2 et 3 et 4 et 5 — failli faire un pas trop court, allonger le dernier — et 6. Dans un sens et dans l'autre. Un sens et l'autre. L'autre sens et à l'envers. Compter ces foutus pas du putain de mur à la salope de porte. Encore et encore. Que chaque pas tombe toujours à sa place dans chaque sens. Marcher sur ses propres empreintes. Jamais varier. Toujours la même chose. Comme tout le reste, c'est toujours la même chose. Faut toujours qu'on nous tracasse. Un pas et deux pas; un tic et un tac. En avant, en arrière, un tic et un tac. Si tu marches sur une raie tu brises le cou de tamère. Jevas les arranger quand je serai libre. Jevas les arranger. Même ce fumier qui m'a cassé la main. Un jour jel'aurai lui aussi. Jelui envelopperai la tête avec sa propre matraque. A qui croit-il qu'il a affaire ce pourri capable de baiser sa mère. Et ces deux autres pinnesambulantes. Je les ferai virer de la police. Vous pouvez parier votre douxculcul que je vais le faire. On nejoue pas au petit soldat avec moi.

Il cessa de marcher et s'assit au bord du lit. Il resta ainsi un moment puis s'allongea et couvrit ses yeux de ses bras. Il lui fallut attendre que les battements de son cœur ralentissent pour que les images reparaissent.

Il jouait à chat perché avec quelques copains dans la ruelle derrière l'immeuble. Angelo, encadré de ses deux frères aînés, vint lui dire qu'ilsdevaient sebattre. Pourquoi. J'eveux pas me battre avectoi. Qu'est-ce qui teprend, t'as-peur de te battre avec mon frangin? Non j'aipas peur. J'en aipas envie. Aaaa, t'as les flubes. Pas capable de te battre avec un gars qui est plus petit que toi. Oui mais il est plus vieux. Il a neuf ans. Et alors? Ilest plus petit quand même. Laissez-moi tranquille. T'as les jetons. Oui, c'est le fils à samaman. C'est pas vrai. C'EST PAS VRAI ! Haha. C'est un fifils à sa mémère. Haha, c'est le fifils à samémère. Pas vrai. PAS VRAI !

Ils continuèrent à chantonner en formant le cercle, Angelo au milieu. Il s'efforçait de filer en braillant qu'il n'avait pas peur. Les autres le poussaient dans le cercle. Il tituba, tout rouge et les larmes aux yeux. Enfin Angelo le frappa et il poussa un cri, fonça sur Angelo, les poings en avant, tellement serrés que les jointures des doigts étaient blanches comme du granit. L'assaut fut si soudain qu'Angelo ne put ni l'esquiver ni le repousser. Angelo tomba et il lui tomba dessus en braillant comme un fou. On se saisit de lui, on l'arracha à Angelo, il ne se débattit qu'un instant. Quand il cessa de résister il eut une sorte de faiblesse et fut presque heureux d'être paralysé par ceux qui le tenaient. Il resta comme ça pendant un long moment. Les deux frères aînés d'Angelo examinaient les marques rouges sur le visage du vaincu.

Bigle ce que t'as fait. Oui, tului as poché l'œil. On voulait un petit match de boxe. Fallait pas taper si dur. Fautêtre drôlement salaud pour taper sur plus petit quesoi...

Les voix, les huées continuèrent mais il ne comprenait plus rien. Il se libéra de ceux qui le tenaient et courut chez lui en pleurant. Sa mère lui ouvrit la porte, il passa auprès d'elle en trombe, fonça dans sa chambre et tomba sur son lit. Sa mère le rejoignit aussitôt, s'assit auprès de lui, le prit dans ses bras et le berça en écoutant ses sanglots. C'est fini mon enfant, ne pleure pas. Maman estlà. Maman sera toujours auprès de toi.

Il abaissa les bras et laissa la lumière filtrer à travers ses paupières puis il ouvrit les yeux, s'assit sur sa couchette, et regarda droit devant lui un moment puis il eut un petit sourire. Ilsn'avaient qu'à pas pousser. Mais je leur ai donné une leçon. Faut pas jouer au petit soldat avec moi.

Le sourire s'élargit. Un frémissement d'excitation le parcourut et s'accentua. Et alors il entendit claquer la porte qui s'ouvrait et une voix brailler à la bouffe.

Il avait à peine conscience de ce qui l'entourait, entendait à peine le claquement des plateaux sur les tables et le brouhaha des voix. Il sut qu'il mangeait mais ne perçut pas le goût des aliments. Il resta aussi longtemps qu'il le put au réfectoire en savourant, non son repas, mais la sensation intérieure qui le réjouissait.

Il retourna à sa cellule à pas lents et s'assit sur sa couchette. Il entendit sa porte se refermer puis le verrou grincer mais ne s'en soucia pas à ce moment-là. Il avait alors quelque chose en perspective. Une sorte de dessert. Il resta assis en jouissant par anticipation aussi longtemps que possible. Il était heureux, tellement heureux qu'il savourait son bonheur. Il prolongea l'attente. L'excitation et la satisfaction prirent une intensité presque douloureuse. Pourtant il attendit encore. Le plaisir augmenta tellement qu'il atteignit un point critique.

Il s'allongea avec délices sur sa couchette et se couvrit de ses avant-bras.

Il était à un carrefour et scrutait du regard l'avenue et la rue dans les deux sens. Où aller? Dans quelle direction? Sans doute fallait-il remonter l'avenue. Pourrait-on voir votre carte d'identité? Deux agents de police derrière lui. Leurs casques luisent sous le faible éclairage de la rue. (non. non.) Hé, mon pote, qu'est-ce que tu fais par là. Les flics froncent les sourcils d'un air hostile. Rien. Je regarde autour de moi. Je crains de m'être perdu. Perdu? Raconte pas de conneries. Mais c'est vrai. Je viens d'arriver dans cette ville, je suis parti en promenade et je ne sais plus comment retourner à mon hôtel. Tu peux pas trouver quelque chose de plus malin? Tes papiers — adosse-toi au mur. On le poussa brutalement contre le mur. Hé là, messieurs les agents, je ne fais rien de mal et vous n'avez pas le droit de me traiter comme ça. Ah? Nous n'avons pas le droit? Nousallons te montrer si on en a le droit. Une claque d'un revers de main. Vous êtes pas fous, non. Vous n'avez pas le droit. Je connais la loi. Écoute culmalin, fais ce qu'on te dit ou on te fait péter ton putain de crâne. Je vous conseille de ne pas recommencer à me frapper. Te frapper? mais nous allons te tuer. Un des agents mit la main à l'étui de son pistolet et tout à coup il les frappa tous les deux à la tête en écartant les deux bras, leurs casques tintèrent dans la nuit. Leurs yeux roulèrent dans leurs orbites et le pistolet tomba sur le trottoir. Il leur cogna la tête, l'une contre l'autre, leur arracha leur casque et les cogna de nouveau l'un contre l'autre. Il fit un pas en arrière et les regarda tranquillement s'écrouler. Puis il les mit dans leur voiture et s'en alla d'un pas tranquille. Ouais. hahahahahaha

c'est comme ça qu'on s'y prend. Me demande ce qu'ils penseront quand ils reviendront à eux. Mais je parie qu'ils ne joueront plus au petit soldat avec moi s'ils se retrouvent en ma présence. Suffit de les sonner.

Dans le métro à l'heure de pointe. Le matin. Mauvaise humeur. Week-end miteux. Wagons bondés, cohue. Odeur de journaux, de vêtements, d'haleines, de corps. Une femme près de la porte, avec deux gros baluchons. Cheveux crapoteux, vêtements minables. Visage souillé et grosses verrues velues. Semble qu'elle pue. Une vieille radeuse. Albouge pas quand les autres veulent sortir ou entrer. On croirait que le métro lui appartient ou quoi? Faut passer en biais à côté d'elle. L'est grosse. Lourde. Répugnante. Faut au moins lui marcher sur le pied. Lui foutre un coup de pied aux tibias. Encore là quand il veut descendre. Il la cogne de tout son poids, de toutes ses forces. Elle jaillit du wagon. Cogne le mur du quai. Ses baluchons lui échappent des mains et leur contenu se répand par terre. Il s'en va en souriant

il la regarde rebondir du mur et tomber sur le quai. Feint de buter contre elle. Lui écrase la cheville. Tombe en avant, le genou dans l'estomac de la bonne femme et la main sur la gorge. Pommed'Adam. Lui appuie sur l'estomac et la poitrine pour se relever. Secoue la tête tristement. Excusez-moi. Secrètement ravi.

Quand le flic dégaina son pistolet, il lui frappa le poignet de la tranche de la main et, presque du même mouvement, il donna un coup de pied au bas-ventre de l'autre. Le pistolet n'avait pas encore atteint le sol que déjà il frappait le premier flic à la nuque. Ce flic tomba par terre. L'autre s'était penché en avant dans une position

fœtale et se tenait le ventre à deux mains. Rien que quelques petites passes de karaté et hop! c'est fini. Il les remit dans leur voiture, les considéra un moment, se saisit de leurs insignes et de leurs armes. Il alla jusqu'au coin de la rue laissa tomber ses prises dans une bouche d'égout et s'en alla avec un large sourire.
Il avait exactement le même sourire, allongé sur sa couchette, les genoux pliés, les jambes croisées. Et maintenant qu'ils se débrouillent pour expliquer ça au capitaine. Ouais. Surtout quand ils ne répondront pas aux appels de radio.

Ce fut une alerte à toutes les voitures. Bataille au pistolet et cambriolage probable, tout près du carrefour où les deux agents étaient avachis, évanouis dans leur auto. La radio appela leur numéro plusieurs fois. Un agent tué. Trois blessés. Se précipiter immédiatement à la rescousse. Répétons. Un tué. Trois blessés. Se précipiter immédiatement. Répétons se précipiter immédiatement. Répondez s.v.p. Répondez s.v.p. Il leur plaît pas du tout parce qu'ils n'entendent pas l'appel. Évanouis, sans insigne ni pistolet. Les appels de la radio retentissent d'un bout à l'autre de la rue. Quand on les interrogea sur leur absence ils eurent peur d'avouer la vérité. Enfin on les força à bredouiller leur histoire mais on ne la crut pas. Leurs collègues les méprisèrent et les mirent à l'index. Les funérailles pompeuses de l'agent tué cette nuit-là eurent droit aux honneurs de la télévision et de la radio. Ce jour-là et les suivants les speakers firent plusieurs fois allusion aux deux agents qui se trouvaient en voiture à proximité de la fusillade meurtrière et n'avaient pas répondu aux appels au secours. On les suspendit de leurs fonctions et on les invita à démissionner. Leurs photos parurent partout et on répéta à qui mieux mieux leur version des événements. Partout où ils sollicitaient un emploi on les éconduisait d'un air dégoûté. Leurs familles ne les recevaient pas mieux à la maison. Leurs femmes avaient honte d'entrer dans les boutiques. Leurs gosses durent quitter l'école. Femmes et enfants les abandonnèrent : leur honte était trop lourde. Enfin les deux flics disparurent et on les oublia jusqu'au jour où on trouva le corps de l'un d'eux qui commençait à se décomposer dans une décharge publique.

Ouais,
ouais. Vers et rats le dévoraient. Magnifique. Magnifique. Un sourire fendit lentement son visage. Il éprouva un bonheur et une joie inexprimables. Il en eut le goût dans la bouche et sa langue en palpita. Il l'aspira et en sentit la caresse sur sa peau. Il se pencha pour observer plus attentivement la chair en putréfaction et les os déjà rongés et glissa dans l'extase. Avec l'extase vint un instant crépusculaire qui ne dura guère. Pas le sommeil mais une détente pantelante dans laquelle il plongea volontiers.

Mais y rester
plongé trop longtemps et trop profondément le priverait de son extase et s'il la perdait il ne la recouvrerait jamais. Trop excité pour rester au lit, il ouvrit les yeux, alla au lavabo, s'aspergea longuement le visage d'eau froide et fit papilloter ses paupières pour ouvrir entièrement les yeux. Il s'épongea avec la serviette et ressentit alors une légère douleur. Il examina succinctement le bouton, retourna au lit et se couvrit les yeux d'un avant-bras.

Quand l'agent dégaina, il l'avertit d'abord qu'il était expert en karaté, le frappa au poignet (le pistolet chut) et il piqua la pomme d'Adam de l'autre du bout des doigts. Ensuite, il piqua, de même, du bout des doigts, le plexus solaire du premier, le frappa de la tranche de la main sur la nuque et en fit autant à l'autre. Tous deux tombèrent évanouis et il les désarma. Il alla à une cabine téléphonique au coin de la rue, appela un journal, raconta ce qui venait d'arriver et demanda qu'on envoie un reporter sur les lieux. Quelques minutes plus tard, un reporter et un photographe arrivèrent et ils appelèrent les autorités. Trois cars de police ne tardèrent pas à apparaître. Il raconta brièvement son histoire aux reporters cependant que le photographe opérait. Quand les autres agents furent sur place — il y avait un sergent et un lieutenant parmi eux — on lui posa bien des questions sur un ton de colère et il vit de nombreux visages mécontents. Comme il l'expliqua plus tard, ces messieurs de la police étaient hors d'eux. On le bouscula un peu et on le traita sans ménagements pendant le trajet jusqu'au poste de police. Plus tard, il insista sur la fureur des policiers. Il était alors dans le bureau du directeur du journal. Il s'adressait au reporter qui l'interviewait et aux autres personnes présentes : le directeur, le rédacteur en chef, un avocat célèbre, un représentant de la Ligue pour la défense des libertés publiques et les dirigeants de maintes associations civiques. Il affirma qu'on l'aurait sûrement passé à tabac si le reporter et le photographe ne s'étaient pas trouvés sur les lieux. Je n'aurais pas été étonné s'ils avaient trouvé un moyen de m'envoyer en prison pour plusieurs années, ajouta-t-il. Ils m'auraient sûrement accusé de tentative de meurtre et Dieu sait quoi.

Q. Pourquoi avez-vous téléphoné au journal au lieu de vous en aller tout simplement?

R. Eh bien, pour plusieurs raisons. Je craignais que, si on m'arrêtait plus tard, je n'aie aucun moyen de me défendre. Vous voyez, il n'y avait pas de témoins. Je décidai donc que la solution la plus sage consistait à appeler un journal de bonne réputation, raconter mon histoire et demander l'envoi d'un reporter pour empêcher ce qui se serait sûrement passé si je m'étais trouvé seul à l'arrivée de la police. Évidemment la présence d'un photographe fut une assurance supplémentaire. En outre, je ne voulais pas que ces soi-disant guillemets serviteurs de la loi guillemets, s'en tirent sans châtiment. Ils abusaient odieusement de leur autorité. Ce n'est pas seulement mal mais dangereux. Voilà pourquoi j'ai appelé votre journal. Je sais que monsieur Preston a toujours défendu les droits de ses concitoyens, que c'est un homme honnête et courageux.

Q. Pourquoi avez-vous réagi aussi vivement envers les deux agents?

R. Ma foi, j'en avais sans doute assez de leurs manières de fiers-à-bras. Je leur ai répondu poliment. Ils m'ont injurié, insulté, bousculé, cependant que je répondais clairement et honnêtement à leurs questions. Je les ai même mis en garde et leur ai dit que je suis un expert en karaté et qu'en continuant à me maltraiter ils m'obligeraient à me défendre. Quand l'un d'eux a dégainé son pistolet, j'ai résolu de ne pas courir le risque d'être tué.

Q. Qu'entendez-vous faire maintenant?

R. Porter plainte. J'estime que personne n'a le droit de maltraiter son prochain, qu'on ne doit pas laisser des malfaiteurs circuler dans les rues et faire à n'importe qui tout ce qui leur passe par la tête. La police contribue à protéger les citoyens honnêtes et je lui en suis reconnaissant. Mais — et voilà un gros mais — je ne crois pas qu'on doive permettre à des agents de police de se conduire comme ceux-là l'ont fait. Rien n'est plus dangereux qu'une autorité indigne de ses responsabilités. (oui, ça c'est une bonne formule).

Q. Avez-vous l'intention de demander des dommages et intérêts à la ville?

R. Non. Catégoriquement non et je tiens à le préciser clairement. Je n'agis pas dans un but intéressé. Bien sûr, comme tout le monde, je saurais quoi faire d'une petite somme si elle me tombait entre les mains (sourires et hochements de tête) mais ce n'est pas mon mobile. Je porte plainte parce que j'estime que c'est mon devoir.

Q. Quels sont vos projets pour le moment?

R. Eh bien, je vais étudier avec Don et Stace ce que nous pourrions faire pour empêcher dans la mesure du possible que se répètent des choses pareilles. Je n'espère pas que nous en viendrons complètement à bout mais nous pourrons au moins diminuer la fréquence de tels abus et contribuer ainsi à sauver la vie de quelques innocents. Disons même sauver quelques vies.

Merci beaucoup.

Il n'y a pas de quoi.

Et le procès lui apporta encore plus de plaisir, il en eut des trémoussements d'orgasme sur son lit. Non, pas seulement du plaisir, ni même de l'extase. Ce fut quelque chose de sublime. Oui, sublime de les démolir à l'audience, sous les yeux des journalistes, des photographes de presse, du public et de la télévision. Tout le monde écoutait et regardait.

Le premier témoin fut la standardiste du journal qui avait reçu son appel et à laquelle il avait déclaré qu'il venait de mettre knock-out deux flics qui l'avaient maltraité. Elle déclara avoir passé la communication au rédacteur en chef.

Le rédacteur en chef déposa qu'il avait reçu l'appel téléphonique, avait écouté le récit de ce qui s'était passé et que son interlocuteur avait demandé l'envoi d'un reporter.

Le reporter narra ce qu'on lui avait dit et ce qu'il avait vu.

Le photographe déposa d'abord dans le même sens

puis certifia l'authenticité des photos qu'il avait prises sur place et qui furent versées au dossier.

Alors vint son tour. Il exposa clairement et avec précision la suite des événements qui les réunissaient tous à ce moment-là dans la salle d'audience. Avec une maestria superbe il ridiculisa l'avocat des deux flics. A maintes reprises ce dernier chercha à l'intimider, l'effrayer, le minimiser, lui tendre des pièges, mais il déjoua tout cela, simplement, calmement. Certes Stacey Lowry présenta bien des objections que le magistrat approuva, mais elles ne furent pas nécessaires. De quelque moyen qu'usât l'avocat de la défense pour le discréditer, lui ou sa déposition, il tint bon, ne s'écarta jamais de sa première version des événements et ne se contredit pas une seule fois. Enfin, abasourdi et frustré, l'avocat des deux flics abandonna la partie, dégoûté. Bref, il se conduisit superbement à l'audience.

Quand les prévenus déposèrent, il prit quelques notes sur leurs contradictions et les passa à Stace. Le contre-interrogatoire fut brutal (tous les media insistèrent sur la forte impression qu'il avait faite à la barre, surtout pendant le contre-interrogatoire). En moins de cinq minutes, Stacey amena les deux agents à se contredire personnellement et l'un l'autre. A plusieurs reprises l'assistance rit tellement que le juge dut frapper son pupitre à coups de maillet pour rétablir le silence. Le jury n'eut pas besoin de plus de trente minutes pour se mettre d'accord sur le verdict. Quelle joie que de voir les tronches des deux agents quand ils entendirent que les jurés les déclaraient coupables.

Ce fut sublime.

Les journaux du lendemain rendirent compte du procès sur plusieurs colonnes et ils soulignèrent que c'était lui qui avait emporté la partie; ils insistèrent aussi sur la profonde impression qu'il avait faite sur les jurés. Un éditorial le félicita même d'avoir eu le courage de se dresser contre les autorités au nom de la justice, et il regarda les jurés revenir en file indienne dans la salle d'audience et se rasseoir. On remit le verdict au greffier qui le remit au juge. Debout, les prévenus regardaient. Il les observait et éprouva une satisfaction chaleureuse quand le juge lut le verdict et qu'ils devinrent blancs ou gris, peut-être verts. Peu importait la couleur, ça lui faisait du bien. Il regarda poliment l'avocat de la défense droit dans les yeux, sûr de lui, détendu, et comprit que ce dernier avait conscience d'être tombé sur son maître. On lui posa des questions. On les lui jeta à la face, on hurla, mais il garda un calme parfait. Le juge le remercia personnellement d'avoir soumis cette affaire à la justice et exprima l'espoir que d'autres citoyens auraient le courage à l'avenir de suivre son exemple,

il entendit insignes et pistolets tomber dans l'égout avec un éclaboussement et le capitaine avait le visage tout rouge en braillant des admonestations à ses deux agents et Stace, sa femme et lui sirotaient du cognac au salon en bavardant et il sentit la tranche de sa main heurter la nuque du flic et il entendit les casques sonner sur le bitume et il les jeta dans leur voiture et

une agitation fébrile commençait à se mêler à sa joie aussi se leva-t-il de sa couchette pour marcher de long en large, mais pas comme auparavant. Il n'était plus aussi crispé. Une joie intense, presque de l'euphorie, remplaçait sa crispation. Pas aussi sublime peut-être que ce qu'il venait d'éprouver, mais une euphorie quand même.

En réalité il n'arpentait pas, il marchait lentement, de la porte au mur, sans compter ses pas, sans s'efforcer à remettre sans cesse les pieds au même endroit, sans craindre de briser le cou de sa mère.

Il regarda son bouton dans la glace et le toucha doucement. Il lui parut avoir grossi et mûri un peu, mais ce n'était rien. Il haussa les épaules et se remit à marcher de la porte au mur, sans chercher à évoquer les images ou à recouvrer quoi que ce soit, mais en se réjouissant seulement de ses souvenirs.

Il n'avait que huit ans la première fois qu'il était monté dans un car de police. La sonnette retentit, sa mère ouvrit la porte puis vint dans sa chambre et lui dit que deux agents de police voulaient lui parler. Aussitôt il se couvrit de sueur. Il savait pourquoi ils étaient là. Ils allaient l'arrêter pour avoir rossé Angelo. Mais Angelo n'avait qu'un bleu à la joue. Pas vrai? Me rappelle pas. Il me semble. N'aipas très bien vu. Fui trop vite. Ils braillaient et ils couraient. Doit être arrivé quelque chose. Blessé à la tête peut-être. Il saignait peut-être quand je suis parti. Il saignait peut-être du nez et de la bouche. Et si sonœil saignait. Mon Dieu pas son œil. Voulais pas le frapper. Ils m'ont obligé à frapper. Les flics vont peut-être lerosser. Ils allaient le rouer de coups. Et puis ils l'emmèneraient. Ilne reverrait jamais maman. Jamais.

Mon enfant... mon enfant (deux grands géants bleus sont derrière elle. Vois pas la porte. Si grands que leur tête arrive jusqu'au plafond. Peux pas reculer assez pour voir leurs figures. L'encadrement de la porte empli de bleu, pas plus. Et maman debout devant. Pourquoi vatelle les laisser l'emmener? Il ne lareverra plus jamais. jamais). Mon fils. Les agents veulent te parler au sujet du chien qui t'a mordu hier...

Chien?

Hier? Hier.

(il faisait du patin à roulettes avec des camarades sur un trottoir rugueux. Ils riaient et criaillaient en filant, leurs roues de métal faisaient du bruit. Tout à coup un petit chien noir sortit d'un jardin et le mordit au talon ((le droit? le gauche??? oui, le gauche)). Il hurla et se mit à pleurer, cependant que les autres criaient contre le chien et une femme sortit en hâte de la maison, appela le chien et brailla aux gamins de cesser de hurler, vousl'effrayez, et il continua à pleurer bien qu'il n'eût pas mal et le même affolement le précipita chez lui alors que la femme lui criait de revenir vers elle pour qu'elle examine sa jambe mais il patina à toute vitesse jusque chez lui, il ne prit même pas la peine de retirer ses patins et gravit l'escalier à grand bruit en se tirant à la rampe, en se poussant en avant sur les trois étages jusqu'à ce qu'il atteignît sa porte. Il roula sur le palier, cogna la porte de ses deux mains ouvertes en criant maman maman et quand elle ouvrit il tomba en avant mais maman le retint, le visage inquiet en répondant doucement à ses cris, son affolement. Il pantelait et sanglotait, incapable de dire ce qui s'était passé bien qu'elle l'apaisât et l'interrogeât. Enfin, le portant et le tirant à la fois, elle l'emmena dans sa chambre. Il s'allongea sur le lit, la tête sur les genoux de sa mère. Elle lui caressa les cheveux et l'embrassa pour effacer ses larmes. Il écrasa son visage contre les genoux de sa mère en s'accrochant désespérément à elle. Les sanglots cessèrent, elle souleva le visage chéri et continua à lui caresser la tête pendant qu'il lui racontait l'histoire. Puis elle resta assise assez longtemps pour qu'il se calme, lui retira ses patins, le mena à la salle de bains, lui passa de l'eau fraîche sur le visage, le peigna et le conduisit chez le docteur.

Il nefut pas nerveux jusqu'au moment où le docteur le prévint qu'il allait peut-être lui faire un peu mal. Il ne dit rien et se contenta de regarder sa mère. Elle lui tint les mains et l'apaisa cependant que le docteur cautérisait la plaie. Cen'est pas grave, çanesera rien, mais je dois prévenir la police pour qu'on vérifie si le chien n'est pas enragé.

De retour à la maison elle le mit au lit et lui dit de se reposer un moment. Elle fit de son mieux pour le réconforter, mais son visage exprimait encore la panique.

Quand sa bouche cessa de trembler, il dit : rage, est-ce que j'ai la rage comme le petit garçon du cinéma et est-ce qu'onva me piquer des aiguilles dans le ventre? Non. Non. Ne t'inquiète pas mon fils, tout ira bien. Elle sentait qu'il tremblait. Elle le berça en oscillant d'avant en arrière. Cependant il avait des visions horribles : des gueules écumantes et d'énormes aiguilles qui pénétraient en crissant dans la chair tendre de son abdomen.)

Ils veulent savoir où il habite. Elle entre dans la chambre, s'assoit près de lui et lui tient la main. L'encadrement de la porte s'élargit et il voit leurs figures. (c'est seulement au sujet du chien, ils n'ont rien contre toi.) Les flics et sa mère lui parlent pendant quelques minutes et lui assurent qu'ils ne feront pas de mal à la dame à qui appartient le chien, mais qu'ils veulent faire examiner cet animal.

En sortant de l'immeuble il voit une petite foule autour du car de police. Plusieurs de ses camarades sont là et le regardent marcher vers le car avec les deux flics. Il lui semble être aussi énorme que les flics lui paraissaient l'être un instant plus tôt. Il sait qu'aucun de ses camarades n'est jamais monté dans un car de police et il s'efforce de prendre un air grave. Il a envie de faire signe à ses petits copains mais il se l'interdit pour conserver son mystère. Il aurait voulu marcher ainsi une trentaine de mètres et même un kilomètre, mais le car n'est qu'à quelques pas.

Un des flics ouvrit la portière. Il s'assit sur la banquette et regarda droit devant lui cependant que les deux agents prenaient place sur la banquette avant. Il tourna à peine la tête pour regarder la foule du coin de l'œil. Un des flics lui demanda où habitait le chien et il l'indiqua. Quand la voiture démarra, il sentit les regards fixés sur lui et eut la certitude d'entendre ce que disaient les gens.

Puis une

bouffée de panique le fit presque sauter à bas de la voiture. S'ils trouvaient *ça!* Ils l'enverraient peut-être en prison. Ils le diraient à sa mère. Comment pourrait-il s'en débarrasser. S'il essayait de le tirer de sa poche, ils s'en apercevraient. Et s'il y arrivait, qu'en ferait-il. Ils continuaient à lui parler, lui disaient de ne pas avoir peur. Sans doute avait-il l'air louche. Attention qu'ils n'en sachent rien. Mais ils savent peut-être déjà. Peut-être l'ont-ils vu en descendant l'escalier? Peut-être ne vont-ils pas chez le chien. C'est seulement à un demi-pâté de maisons. On devrait déjà y être. Le car s'arrêta et un des flics lui demanda de désigner la maison. Il eut envie de glapir des excuses. Il ne recommencerait pas. Il resta bouche bée, l'œil vague. Le flic l'interrogea de nouveau et il montra la maison du doigt. Un des flics descendit de la voiture et entra dans la maison. L'autre resta sur la banquette avant sans rien dire. Il pensa que tout irait bien. Peut-être n'avaient-ils rien vu. Mais le flic restait longtemps absent. Peut-être faudrait-il qu'il entre lui aussi dans la maison et alors ils le verraient dans sa poche-revolver. Je t'en supplie mon Dieu qu'ils ne voient rien. Je serai sage. Je ne recommencerai jamais. Il craignait de mouiller son pantalon.

Puis le flic sortit de la maison avec la femme qui tenait le petit chien dans ses bras. Elle remuait les lèvres et il entendit leurs voix mais ne comprit pas ce qu'ils disaient. Il restait assis, raide sur la banquette en suppliant Dieu de le sauver. Le flic remonta dans le car. Il entendit vaguement la femme lui dire que le bruit avait effrayé le chien — dommage pour le petit garçon — bon chien — il a voulu attraper le petit garçon...

Il eut l'impression de ne pas pouvoir respirer et qu'il allait étouffer pendant le trajet du retour. Les flics s'arrêtèrent devant chez lui et le laissèrent descendre. Ses camarades arrivèrent au pas de course. Ils braillèrent des questions. Il ne dit rien jusqu'au départ des flics, puis il fila droit devant lui et contourna la maison. Ils répétaient leurs questions en braillant. Tout en courant il lâchait un mot ici et là, de temps en temps. Il raconta l'histoire. Ils comprirent. Et pendant tout ce temps-là j'avais mon lance-pierres dans la poche. Mais ils n'ont rien vu. Ils m'auraient pris sur le fait les sales flics. Je l'ai échappé belle. Ouf!

Il s'agenouilla auprès de la fenêtre ouverte et regarda dehors. Pan. Pan. T'aieu. Les sales flics l'ont coincé au quatrième étage et la fenêtre est inondée de lumière. On lui crie avec un porte-voix de se rendre. Tu t'en tireras pas gaucher. Va te faire foutre flicard. Pan. Pan. T'aieu. Pan. Puis un tireur d'élite l'atteint d'une balle à l'épaule et il tombe par terre en serrant dans sa main son épaule qui saigne et sa mère sursaute soudain dans son lit et court vers lui. Qu'est-ce qu'il y a mon enfant. Qu'est-ce qu'il y a. Elle se penche sur lui. Elle est douce. Mais il lui reste à tuer toute une bande de flicards.

C'était pas vrai. Dommage, merde. En aurais bien buté quelques-uns. (1, 2, 3, 4, 5, 6, la porte. 1, 2, 3, 4, 5, 6, le mur.) Au diable. Au voleur et au gendarme. (trouve l'endroit où tu as mis ton pied tout à l'heure. le rate pas. chaque pied à sa place. suis ta piste. 1 et 2 et 3 et 4 et 5 et 6. demi-tour. 1 et 2 et 3 et 4 et 5 et 6. parfois 1 est 6 et 6 est 1. et 3 est toujours 3. alors 5 serait pareil à 2. — non. attention... voyons. 1 est 6. 2 est 5. 3 est 4 4 est 3. 5 est 2. 6 est 1 et vice versa. mais le vice versa est son propre vice versa. 1 à 3 — 6 à 4. et 4 à 6 — 3 à 1. ça monte et ça descend. pas de milieu. sauf peut-être 3 1/2. oui c'estça. seul le 1/2 de 3 1/2 ne change pas. tout le reste monte et descend, monte et descend. hahaha. comme quand on baise. va, vient, monte et descend. oh merde. Il y avait 3 étages à la maison. 6 demi-étages. 8 marches à chaque volée d'escalier. On monte 8 marches dans une direction. Un petit palier. Demi-tour et on monte 8 marches de plus dans la direction inverse jusqu'à l'étage.

5 portes. 5 appartements. Puis de nouveau vers l'autre palier. Et demi-tour vers l'autre étage... et puis zut.

fumiers

de flics. Aurais dû leur cracher à la gueule. Allongé sur le dos, l'avant-bras sur les yeux.

La brume persistait. Ou bien était-ce la lumière qui filtrait à travers son avant-bras et ses paupières closes. Non c'étaitpas la lumière. Rien qu'une lueur. Faut chasser. Chasser un flic. Chasser un putain de flic. Jouer à un nouveau jeu : la chasse aux fumiers de flics. 2 têtes couvertes de crêpe. Coupables. Les femmes pleurent. Les mères de leurs gosses. Les mères. Leurs mères, toutes. Dos tournés, voûtés, sanglotants. Désespoir. Chagrin. Douleur. Bébé affamé qui tète un sein vide. Ventres gonflés. Désespoir. Pas de direction. Rien que la mort. Une arme à feu. Pilules. Non. Une corde. Un tabouret qu'on renverse d'un coup de pied. Lente agonie. Très lente. Douleur. Oui, souffrance. Bleuit lentement. Très lentement. Langue gonflée comme les ventres. Yeux exorbités. Un gargouillement. Si lent. Sang. Tellement lent. Un petit somme

et alors

un petit temps de veille.

Ensuite

il glisse vers une zone apaisante entre veille et sommeil.

Mary gardait des enfants chez des gens le samedi soir. Il la rejoignait quand ces gens étaient partis. Ils s'asseyaient sur le canapé. Crainte de le salir. Savaient pas au juste quoi faire d'ailleurs. Après l'avoir bécotée un moment, il lui fourrait le doigt dans la chatte. Alors elle lui ouvrait sa braguette et jouait avec son dard. Ils restaient ainsi assis sur lecanapé pendant des heures son doigt dans la chatte et son dard dans la main de Mary. De temps en temps il lui appuyait sur la tête et elle lui prenait le zob dans la bouche. De temps en temps aussi il se levait, l'agenouillait devant lui et le lui fourrait dans la bouche. Ainsi passait une soirée de samedi de plus, la main de Mary autour de sa pine et son doigt dans la chatte. Et de temps en temps il la lui fourrait dans la bouche.

Puis il se lavait les mains et s'en allait avant le retour des gens et chaque samedi soir quand il rentrait chez lui il craignait que sa mère sente l'odeur de sa main.

R. Eh bien, quand ils m'ont dit de m'adosser au mur j'ai refusé et leur ai répondu qu'ils ne pouvaient pas me fouiller parce qu'ils n'avaient pas de mandat. C'est alors qu'ils m'ont jeté contre le mur et j'ai littéralement rebondi.

J'aurais dû jouer aux doigts qui puent avec ces empafés. Prendre leurs foutus pétards et le leur carrer dans le trou du cul. Enfoirés idiots.

Le tintamarre des trawmays, des autos, des camions étouffa la déflagration que personne n'entendit. La femme tomba tout simplement sous la marquise du cinéma. Quelques passants s'arrêtèrent une seconde puis se portèrent à son secours. Une ambulance arriva et aussi la police. Elle avait reçu une balle de 5,5 mm. Bientôt des flics en uniforme et en bourgeois grouillèrent dans le quartier. Il était dans sa chambre quand deux flics entrèrent dans l'immeuble. Ils expliquèrent qu'une femme avait reçu une balle et qu'ils perquisitionnaient en quête d'armes. Ils entrèrent dans sa chambre et trouvèrent sa carabine à air comprimé. On l'ouvrait en deux, on la refermait, on tirait sur la détente et ça faisait poum. Il les observa tandis qu'ils examinaient la carabine, attentivement, minutieusement. Puis ils examinèrent son pistolet à amorces (tom mix) très attentivement et minutieusement.

Après leur départ sa mère lui expliqua ce qui s'était passé. Il saisit aussitôt son pistolet à amorces et dévala les trois étages. Il rejoignit plusieurs de ses camarades dans la ruelle derrière l'immeuble. Ils avancèrent en rasant les murs jusqu'au coin, en épiant de droite et de gauche avant chaque pas, très prudemment. Ils voyaient les flics sur les toits et s'efforçaient de rester dans l'ombre. Ils n'avaient jamais aussi bien joué aux gendarmes et aux voleurs.

Toute une bande de Sherlock Holmes professionnels. (boutons de cuivre, manteau bleu, n'y voient que du feu.) Comme ce fumier pourri qui me brisa la main. Dommage que j'aie pas attrapé sa matraque que je lui aurais enfoncée dans le derche. Enfoncée jusqu'à ce qu'elle lui ressorte par la tête. Pas étonnant que les juges soient vêtus de noir. Ils sont en deuil. Les foutus trousducul. Qu'est-il advenu du gars qui a tiré sur cette femme. Il a dit qu'il tirait sur la marquise. Essayait de casser les ampoules mais a raté. Marrant, quand il apprit que ce gars tirait de son immeuble à trois carrefours de là, il n'en croyait pas ses oreilles. Savait pas qu'une balle portait si loin — et puis zut. Qui y pense encore? C'était probablement une salope, d'ailleurs.

Non. Faut pousser de ce côté-là. Peux pas m'y faire. Me débarrasser de l'odeur. Oo quelque chose pour m'en débarrasser. Peut-être me lever et marcher. Pas envie. N'ai goût qu'à rêvasser. Mais je la sens. Peut-être temps d'aller manger ou quelque chose d'autre. La porte va peut-être s'ouvrir. N, NNE, NE, ENE, E. Y a une guide dans l'herbe qu'a un scout dans le cul. Boulines, anguilles, laguis, nœuds d'écoute. Viré des scouts pour avoir satané un lèche-cul. Y a un scout dans l'herbe qu'a un scout dans le cul. Foutre. Mary avait une gentille craquette serrée. Mais comment qu'elle est maintenant. Oui c'estmieux. Une gentille craquette serrée. J'en bande. Si dur que ça fait mal. Quelque chose à faire. Mary avait un joli cul serré. Mary avait un joli cul serré. Me demande si jela reconnaîtrais maintenant? Me semble qu'elle était pas trop moche. Trop jeune pour baiser. Peur de la prison. Mary avait une gentille craquette serrée. *Cette* gonzesse, comment s'appelait-elle. Heureusement qu'elle était pucelle. Oui. Ça sent moins. Sent moins. Providence. Joli nom. Providence. Il avait quinze ans et s'était encore enfui de chez lui. Cette fois il avait dégoté un turbin sur une péniche de pétrole. C'était pendant la guerre et on embauchait sans trop poser de questions. Pourvu qu'on soit capable de faire le boulot, ça leur suffisait. Ils étaient amarrés à Providence. L'autre manœuvre de pont et lui étaient libres ce soir-là et s'étaient rendus en ville.

Ils errèrent sans but un moment puis allèrent au cinéma. C'était un grand cinéma. Me rappelle plus rien du film. Ils sortirent et se promenèrent encore. Ils traversaient un parc quand ils la rencontrèrent. Ils barvardèrent et firent quelques pas ensemble. Tom suggéra d'aller derrière une baraque dans le parc. Tom s'en occupa d'abord et, lui, il attendit. Puis Tom lui dit c'est ton tour. Il l'embrassa et lui tritura les nichons. Il avait envie d'en faire plus mais ne savait ni quoi ni comment. La frousse, pourtant il bandait. Puis tous les trois passèrent derrière la baraque. Ils la pelotèrent à en avoir marre, mais ils eurent peur d'en faire plus. Alors ils partirent vers l'arrêt de l'autobus pour retourner à la péniche. Comme ilsn'étaientpas sûrs du chemin, elle les conduisit. Ils marchaient dans une petite rue étroite et sombre quand tout d'un coup une voiture s'arrêta près d'eux et deux hommes en sortirent qui les saisirent aux bras et leur dirent d'embarquer. Il tremblait, le coude serré par la poigne de cet homme. Il voulut demander ce qui se passait mais fut incapablede parler. Ces hommes montrèrent des insignes et déclarèrent qu'ils étaient inspecteurs de police. On lui dit de ne pas s'inquiéter qu'on voulait seulement vérifier la situation de la fille. C'est sans doute une fugarde. Ils allèrent en auto jusqu'au poste de police sans rien dire. On conduisit la fille dans une autre pièce (j'ai sans doute jamais su son nom). On vida leurs poches et on en mit le contenu dans de grandes enveloppes. Puis on les sépara et on les interrogea. D'où venaient-ils, que faisaient-ils en ville, etc. On lui demanda ce qu'il faisait avec cette fille.

Rien. Elle nous montrait le chemin de l'arrêt de l'autobus.

On vous a ramassés à deux heures du matin. Qu'est-ce ce que vous avez fait de votre nuit. On se promenait. On est allés au cinéma puis on s'est promenés.

Avec la fille?

Oui, à la fin.

Me bourre pas le mou, cave. Je sais ce que tu as fait. Ton copain nous l'a déjà dit. Vous lui êtes passé dessus l'un après l'autre. Pas vrai?

Il fut pris d'une telle panique que c'est tout juste s'il ne pleura pas. Il essaya de parler, mais il bredouilla. Il savait qu'il avait fait quelque chose de mal et il en avait honte, tellement honte qu'il ne pouvait rien dire. Alors il hocha la tête.

J'en ai ma claque de voyous comme vous. Je vous ferai coller vingt ans. J'en fais mon affaire.

Les larmes lui montèrent aux yeux mais il ne fallait pas que les flics le voient. Il ne pensait qu'à sa mère. Que dirait-elle. Vingt ans. Que dirait sa mère. On lui enleva sa ceinture et les lacets de ses souliers, mais il ne s'en rendit pas compte. Il ne reprit conscience de ce qui se passait que lorsqu'il entendit claquer la porte de sa cellule.

Il s'assit au bord du banc de fer qui servait de couchette. Il regarda la petite fenêtre garnie de barreaux en haut du mur et distingua la pâle lueur d'un lampadaire qui éclairait la rue. Il regarda fixement les barreaux pendant longtemps, pendant de longues minutes. Qu'allait dire sa mère. Vingt ans. Les larmes perlèrent enfin sous ses paupières et coulèrent sur ses joues. Il ne les essuya pas. Il ne les sentit pas. Il regardait les barreaux et ses larmes coulèrent cependant qu'il essayait de se figurer ce que serait sa vie au cours de vingt ans en prison. Il n'avait pas encore vécu aussi longtemps puisqu'il n'avaitque quinze ans. Il peina pour essayer de se représenter ce que signifiaient vingt années mais en vain. Une éternité. Il cessa d'y penser, faute de courage. Il resta assis, tête basse, et regarda le sol de ses yeux embués de larmes. A quoi bon les empêcher de couler. Même s'il avait su qu'il pleurait il ne s'en serait pas soucié. Il était seul, tout seul. Son courage s'écoulait avec ses larmes. Lentement, sans s'en rendre compte, il s'affaissa sur le banc, s'allongea sur le côté et s'endormit. La lumière qui passait à travers la petite fenêtre lui fit mal aux yeux mais il lui fut pourtant difficile de les ouvrir. Lorsqu'il ajusta sa vue à la clarté qui régnait dans la cellule, il sentit qu'il avait affreusement froid. Le banc de métal était pareil à de la glace. Il se redressa, s'assit et s'efforça de croire qu'il rêvait. Mais c'était vrai, à n'en pas douter. Il était assis sur un banc glacé et il y avait des barreaux à la porte. Tout ça c'était aussi réel que la lueur qui tombait de la fenêtre. Il attendit.

Puis un maton lui apporta un petit sandwich au fromage et un quart à demi rempli de café noir. Il les prit, les posa sur le banc et les considéra pendant de longues minutes. Pain et fromage étaient durs. Il tint le quart à deux mains pour les réchauffer et hésita à boire. Il n'avait encore jamais pris de café sauf quelques gouttes exceptionnellement dans son lait. Il se réchauffa les mains puis se frotta le corps. Puis il les chauffa de nouveau. Sanssavoir pour quelle raison, il s'obligea à manger le sandwich. Pas par faim, mais par habitude. Il but le café à petites gorgées. Pire qu'un médicament. Après quelques gorgées il cessa de boire et ne se servit du quart que pour se chauffer les mains.

Il leva la tête et vit par la fenêtre des portions de gens qui passaient dans la rue. Pendant un moment il resta la tête levée sans rien voir puis il remarqua ces morceaux de jambes et se demanda de quoi avaient l'air les gens à qui elles appartenaient. Cen'était pas intéressant mais ça l'occupait. Ça l'aidait à passer le temps. Vingt ans. Comment pourrait-il rester vingt ans en prison? Vivrait-il vingt ans? Ça dépassait son entendement. Ça s'étendait trop loin. C'était irréel. Mais que dirait sa mère. Il fallait jouer à quelque chose. De quoi ont l'air ces gens qui passent dans la rue? Ces gens à qui appartiennent trente centimètres des jambes qu'il voyait. Comment deviner la taille, le poids, la couleur des yeux et des cheveux rien qu'en voyant un bout de jambe. Impossible de le deviner ni de l'imaginer. Mais pour les femmes c'était pas pareil. Évidemment il n'était sûr de rien, mais il voyait au moins la forme de la jambe et pouvait imaginer. Il arrivait même à supputer quel genre de souliers elles portaient, surtout en entendant le claquement des talons. Si ça claque, c'est des talons hauts. Si les jambes sont bien roulées, exceptionnellement appétissantes, alors elle est jeune, elle a une jolie silhouette et des gros nénés, fermes, ronds et doux. Ceux sur lesquels on pose sa joue. Ceux qui ont de gros mamelons rose foncé. Certaines ont des cheveux noirs, d'autres blonds, d'autres doivent être rouquines. Elles ont toutes des lèvres rouges, de longs ongles laqués et elles tortillent du derrière en marchant. Mais les blondes, est-ce que les poils de leur cul sont blonds? Les rouquines et les brunes, c'est facile à savoir. Mais les blondes???? Des poils blonds comme leurs cheveux ou plus foncés? Est-ce qu'elles auraient des poils noirs ou seulement blond plus foncé?

S'il pouvait s'approcher de la fenêtre et regarder sous leurs jupes, quelques-unes ne portaient peut-être pas de culotte. Oui, il avait entendu dire que les filles ne portent pas toutes culotte. D'ailleurs, malgré la culotte il verrait peut-être quelque chose. Et puis, peu importait la couleur, rien que bigler serait chouette. Et elles n'en sauraient rien. Il passerait bien toute la journée sous la fenêtre à regarder. Mais pas vingt ans. Enfin, il pouvait bien regarder un moment. Il continua donc à observer ces bouts de jambes qui passaient puis il prit lentement conscience d'une lourdeur à l'aine. Il triquait. Il en eut peur. Si le gardien entrait et s'en apercevait. Fallait qu'il fasse passer ça. Il appuya dessus de toutes ses forces à se la rentrer dans le ventre. Mais elle lui sembla en acier, comme le banc sur lequel il était assis. Appuyer lui faisait mal mais il appuyait quand même. Il mit les deux mains sur la tête du nœud et poussa encore plus fort. Un bref instant fugace il craignit de se perforer les mains. Mais en fin de compte elle plia et s'amollit. Il se leva et regarda s'il n'y avait plus de bosse visible. Non, c'était plat. Il s'assit sur le banc, se détourna de la fenêtre et attendit jusqu'à ce que le gardien l'appelle et lui donne un autre sandwich au fromage et un autre quart de café. Il mangea lentement son sandwich, par petites bouchées qu'il mâcha le plus possible en tournant le dos à la fenêtre. Il attendit encore longtemps, mordit une autre bouchée et mâcha lentement. Quand sa bouche devint aussi sèche que de la sciure, il sirota un peu de café, puis se remit à manger. Fromage et pain secs et durs, café amer, mais ça passe le temps.

A un certain moment dans l'après-midi la porte s'ouvrit à grand bruit et le geôlier lui dit de sortir. Ils allèrent au bureau où ils s'étaient déjà trouvés la nuit précédente. Tom y était déjà avec deux inspecteurs. Il s'assit sur la chaise qu'on lui désigna. Il sua sous les aisselles. Il sentit des gouttes de sueur couler sur ses flancs.

Le docteur a examiné la fille, elle est intacte. (Il observait la figure du détective, n'ayant conscience que de la sueur qui couvrait son corps, et picotait son cuir chevelu.) Alors onva vous laisser filer pour cette fois.

Mais si jamais je revois l'un de vous ici, jelui fends le crâne. L'inspecteur se tourna vers lui.

Pourquoi as-tu dit que tu l'as enfilée?

Ses paupières papillotèrent et il lui fallut plusieurs secondes pour pouvoir bredouiller qu'il ne l'avait pas dit.

Tu me traites de menteur?

Il secoua la tête et cligna encore plus vite les paupières. Non monsieur. (Il s'efforçait de réfléchir mais avait l'esprit trop confus. Il essaya de se rappeler si on lui avait posé cette question mais en vain. Il était sûr qu'ils ne l'avaient pasposée mais il ne se rappelait rien de certain.) Il se mit à bredouiller quelque chose mais le policier lui coupa la parole.

Assez de conneries. Prenez vos bidules et foutez-moi le camp. J'ai du travail.

Il jeta sur son bureau les enveloppes contenant leurs affaires personnelles. Tom dit que la sienne était celle qui contenait le plus d'argent. Il regarda Tom dont le rictus lui donna la panique. Il aurait voulu lui dire de se taire. Il n'avait qu'une envie, filer et c'est tout.

Le détective leva les yeux vers Tom. Te paye pas ma tête, petit cave, sinon tu te réveilleras à l'hôpital.
Ils signèrent les reçus, remirent leurs affaires dans leurs poches et s'en allèrent sans demander leur reste. En retournant à la péniche Tom ne cessa de plaisanter au sujet de leur mésaventure. Quant à lui, il ne pensait qu'à rentrer à la maison. Elle n'en saurait jamais rien.

Pas moyen de se débarrasser de l'odeur. Elle est encore là. Tellement forte qu'il en a le goût dans la bouche. Il nepouvait pas lui dire. Comment dire ça à sa mère. Il nesavaitpas exactement ce que c'était mais il en avait plus ou moins conscience. Il savait que ça venait d'elle et que c'était une chose dont il nepouvait ou nedevait pas parler. Il ne pouvait donc que rester à table et chipoter ses céréales du bout de sa cuillère. Qu'estce qui ne va pas mon enfant, pourquoi-tu manges pas. Jene saispas maman. N'ai pas faim, c'est tout. Mais ça va bien? Tu n'es pas malade? Non, je vais bien. J'ai pas faim. J'aurai peutêtre faim tout à l'heure. Mais tu n'en as même pas mangé une cuillerée. Mange un peu et l'appétit viendra en mangeant. Non, j'ai pas faim je te l'ai dit. Laisse-moi tranquille. Il se lève brusquement et va dans sa chambre où il s'assied sur son lit. Il devine que sa mère est restée assise à table et qu'elle regarde d'un air triste la chaise abandonnée. L'odeur est encore si forte qu'il en a le goût dans la bouche.

Merde. Enfant de putain idiot. Savaispas. Savaispas, c'est tout. Et puis zut. MERDE!

La voiture s'arrêta devant eux et deux hommes en sortirent et l'un d'eux le saisit et il cogna et l'envoya dinguer contre la voiture. Il allait le cogner de nouveau quand l'autre tira la médaille de sa poche et dit qu'ils étaient inspecteurs de police. Il les regarda, immobile. Fallait le dire. Qu'est-ce que vous nous voulez. Nous voulons vérifier le cas de la fille. Nous croyons qu'c'est une fugarde. Ça va. Excusez-moi d'avoir frappé mais je vous prenais pour des voleurs. Le flic qui l'avait cogné le regardait fixement et il soutint ce regard, sans crainte.

Assis sur son lit il sentait l'odeur. Il aurait voulu sortir en plein air pour s'en débarrasser, mais il lui aurait fallu traverser la cuisine et passer auprès de sa mère pour atteindre la porte. Ça, ilne levoulait pas; mais il fallait pourtant qu'il sorte. S'il ne sortaitpas il serait malade et sa mère s'inquiéterait, ne le laisserait plus tranquille. En désespoir de cause il se leva. Il eut envie de s'enfuir mais il s'obligea à marcher lentement et dit à sa mère qu'il allait faire un tour. Il s'éclipsa sans lui laisser le temps de protester. Il marcha d'un pas rapide le long de la rue, en respirant et expirant à fond. Pourquoi ne s'en apercevait-elle pas? Ellene sentait donc pas? C'estla sienne, comment ça se fait qu'elle ne le sente pas? Pire que Mary.

Le flic qu'il avait frappé le regardait fixement et ne cessait de s'éponger la figure avec son mouchoir. Tom semblait avoir peur. Il s'en ap rçut et lui sourit pour le rassurer. Arrivés au poste de police les flics se mirent à le bousculer, à le projeter de-ci de-là, contre l'un, contre l'autre. Il resta raide sans rien dire et les regarda droit dans les yeux. Ils sortirent et lui dirent de les suivre. Il répondit à leurs questions fermement et avec calme. Quand ils l'interrogèrent au sujet de la fille il leur dit qu'il ne s'était rien passé du tout. Faites-la donc examiner tout de suite, ça nous fera gagner du temps et nous évitera des tracas. Ils lui braillèrent de répondre aux questions et il soutint tranquillement leur regard. Ou bien vous la faites examiner *tout de suite* et vous nous relâchez ou bien vous nous inculpez et vous nous permettez de téléphoner. Ils continuèrent à vociférer et à le menacer. Il leur dit tout simplement qu'il n'avait rien à ajouter. Quand on les relâcha quelques heures plus tard il regarda froidement le flic qu'il avait frappé, lui dit au revoir en ricanant et quitta le poste de police.

Calme et résolu, il roulait vers la colline du Capitole avec Don et Stace. Ses conférences de presse et ses apparitions à la télé lui donnaient encore plus d'assurance. Au début de la campagne il était un peu inquiet, mais désormais il savait comment se débrouiller en toute circonstance. Non, en réalité ce n'était ni la campagne ni les interviews qui avaient marqué le début, mais la manière dont il avait traité l'avocat de la défense au procès. Oui, c'est là qu'il s'était métamorphosé. Pendant plusieurs jours dans le prétoire il n'avait pas commis le moindre impair. Depuis lors il était sûr de se tirer d'affaire dans tous les cas. Il n'avait jamais manqué de confiance mais désormais il était inaccessible au doute. Ça, c'était une certitude concrète.

Tout en roulant sur l'autoroute ils discutèrent de l'enquête menée par le Senat et des prochaines dépositions. Ils étaient enchantés. Leurs efforts donnaient des fruits. Non seulement ils avaient atteint le public mais encore ils avaient mis en mouvement la Chambre de l'État. Ils se rendaient compte pourtant qu'il leur faudrait dorénavant travailler deux fois plus mais au moins le but pour lequel ils avaient si durement combattu était enfin en vue. Ce n'était pas la fin mais seulement le début.

Son interview avait paru dans le supplément du dimanche, juste après le procès. L'illustraient des photos de plusieurs prisons et maisons de détention qui montraient au public dans quelles conditions les prévenus étaient obligés de vivre. (Non. Non. Ça, ce serait la semaine suivante.)

L'interview avait eu plus de retentissement que prévu. Lire les lettres des lecteurs et en accuser réception l'occupait déjà à plein temps. La semaine suivante parut le premier d'une série d'articles illustrés de photos choquantes. Le journal soulignait vigoureusement que les gens incarcérés dans de telles conditions n'étaient pas des condamnés mais des prévenus considérés, selon la loi, comme innocents tant que leur culpabilité n'était pas prouvée.

L'article le plus frappant de tous fut celui qui traitait des adolescents obligés de dormir par terre et littéralement sous-alimentés. Or nombre d'entre eux n'étaient même pas des accusés en prévention. Ils étaient en prison parce que leurs parents, malades ou incapables de veiller sur eux pour une raison quelconque, ne pouvaient plus leur assurer un logement. Leur seul crime c'était d'être privés de foyer. (il hocha la tête de satisfaction mais d'un air indigné oui, c'était bon, ça frapperait. il acquiesça encore d'un signe de tête.)

Il s'attendait à être accueilli au Capitole par des reporters, des photographes, des cameramen de la télévision. On lui poserait bien des questions avant son entrée dans le bâtiment. Il était prêt à répondre. Il continuerait simplement à dire la vérité. Ainsi ébranlerait-il les fondements de l'autorité qui l'avait maltraité. Leur campagne avait un tel retentissement dans tout le pays que la Chambre de l'État les avait presque suppliés, Don, Stace et lui, de témoigner. Certes Don et Stace apportaient photographies et documents de toutes sortes dans leurs attaché-cases, mais c'était quand même lui le noyau autour duquel gravitait toute la campagne. Dépositions, statistiques, articles, photographies, tout cela importait, mais c'est son témoignage qui les rendait vivants aux yeux de la population. Don et Stace apportaient des faits qui semblaient froids pour le citoyen banal. Lui, preuve vivante, il donnait à ces faits leur signification.

Quand ils arrivèrent au Capitole, à la capitale de l'État, un groupe de journalistes les attendait. Il se dirigea vers eux avec assurance. Tous les media étaient représentés. Il s'était déjà tellement entretenu avec des gens de la presse qu'il en connaissait un grand nombre par leur nom. Il les salua d'un geste de la main répondit calmement aux questions pour les journaux, la radio la t.v. Cependant, les appareils photographiques cliquetaient et les caméras ronronnaient. Après avoir passé un moment avec la presse, il pénétra dans le bâtiment de la Chambre entre Don et Stace.

L'intérieur du bâtiment lui rappela la salle d'audience du tribunal. Il nesut pas exactement pourquoi. Peut-être à cause du marbre ou des longs couloirs ou des échos qu'éveillait le bruit de leurs pas; peut-être aussi la hauteur des plafonds et les portes de bois, massives, ou encore l'ambiance austère, froide, qui lui rappelait en effet le palais de justice. D'ailleurs, inutile de préciser pourquoi la Chambre éveillait un tel souvenir du moment qu'il se réjouissait d'y être. A chaque claquement de ses talons sur les pavés de marbre, cette satisfaction s'accroissait. Il en jouissait et la savourait car il se rappelait la première fois qu'il avait comparu. Ce jour-là le froid du marbre le pénétrait jusqu'aux os, on le conduisait comme un chien en laisse et il était obligé de se comporter d'une manière servile envers tout le monde dans la salle d'audience, même envers le foutu imbécile qui avait prétendu être son avocat, qui lui avait tourné le dos et n'avait rien fait. Il se complaisait à se rappeler ce jour-là, celui où il s'était présenté devant le juge, en prévenu livré à une justice aveugle. Et ces pourris de flics qui mentaient à s'en faire éclater le cul. Et cet abruti d'avocat, l'enfant de salaud, qui ne faisait rien sinon lécher le cul du juge. O comme il souhaitait qu'ils rôtissent en enfer leur cul. Comme il avait envie de les écorcher vifs, lentement, centimètre par centimètre, en savourant leurs cris de douleur; puis leur arracher leurs saletés de couilles. Dieu sait s'il avait serré les dents de rage à en craindre de se rompre les mâchoires et les poings jusqu'à ce que ses doigts lui traversent les paumes. A cet instant encore il entendait craquer l'articulation de ses mâchoires et sentait blanchir les jointures de ses phalanges, parce que sa vieille rage lui bouillonnait dans le corps. Mais les temps avaient changé. Oui, vous pouvez parier votre douxcul qu'ils avaient changé. Le marbre est tout aussi froid, le plafond aussi haut, les portes aussi épaisses et lourdes, mais cette fois une superbe chaleur palpitait en lui avec l'amertume et la haine. Les choses n'étaient plus les mêmes. Plus du tout. Il n'était plus l'inconnu, anodin, impuissant, poussé de-ci de-là par de sadiques connards et une loi inhumaine. Désormais il était quelqu'un, quelqu'un avec qui il fallait compter. Faire virer de la police ces deux flics capables d'enfilerleurmère ne suffisaitpas. Ce n'était qu'un début. Il avait commencé à secouer les fondements de l'État et ce n'était pas le moment de s'arrêter. Il continuerait à combattre jusqu'à son dernier jour s'il le fallait. Le monde entier saurait combien le système est corrompu et pourri. Même si Don et Stace parlaient d'abandonner la partie, lui, il continuerait. Il ne cesserait jamais le combat. Jamais.

Nous y voilà. Il salua d'un signe de tête et entra dans la salle d'audience. Don tint la porte ouverte pour le laisser passer. Ils gagnèrent les fauteuils les plus avancés et s'y assirent. Il parcourut du regard tables, fauteuils, microphones, représentants de la presse et de la télé et le public qui s'entassait dans la salle. Il évoqua encore mentalement sa première comparution au palais de justice pour mieux jouir de l'ambiance dans laquelle il évoluait désormais. Il savait qu'on le regarderait et qu'on l'écouterait. Sa déposition serait le morceau de résistance de cette séance. Les caméras seraient braquées sur lui, de même que les regards du public dans la salle. Il savait que s'il se contentait de répondre à une question d'un hochement de tête, ce geste ferait sensation. Il savait aussi que le public sympathisait avec lui, pas seulement celui de la salle d'audience, mais toute la population. On le comprenait et on comprenait aussi ce qu'il était en train de faire : ce que des millions de gens auraient voulu oser eux-mêmes. Ces millions de quidams en avaient rêvé, avaient appelé cet instant dans leurs prières et grâce à lui cet instant était venu. Il n'allait pas incendier l'hôtel de ville, mais il ferait brûler vifs tous ces fumiers.

Réchauffé par tous les regards fixés sur son dos, il remarqua vaguement que Don et Stace tiraient feuillets et photographies de leurs porte-documents, les passaient en revue et les posaient sur la table devant eux. Le bruit de leurs voix était un bourdonnement d'approbation. Lorsqu'il eut disposé ses papiers comme il lui convenait, Stace lui demanda comment il se sentait.

A merveille. Tout bonnement à merveille.

Bravo. Pourtant on a peine à croire que nous en sommes arrivés là.

Eh bien, en un certain sens c'est vrai sans doute. Mais permettez-moi de vous dire, Stace, que c'est vraiment bon d'être ici. Je n'ai jamais été aussi heureux de ma vie. Pas à moitié aussi heureux, pas même un dixième. Je ne sais tout bonnement pas exprimer ce que j'éprouve.

Stacey Lowry lui sourit et lui tapota le dos. Je comprends. Le combat a été long et dur, surtout pour vous (il haussa légèrement les épaules), mais nous commençons à obtenir des résultats tangibles. Notre campagne a déjà porté quelques bons fruits. Mais cette audience nous donne l'occasion d'aller au fond des choses. Ce n'est pas la fin de notre effort mais plutôt le début d'une autre phase d'opérations.

Eh bien, j'y suis prêt, Stace. Prêt, dispos et capable. Rien ne m'arrêtera.

Ils échangèrent un sourire et se tournèrent vers le fond de la salle au moment où les sénateurs entraient.

Il les regarda attentivement se diriger vers leurs fauteuils et il lui sembla qu'il grandissait lui-même à chacun de leurs augustes pas. Assis, plus raide, il se sentit gigantesque lorsque leurs regards convergèrent sur lui après l'avoir cherché parmi les centaines de gens qui se trouvaient là. Néanmoins il était parfaitement calme. Plus son enthousiasme croissait, plus son sang-froid s'affermissait. Son regard restait fixé sur les membres de la commission sénatoriale qui s'asseyaient, disposaient des papiers devant eux sur l'énorme table de chêne. Il entendait bruire derrière lui les caméras de la télé. On échangea des salutations et des hochements de tête puis le président du comité frappa de son maillet pour appeler au silence et à l'attention (allongé sur son lit, les yeux clos, il vivait la scène qui se déroulait devant et en lui. Il remarqua leurs complets sobres et bien coupés et en perçut même les couleurs. Il admira son propre costume bleu, à une seule rangée de boutons qui s'ajustait parfaitement à ses épaules et tombait sans plis, découvrant à peine plus d'un centimètre de son col blanc sur la nuque. Il eut l'impression de s'observer lui-même par-derrière tout en voyant quand même son visage détendu mais qui exprimait l'attention; ainsi que son nœud de cravate, pas trop serré et la petite épingle à tête d'or. Il voyait aussi sous la table ses chaussettes noires et ses souliers si discrètement cirés qu'ils reflétaient à peine la lumière tombant de la fenêtre monumentale à sa droite. Tout se présentait à merveille. Vivant et impeccable. La scène était même si vivante qu'il sentait l'odeur de neuf de sa chemise, la laine de son complet, les papiers sur la table devant lui, la table elle-même, le cirage de bien des souliers astiqués de frais, les rideaux de la fenêtre, l'encre sur le ruban des machines à sténotyper des reporters, le bois des crayons qui venaient d'être taillés et il entendait le bourdonnement des caméras. Il était tellement absorbé par cette scène qu'elle resta figée devant lui pendant plusieurs minutes, voire des heures; et il observait les images, il sentait les odeurs, séparément ou ensemble, simultanément ou confondues. Soudain, il eut une impression de fatigue, craignit de s'endormir et fut tenté d'ouvrir les yeux mais il s'en garda pour ne pas dissiper le tableau. Il nevoulait pas le perdre et nepouvait se le permettre. Il avait trop peiné pour l'évoquer. Désormais c'était plus qu'une image, plus qu'un tableau obtenu par un effort mental, c'était devenu réel, plus vrai que là couchette sur laquelle il reposait mais qu'il ne sentait plus, que la cellule dans laquelle il était enfermé mais qui n'existait pourtant pas. Il se détendit imperceptiblement et laissa la scène se dérouler vers sa conclusion logique. Il le fallait.) et le brouhaha des voix s'apaisa aussitôt et pendant un instant on n'entendit plus que le bourdonnement des caméras.

Puis la voix du président. La séance de la commission était ouverte. De nouveau le froissement de paperasses, le raclement des pieds, les grincements et craquements des fauteuils se mêlèrent au bruit des caméras. Il croisa les jambes avec une désinvolture étudiée, se mit à l'aise dans son fauteuil et observa intensément le président qui parlait.

Et j'estime qu'il m'incombe de déclarer à cet instant — et je ne parle pas seulement en mon propre nom, mais aussi pour les autres membres de cette commission — que si la tâche que nous devons accomplir n'est pas agréable, elle n'en est pas moins, hélas, des plus nécessaires. Et j'irais jusqu'à ajouter, des plus urgentes. Je tiens à répondre à cet instant aussi aux insinuations qui ont paru dans quelques publications d'importance mineure. Je tiens à affirmer catégoriquement que cette enquête ne sera pas un éteignoir, pas plus qu'une charge contre un parti politique quelconque. Ce sera la quête de la vérité, sans crainte et quelles qu'en soient les conséquences. J'aimerais aussi à préciser, au nom de mes collègues comme en mon nom personnel, combien nous apprécions l'assistance que nous apportent les citoyens qui déposeront aujourd'hui et nous les remercions de s'être mis à la disposition de notre commission. De même que Don et Stace, il accepta ce compliment en saluant d'un signe de tête.

Dès le début, Stace lut une déclaration avec le consentement du président et des autres membres de la commission. En réalité c'était plus qu'une déclaration, c'était leur manifeste. Il exposait les motifs humanitaires de leur campagne et énumérait brièvement les faits qui seraient soumis à la commission. Leur déclaration/manifeste se terminait par des remerciements à la commission qui avait rapidement acquiescé à leur requête de présenter les résultats de leurs propres recherches. Sa lecture terminée, Stace retira ses lunettes et les posa soigneusement sur le texte qu'il venait de lire. Il ajouta qu'il tenait à présenter ses propres remerciements et ceux de M. Preston au troisième protagoniste — et le plus important — de leur campagne. Aucune louange ne saurait être assez vigoureuse. Ce que cet homme courageux et sans peur a fait afin de redresser un tort trop répandu est sans exemple.

Il baissa modestement les paupières et écouta en somnolant à demi, sans chercher à préserver la luminosité de l'image, mais en la laissant plutôt flotter autour de lui, réchauffé qu'il était par l'hommage qu'on lui rendait et souhaitant prolonger la déclaration de Stace. Mais voilà que des gens prenaient sa photo et lui serraient la main et que le président, et d'autres membres de la commission s'adressaient à lui. Et ces pourris de flics lui demandaient son aide, mendiaient son pardon et son corps alourdi par un besoin de sommeil exquis s'endormait lentement alors que l'image se figeait puis se dissipait.

La porte s'ouvrit à grand bruit et il remua dans son sommeil. Quand il se réveilla tout à fait, même le bruit qui régnait dans le couloir lui sembla presque agréable. Il resta allongé sur sa couchette percevant confusément tapage et brouhaha, mais sans en tenir compte. Rien ne lui importait. Il se sentait léger, détendu et fort. Il ne souriait pas. Tous ses muscles à l'aise, il savait que son regard reflétait un courage et une force paisibles. Cette impression ne le faisait pas palpiter, elle ne bouillonnait pas non plus en lui. Elle était simplement présente et vivait la vie de tout son organisme.

Il se leva, se lava, s'essuya et examina le bouton un instant puis le toucha du bout du doigt et constata que la douleur était plus sensible. Il n'insista pas et considéra l'ensemble de son visage. L'intéressaient son expression, son attitude. Il examina sa figure sous différents angles, remarqua la saillie des mâchoires, la pente des joues, les débuts de rides sur son front. Il s'intéressa particulièrement aux yeux, sachant intimement que leur regard ne changeait jamais et ne cessait de confirmer ce qu'exprimait son visage quel que fût l'objet de son examen ou la variété d'expression qu'il étudiait, ses yeux exprimaient toujours la connaissance d'un secret.

Ce n'est pas avec désinvolture qu'il alla au réfectoire mais avec la conscience d'une ferme résolution. Chaque mouvement exprimait savoir et assurance, aussi fermes que le ciment sur lequel il marchait.

Dans la file d'attente à l'entrée du réfectoire, conscient du brouhaha qui ne le troublait d'ailleurs pas, il savait que les autres faisaient cas de lui et l'observaient du coin de l'œil, pourtant il n'en était pas gêné du tout. Il se savait aussi remarquable que s'il mesurait plus de deux mètres et si ses cheveux étaient de couleur orange, mais ça ne le dérangeait pas. Il acceptait les faits. Qu'aurait-il pu faire d'autre? Il n'avait aucun moyen de celer ce qu'il éprouvait. Il savait aussi que les voix bourdonnant autour de lui s'interrogeaient à son sujet. Il fut tenté de déclarer qui il était et ce qu'il allait faire, d'expliquer comment il allait venir à bout de ce putain d'ordre établi. Mais il se rendit compte que ce n'était ni le lieu ni le moment. De toute façon ils l'apprendraient. Un jour. Il suivit donc la file. Le bruit de ses pas dominait tous les autres.

Il prit un plateau, passa le long du comptoir sans rien dire, accepta ce qu'on lui servait puis alla s'asseoir à l'extrémité d'une table. Il mangea lentement sans se soucier du goût des aliments, mais satisfait de se nourrir. Sa faim aussi le réjouissait. Ce n'était pas une faim de panique mais un besoin très naturel, facile à satisfaire et qu'apaisait chaque bouchée qu'il avalait. C'était l'appétit de la vigueur, d'une vigueur qui augmentait au fur et à mesure que la faim s'apaisait.

Tout en mangeant il leva imperceptiblement la tête et parcourut la salle du regard. Ses yeux passèrent d'un visage à l'autre. Il vit alors les expressions changer, manifester l'espoir, la compréhension. Oui. Nombre de regards exprimèrent la compréhension. Il se permit d'esquisser un sourire sachant que ces regards quêtaient une part de sa force et de son assurance. Même les détenus qui mangeaient dans les coins les plus éloignés du réfectoire l'observaient car quelque chose leur disait que leur salut était en lui. Il se savait au centre de leur désespoir et de leur frustration. Il savait aussi qu'à l'instant où il mangeait, là, lentement, sans rien dire, dans le tintement des quarts et des plateaux, tous les autres trouvaient dans ses yeux le réconfort dont ils avaient besoin. Il rendait l'espoir aux désespérés.

Quand il fut temps de retourner aux cellules, il se leva et marcha avec une dignité dont il eut conscience et quand la porte de sa cellule claqua en se fermant derrière lui, ce ne fut qu'un bruit, qu'il ne prit même pas la peine de dédaigner car il ne comptait plus.

Il s'assit au bord de la couchette et considéra le mur avec une indulgence ironique. Ce mur était plus ou moins là, certes, mais peu importait parce que la distance entre lui et ce mur était immense, tellement vaste, et temporaire aussi, qu'il le tolérait aisément désormais. Cette porte aussi qui s'ouvrait et se refermait de temps à autre n'était rien. Un gros rien. Aussi lointain que le mur.

En réalité il se plaisait dans sa cellule, sa petite chambre de trois sur deux. Qu'il fût là, assis au bord de son lit convenait à son univers. Il en tirait un sentiment de confort et de puissance. Il lui aurait été difficile d'exprimer à autrui ce qu'il ressentait, pourtant il l'éprouvait fortement et y puisait de la confiance. Sa joie n'était pas seulement due au fait qu'il serait bientôt libre, mais à ce qui se passerait dès qu'il le serait. Et aussi à ceux qui le tireraient de là.

A vrai dire, il netenait pas à sortir de là trop tôt. Y rester un moment serait une bonne idée. Ça rendrait son histoire plus frappante. Il fut heureux de nepas verser immédiatement caution. C'était beaucoup mieux ainsi. Il resterait là aussi longtemps qu'il le faudrait, subirait toutes les avanies et les privations qui lui permettraient de faire ensuite ce qu'il devait faire. Et il les ferait largement payer ce qu'ils lui avaient infligé. Pour chaque seconde de tourment passée dans ce trou d'enfer, il leur ferait passer une année en géhenne. Ils vivraient leur enfer. Ils subiraient des tourments et des angoisses si profonds qu'ils crieraient grâce. Ils le supplieraient de les laisser mourir. Oh non. Ils nemourraient pas. Pas encore les salopards. Fallait qu'ils souffrent. Quand ces fumiers de flics rentreront chez eux et diront à leur épouse qu'on les a virés de la police et que tous les journaux, toutes les revues, tous les écrans de télévision présenteront leurs sales bobines et exposeront leur histoire, ils demanderont à krist de leur accorder la mort. Quand leurs gosses iront à l'école et que les autres gamins les montreront du doigt et rigoleront et que leurs gosses reviendront à la maison en pleurant, j'espère qu'ils penseront à moi, qu'ils n'oublieront jamais que c'est moi qui leur fais ça. J'espère qu'ils vivront longtemps, très longtemps et qu'à chaque minute de chaque jour ils appelleront la mort en se souvenant de moi. *Moi*, pinnespourries. Nem'oubliez pas parce que moi je nevous oublierai jamais. Tant que je vivrai. Oui. Voilà une bonne idée. Jeleur enverrai une carte postale pour la Noël, tous les ans. A Pâques aussi. Le jour de Colomb aussi peut-être. Ou bien peut-être une jolie carte postale de Hawaï, d'Acapulco, de Paris ou de la Côte d'Azur. Vacances magnifiques. Regrette votre absence.

Oui, regrette votre absence. Je voudrais que vous soyez ici. Alors, j'arrangerais vos foutusculs. Une belle aiguille, longue, mince, chauffée à blanc dans le tympan. Ou peut-être un cigare incandescent dans les yeux. Rien d'extravagant. Ou peut-être ce sale vieux truc indien qui consiste à couper les paupières ou encore du plomb fondu dans le trouducul. Et j'entendrai leurs hurlements. Quelle douce musique que les supplications de ces pinnesambulantes. Mieux vaudrait faire ça dans un hôpital pour que médecins et infirmières s'assurent qu'ils necrèvent pas. Oui, ça serait chouette. Avec des microphones et des amplificateurs à pleine gomme qui les feraient brailler encore plus fort, ce serait encore mieux. Et je serais là, ilsverraient ma figure. Oui, les paupières arrachées, ils ne pourraient pas fermer les yeux et ils seraient obligés de me regarder. Oui, me regarder, moi, de tous leurs yeux. Des yeux qui ne peuvent plus se fermer et une jolie lumière brillante et chaude en plein dans les mirettes. De temps en temps cette lumière s'approcherait, deviendrait plus vive et plus chaude. Brûlante, jusqu'à ce qu'ilssoient presque aveugles. Mais pas tout à fait. Et puis de la bonne eau fraîche sur les yeux pour les calmer. Goutte à goutte. Une goutte toutes les cinq secondes peut-être. Oui. Toutes les cinq secondes pendant un moment jusqu'à ce qu'ils s'habituent à la cadence puis toutes les deux secondes. Puis plus rien pendant dix ou vingt secondes, peut-être plus longtemps encore pour qu'ils croient que c'est fini et alors l'eau recommence à couler. Jusqu'à ce qu'ilssoient presque fous. Mais attention, faut pas qu'ils deviennent tout à fait fous. Faut qu'ils durent longtemps, très longtemps. Faut qu'ils sachent que c'est moi qui leur fais ça. Ensuite on leur sèche les yeux avec une bonne lumière chaude. Puis on les rafraîchit. On les réchauffe, on les rafraîchit. Rien que pendant une ou deux semaines. Des petites vacances à la campagne. Une gentille petite maison de repos. Une clinique privée. Oui, ça ferait l'affaire. Juste le temps qu'il faut pour en faire des végétaux. Oui, j'arroserais les légumes, hahaha. Deux tas de viande aux langues pendantes, qui se bavent sur le menton. Je leur mettrais peut-être aussi un collier de chien autour du cou et je les tiendrais en laisse. Oui, après tout, il leurfaut de l'exercice. Mais il faut aussi les tenir à l'écart des arbres et des bornes de pompiers. Parfaitement : en laisse. Et leurs insignes de flic épinglés au tarin. Et leur putain de femme pourra les accueillir à bras ouverts. Venez les enfants, dites bonjour à papa. Voilà votre papa. Wouf wouf. En voilà un joli papa Venezdonc. Dites merde aux

foutusenfantsdeputain.

Oui je lesaurai; ces pourris, pourrisàbaiserleurmère, même si c'est la seule chose que je fais dans ma vie. Je jure par krist que je lesaurais.

Les baiserai, ces pinnespourries.

Les poings serrés, les narines dilatées. Ses dents grincent, il les entend. Il reste immobile une seconde, secoue la tête, va se regarder dans la glace. Regard fixé au miroir pendant plusieurs minutes, il se détend. Il touche le bouton du bout des doigts, le titille, puis il hoche la tête et retourne à sa couchette. Il s'assoit et regarde fixement le mur. Le mur s'éloigne avec lenteur. Il sourit et hoche de nouveau la tête. Jeprendrai mon temps. J'ai largement le temps de les avoir cessalauds. Et quand je les aurai, ce sera pour de bon. Plusj'attendrai, mieux ce sera. Vous pouvez parier votre douxcul que ce sera bon.

Il s'étendit sur la couchette, les mains derrière la nuque et laissa la lumière filtrer à travers ses paupières. Il sentit la lumière sur ses yeux. De temps en temps il les ouvrait et regardait l'ampoule. Il ressentit un picotement à ses yeux qui s'embuèrent puis le brûlèrent. Il referma les paupières en souriant. Une larme coula doucement sur sa joue. Il plissa les paupières pour voir encore moins de lumière puis les rouvrit brusquement. La douleur fut plus vive, plus cuisante. Il les ferma de nouveau et sentit encore une larme sur sa joue. Il répéta cette opération comme un jeu. Quand cette distraction devint trop pénible il ferma les yeux, se détendit et s'abandonna de plus en plus profondément au réconfort que lui donnaient ses projets. La douleur s'effaça lentement. Couchette moelleuse, brise douce et fraîche. Clair de lune paisible. Il s'enfonça de plus en plus profondément en sanglotant dans la vigueur de sa haine.

Le dressage des chiens ne lui prit pas longtemps. Tout au moins, c'est ce qui lui sembla. Mais en réalité il n'était pas sûr de la durée. Si ce temps lui parut court c'est parce qu'il éprouva un extrême plaisir. L'enchanta surtout le moment où il les obligea à rester immobiles, absolument immobiles, sans sourciller ni geindre pendant qu'il leur épinglait leurs insignes au nez. A la réflexion ce dressage avait dû durer assez longtemps. Ce n'étaient pas les premiers jours que leurs paumes et leurs genoux avaient durci et s'étaient couverts de cals. Voilà une joie suprême, mon Dieu, que de les regarder s'escrimer à quatre pattes sur du gravier et des débris de verre; puis quand la chair est devenue calleuse et qu'ils peuvent trotter vivement, leur arracher les cals et recommencer toute l'opération au début.

Et les courses sur la piste cendrée, à la poursuite d'une chienne artificielle, dans le faisceau d'un projecteur. Leurs corps nus brillent avec un relief extraordinaire. Chaque fois qu'ils passaient devant la petite cabane où tous les membres de leur famille étaient entassés comme harengs en caque, ils s'arrêtaient faisaient le beau et aboyaient. Alors il les fouettait sur leurs fesses nues et ensanglantées et la course recommençait. Parfois il trottait derrière eux en les fouettant, en riant, en les stimulant, puis il ordonnait une pause et ils restaient à quatre pattes, tête basse, la langue pendante. Il jouissait de voir haleter leurs flancs, en proie à une douleur incroyable. Il frottait leurs fesses meurtries, leurs paumes et leurs genoux ensanglantés avec du sel et du vinaigre, puis la course recommençait au claquement du fouet. Ils couraient en rond sur la piste à en tomber épuisés. Il les tirait à leur niche, incapables même de gémir car leur peau depuis le crâne jusqu'aux orteils était lacérée, écorchée, brûlée par les cendres, le gravier, le verre, le ciment. Il les traînait avec joie.

Chaque jour, et très souvent plusieurs fois par jour, il examinait leurs ongles aux doigts et aux orteils. Il commençait par les mains et gardait les pieds pour la fin. Il les serrait avec des pinces et les frappait à coups secs avec le manche du fouet. Il les mesurait soigneusement et prenait des notes sur son petit calepin noir pour juger à quel point ils s'usaient. Parfois il ne pouvait ni examiner ni mesurer très exactement à cause de la poussière et du sang caillé. Alors il les frottait avec une brosse métallique et les fouettait à coups redoublés si la douleur leur arrachait des cris. Tout en examinant, mesurant et brossant, il se demandait combien de temps il faudrait pour que la pointe de l'os passe à travers la chair à vif. L'opération durait de plus en plus longtemps mais toujours aux mains seulement car il épargnait les orteils pour la suite comme un gourmet savoure à l'avance un dessert exquis tout en mangeant son entrée. Oui, les orteils seraient son dessert, le bouquet de ses délices. Il brisait le sang caillé et la poussière avec le manche de son fouet. Un doigt après l'autre. Puis il épluchait et arrachait les croûtes avant de passer la brosse métallique, d'examiner et mesurer. Ensuite, il enfonçait lentement une longue aiguille mince dans l'extrémité du doigt jusqu'à ce qu'elle atteigne l'os, puis il mesurait attentivement la profondeur. Puis encore il enfonçait l'aiguille dans la chair dénudée par la disparition de l'ongle. Enfin, quand il avait passé le plus de temps possible sur chaque doigt l'un après l'autre, il y versait de la teinture d'iode goutte à goutte. Attention à l'infection. Il faut prendre soin de ses bêtes. Il tenait à avoir des chiens en bonne santé, prompts à trotter et folâtrer. Oui, il fallait qu'ils gambadent par monts et par vaux. D'ailleurs, si les pattes de devant manquaient de vigueur, comment les chiens gratteraient-ils pour découvrir les os et recouvrir leurs crottes quand ils chiaient. Quand il avait fini de verser la teinture d'iode sur les pattes antérieures, il se relevait et considérait pendant un bon moment ses chiens avec un sourire de satisfaction sauvage, de joie dévorante. Ensuite seulement il s'agenouillait pour traiter les pattes de derrière. Il se contentait d'abord de les considérer en notant mentalement à quel point la peau s'usait et se déchirait. Cet examen exigeait du temps pour être fait avec soin car il y avait bien d'autres choses à observer de près et à mesurer : pas seulement l'usure de l'ongle et du bout de l'orteil mais aussi l'érosion de la peau aux jointures des phalanges.

Ils avaient beau s'efforcer de lever les pattes le plus haut possible, ils étaient forcément obligés de les frotter sur le gravier, la cendre, le verre et le ciment. Il les regardait, ravi, les chronométrait cependant qu'ils couraient en levant les pattes. L'enchantait surtout de voir la douleur sillonner leur visage chaque fois qu'ils perdaient la bataille des pattes postérieures. Plus il les faisait courir et plus souvent ils perdaient cette bataille. D'abord il les examinait toutes les quelques minutes, pas plus, pour voir combien de temps prendrait la disparition des poils. Quand les pattes furent complètement glabres, il nota méticuleusement le temps que mettait la jointure à passer à travers la peau. Il prenait aussi des photos au polaroïd fréquemment, afin de vérifier si l'os blanchissait vraiment à l'usure. Puis à chaque tour de piste un plus gros morceau d'os se trouvait dénudé. Il le mesurait, le notait et calculait avec précision. Plus le chiffre croissait, plus il éprouvait de chaleur enthousiaste à l'estomac. Et il en revenait à l'aiguille, enfoncée là où l'ongle s'était usé et où l'extrémité charnue avait disparu.

Il se livrait aussi à des petits jeux mathématiques pour déterminer le rapport entre l'usure du bout des orteils et celle de l'ongle.

Ces mesures lui permettaient d'évaluer à tout instant quelle proportion d'extrémité de doigt ou d'orteil et quelle proportion d'ongle avait été rognée et de savoir ce qu'il restait d'écart entre l'extrémité du doigt ou de l'orteil et la racine de l'ongle. Il ne parvint pas à établir une formule lui permettant de déterminer exactement l'érosion. Toutefois, il éprouvait une grande joie et un vif encouragement chaque fois que ces mesures confirmaient ses prévisions et c'est avec enthousiasme qu'il relançait ses bêtes sur la piste. Évidemment, il martelait, pinçait, brossait, arrachait croûtes et cals lentement, délibérément, avec autant de joie et de délices en ce qui concernait les orteils que lorsqu'il s'agissait des doigts.

Ces examens étaient extrêmement douloureux et les foutus animaux braillaient et geignaient. Mais en les cinglant vigoureusement et avec méthode, il leur enseigna à geindre avec tout l'art qui sied à des chiens bien dressés. Ils se démenaient et gigotaient aussi fallut-il les contraindre afin de procéder plus méticuleusement aux mesures. A cet effet il usa de diverses méthodes selon son humeur. S'il lui plaisait d'entendre leurs plaintes clairement, il se contentait de leur lier les membres au plancher du chenil. Ainsi pouvaient-ils se tortiller et pousser des glapissements aigus, surtout quand il enfonçait doucement l'aiguille. Naturellement, il se méfiait du danger d'infection que leur faisaient courir ces piqûres. Il pensait surtout au tétanos; aussi faisait-il soigneusement chauffer l'aiguille à la flamme d'une bougie pour la stériliser totalement.

Mais à d'autres moments il voulait opérer au son d'une autre musique. Alors il serrait les colliers à en étrangler ses chiens et attachait l'autre extrémité de la laisse au mur.

Quand ils gigotaient, glapissaient et hurlaient, les colliers se resserraient lentement et leurs cris s'assourdissaient à tel point que même un élancement douloureux brusque ne déclenchait qu'un grognement à peine audible. Il s'écartait pour les observer tandis que leur langue pendait, enflait et noircissait, que leurs yeux se dilataient en exprimant une terreur folle et que leur peau tournait lentement au bleu. Alors il desserrait les colliers et recommençait toute l'opération. Tel fut son procédé préféré pour les examens et les mesures. Il s'amusait avec le bout des pattes en étudiant combien de temps aboiements et glapissements conservaient le maximum d'intensité puis il notait l'atténuation du bruit jusqu'à ne plus entendre le dernier grognement au fond de leur gorge. Il éprouvait une jouissance de plus en regardant leurs corps se tordre et se contorsionner alors que les bêtes étouffaient. Chaque fois qu'il desserrait les colliers, il mesurait la profondeur à laquelle le cuir s'était enfoncé dans la chair pour voir jusqu'à quel point il pouvait les garrotter. Savoir jusqu'où il pouvait aller sans les tuer, tel était son but essentiel. Mais il lui faudrait évidemment longtemps pour déterminer cela avec certitude. Il ne voulait pas atteindre le point fatal. C'est seulement lorsqu'il serait las de ce jeu qu'il les laisserait tout simplement crever, mesurerait la profondeur du sillon sur la gorge et constaterait la différence avec la profondeur de la strangulation précédente. Peut-être aussi n'en laisserait-il crever qu'un et épargnerait-il l'autre. Mais ça, c'était pour plus tard. Il n'était pas encore temps d'y penser. Restaient bien d'autres jeux à jouer pour sa plus grande joie.

Comme tous les bons chiens ils devaient apprendre à faire le beau. Comment diable enseigne-t-on quoi que ce soit à des bêtes aussi stupides? Ma foi, faudra que je commence au début. Quelques coups de fouet et d'aiguillon à bestiaux feront l'affaire. Allons, fais le beau, enfant de salaud. Non. Non. Pas comme ça. Il recula, les considéra un moment, les cingla et leur piqua les couilles avec l'aiguillon électrique. Les pattes de derrière à plat par terre, et maintenant pliez les genoux. Non, non. Pour l'amour de krist. Il leur enfonça l'aiguillon dans le rectum et l'y laissa pendant plusieurs longues secondes atroces. Restez penchés à 45°. Imbéciles de chiots. Il leur enfonça l'aiguillon dans le cul et les fouetta, puis il cessa, considéra la scène un moment en pensant : faudra sans doute apprendre à la dure, mes connards.

Une bouffée d'excitation merveilleuse déferla dans tout son corps lorsqu'il se prépara à dresser ces foutus chiots. Ils allaient savoir comment plier les genoux, laisser pendre mollement leurs pattes de devant et avoir le regard lugubre qui convient. Par Jésus il allait leur apprendre.

Les doigts tremblants de joie, il tordit l'extrémité d'un fil de métal autour de leurs couilles et l'autre extrémité à un anneau fixé au sol. Ensuite, il tendit le fil jusqu'à ce que les genoux soient pliés exactement à l'angle qui convenait. Puis encore il tordit l'extrémité d'un autre fil autour de leurs couilles et attacha l'autre bout au plafond. Il le tendit, de telle sorte que tout mouvement de plus d'un centimètre donnait aux chiens l'impression que leurs burnes étaient prises dans un étau. Il tourna autour d'eux comme un critique d'art l'aurait fait autour d'une statue, en étudiant chaque détail de son œuvre. Son enthousiasme était si vif que tout son organisme tremblait, de la gorge aux entrailles. Oui, maintenant les bêtes étaient prêtes; les genoux pliés au bon angle. Désormais il pourrait s'appliquer à leur enseigner comment tenir leurs pattes de devant, comment tenir la tête et comment prendre un regard suppliant.

Mais peut-être fallait-il qu'ils sachent ce qu'ils ressentiraient s'ils gigotaient. Il leur fourra l'aiguillon dans le rectum, les écouta hurler et regarda leur corps se tordre afin de déterminer à quel instant précis il fallait arrêter la torture. Il leur rappela en hurlant vous êtes des chiens. Vous devez hurler et geindre comme des chiens et pas crier comme des hommes. Il enfonça l'aiguillon électrique plus profond et les cingla au martinet, jusqu'à ce que leurs cris devinssent des aboiements. Alors il cessa de fouetter, leur arracha l'aiguillon du cul, recula et les regarda se tordre et panteler les yeux dilatés par la douleur, les testicules serrées par le fil électrique qui rayonnait du courant dans leurs entrailles.

Il s'assit par terre devant eux pour voir leurs yeux exorbités par la douleur, leur langue pendante et la bave qui coulait de leur gueule. Il rit; mais pas trop fort pour continuer à entendre leurs hurlements. Il leur fallut bien des années de torture pour trouver la position qui réduisait le supplice au minimum. Ils avaient la respiration courte et peinaient. Il leur brailla de panteler convenablement. Il se saisit des aiguillons. Aussitôt les yeux des chiens manifestèrent la terreur, leur langue sortit de leur gueule et ils haletèrent comme des chiens. Ça, c'est mieux. Ça c'est des bons chiens. Il resta assis devant eux en considérant les fils métalliques entortillés autour des bourses. Alors il remarqua un mouvement presque imperceptible des genoux car les bêtes peinaient pour rester dans la position la moins douloureuse. La joie lui crispa les lèvres. Il remarqua la tension et la dilatation des muscles et des tendons, des pattes et des cuisses et il devina ce qui se passait chez ses chiens. En peinant pour rester immobiles ils redoutaient une crampe, priant le Seigneur de la leur épargner, avaient conscience de la durée du tourment, désespéraient, demandaient dans leurs prières que les fils cassent, ou que leur maître meure, ou qu'il s'en aille et les laisse tranquilles. Ils demandaient n'importe quoi qui les soulagerait de leur tourment. Dieu que c'était bon de sentir leur désespoir, de voir la douleur non seulement dans leurs yeux mais dans leur chair, leurs muscles, dans tous les nerfs de leur corps. Plus il constatait combien la durée de leur immobilité leur était pénible, plus le temps cessait pour lui d'avoir de la durée et devenait sublime. Plus la torture leur nouait les entrailles et plus il se sentait libre et léger. Plus il les voyait enfoncés dans leur enfer, plus il étreignait et caressait son paradis. Il ne se souciait même pas de chercher quels autres trucs il enseignerait à ses bêtes. Sa joie sublime lui suffisait et le satisfaisait totalement, alors qu'ils pataugeaient dans leur torture sans fin. Mais voilà que le zonzon d'une mouche interrompit sa rêverie. Il agita la main mais elle revint bourdonner autour de son visage et brisa le sortilège. Furieux, il essaya de la frapper en sacrant contre cette putain qui le dérangeait. Puis tout à coup il cessa et éclata d'un rire qui fit sursauter les animaux ligotés. Il rit encore plus fort en voyant se mêler à la douleur qu'exprimait leurs regards la confusion et l'appréhension. Il se leva en disant qu'on attrape mieux les mouches avec du miel qu'avec du vinaigre. Il considéra leurs visages crispés et sourit en les regardant, puis ricana. Jereviens dans un instant mes meilleursamisdel'homme. Ne vous ennuyez pas en mon absence. Elle ne durera pas. Il rit à pleine gorge, quitta le chenil et revint presque aussitôt avec un pot de miel. Il se plaça devant ses captifs, approcha le pot de leur tête, puis enleva le couvercle et leur fit passer le miel sous le nez à tour de rôle. Vous voyez ce que c'est? Du miel. Son sourire était plus grand que son visage. Il inclina lentement le pot et versa du miel sur leurs couilles et leur pinne. C'est vrai, croyez-moi. C'est tout à fait vrai. Mieux que le vinaigre, le miel attire les mouches. Il s'assit à quelques pas d'eux, s'appuya sur les coudes et attendit en proie à une excitation frisant l'extase. Son sourire s'adoucit lorsqu'il étendit les jambes, inclina la tête et les regarda droit dans les yeux. En admirant leur belle expression de terreur, il percevait la tension de leur corps. Chaque muscle, tendon, nerfs, peinait de tous ses moyens pour rester immobile. Il examina leurs têtes et leurs yeux, attentivement, minutieusement, digéra dans toutes les cellules de son corps la beauté de ce qu'il voyait. Il n'avait jamais rien vu de plus beau. Et c'étaient vraiment de superbes animaux, aux grosses langues humides. Leur halètement donnait un accompagnement musical à sa joie. Puis sur ce bruit de fond, profond et constant, sillonna la mélodie d'un quatuor de mouches. Leur bourdonnement, pareil à celui d'un violoncelle, ponctuait vigoureusement l'accompagnement de contrebasse. Les yeux dilatés hurlaient littéralement au passage de leurs corps menus, brillants, irridescents. Aaaahhhh... Quel spectacle merveilleux. Il fredonna un contrepoint à voix basse et se détendit au-delà du concevable, cependant que la joie continuait à palpiter dans son corps. Sa tête oscilla légèrement d'avant en arrière au rythme de la chanson — en route vers la lune sur un fil de la vierge — et un sourire infini fendit son visage. Il rit tout en chantant sans cesse le même vers. Puis il cessa de rire, se redressa et étendit les bras. C'est des choses qui arrivent, tout simplement. Il rit de nouveau mais le rire tomba au niveau du ricanement quand il vit les mouches plonger vers le miel. Voilà la fête qui commence.

L'effort de concentration qu'il fit durcit son visage lorsqu'il s'efforça d'observer à la fois chaque centimètre carré de ses bêtes. Son regard allait de la gueule aux organes, aux pattes, aux organes, à la gueule, aux yeux. Quelle que fût la partie du corps qu'il observait, il craignait de rater quelque chose sur une autre partie. Il ne tarda pas à éliminer le dos et l'avant-train parce qu'il avait intimement conscience de la tension et de la crispation qui s'y produisaient. Il limita son champ de vision aux burnes, en jetant de temps en temps un coup d'œil sur les yeux dilatés et les langues haletantes. Il eut vaguement envie d'essayer de mesurer la dilatation des yeux et des langues, mais il abandonna cette idée par crainte de manquer quelque chose de plus important. Quand le quatuor de mouches cessa de voleter, se reposa et se rafraîchit en suçant le miel succulent, il observa, fasciné, la torsion spasmodique des muscles accompagnés constamment par un halètement de plus en plus sonore et profond. Puis il perçut un nouveau son qui ponctuait le halètement ainsi que le bourdonnement lyrique subsistant dans sa tête. C'était le staccato des battements de cœur. Puis les muscles se crispèrent et le plus beau de tous les sons l'emporta sur cette musique : des hurlements.

Il écouta avec joie pendant plusieurs minutes puis ramassa lentement les aiguillons électriques et marcha vers ses bêtes en les regardant droit dans les yeux. Allons, allons, moins de bruit. Qu'en diraient les voisins? Un ricanement le secoua. Ce Rembrandt combien de millions l'a-t-on payé? Quels que fussent le prix et la beauté du tableau, il ne pouvait pas être plus passionnant que cette scène-ci. Que pourrait-il exister de plus beau que ces yeux terrifiés? Il hoqueta, nageant dans l'extase, se dorlotant de ce spectacle en écoutant la divine musique des mouches qui suçaient le miel sur leurs dards, la douce cacophonie de leurs gémissements étranglés, les battements affolés de leurs cœurs en panique. Rien n'est beau que dans les yeux de celui qui regarde, vous nesavezpas ça? Son rire enfla et étouffa les autres bruits quand il leur piqua le scrotum à coups redoublés avec ses aiguillons. Leurs hurlements lui donnèrent encore plus d'énergie et il aiguillonna de plus en plus fort. Puis il recula pour observer ce chef-d'œuvre aussi admirable pour les yeux que pour les oreilles. Son excitation était tellement pléthorique qu'il en tremblait de la tête aux pieds et qu'un surcroît d'énergie fourmillait et vibrait dans chaque cellule de son corps. La musique l'inspira, il agita les aiguillons comme des bâtons de chef d'orchestre et dévora des yeux chaque détail infime de la toile qu'il était en train de peindre : la beauté des yeux exorbités, des langues allongées et tordues, la rougeur de la peau, les petites perles de sueur qui brillaient et glissaient une à une dans les yeux saillants et les brûlaient avec une intensité admirable, et la bave qui coulait. Il agita aiguillons et fouet. Jusqu'à ce que la musique exigeât un crescendo fulgurant. D'un bond, en pivotant sur lui-même, il passa derrière ses chiens et plongea ses instruments d'artiste créateur dans leur foutu trou du cul, les y enfonça et les fit osciller jusqu'à ce que le crescendo l'arrachât à lui-même et que son corps tremblât avec une joie tellement exquise que ses mains lâchèrent les outils de sa joie et que son corps s'abaissa lentement, doucement, vers le plancher, les yeux fixés sur les aiguillons palpitant dans les culs, et la musique céleste le plongea dans un somme paisible. Il se tourna sur le côté, glissa les mains sous sa joue, les genoux légèrement ployés, le corps totalement détendu, aussi parfaitement que tout corps se détend au murmure d'une berceuse.

Il ne savait pas exactement combien avait duré cette phase de l'entraînement : des jours, des semaines... En tout cas, ce fut magnifique et extrêmement efficace. La douleur est si bon maître. Par la suite il les cinglait quand ils commettaient une erreur, certes, mais ne se fatiguait pas trop à manier le martinet. Il préférait les ramener en classe élémentaire. Comme il le répétait volontiers, il se contentait de les fixer au fil métallique dans une position d'étude.

Il fallut souvent les ficeler ainsi pour en faire de bons chiens de garde, toujours en état d'alerte et vigilants, car telle fut une autre phase du dressage. Elle n'était pas seulement nécessaire au point de vue éducatif, mais elle lui ménageait aussi le temps de repos dont il avait besoin. En fin de compte l'affaire se résumait à ceci : leur apprendre à ne jamais dormir que d'un œil à toute heure du jour et de la nuit. D'abord il se contentait d'aller à leur chenil en pleine nuit, sans se soucier du bruit qu'il faisait. Mais les captifs épuisés continuaient à dormir. Alors, il les fouettait. Puis il s'en allait et revenait plus tard pour leur rappeler qu'ils devaient aboyer au moindre bruit. Ce fut une tâche fastidieuse mais nécessaire. D'abord il les fustigeait puis revenait au bout d'une heure ou d'une demi-heure. S'il parvenait à ouvrir la porte du chenil sans qu'ils aboyassent, il leur appliquait les fils aux bourses et se retirait pour le reste de la nuit.

Au bout de quelque temps il organisa sa journée de telle sorte qu'elle lui laissa le maximum de temps pour le repos et le dressage. Il les laissa tout simplement ficelés pendant la journée et dormit du matin au soir. Au bout de quelque temps ils devinrent plus attentifs et aboyèrent avant qu'il eût ouvert la porte du chenil. Il nota à quelle distance il se trouvait d'eux lorsqu'ils poussaient le premier aboiement. Enfin, une nuit, ils hurlèrent chaque fois qu'il approchait et chaque fois il était plus loin d'eux. Alors il leur accorda de se reposer et dénoua un fil de chacun. Il leur dit qu'ils étaient de vraiment bons chiens et leur tapota la tête. Il les observa attentivement pour voir le soulagement déferler dans tout leur être lorsqu'ils s'effondrèrent au sol et plongèrent dans le sommeil. Il les cingla aussitôt et leur ordonna de tirer la langue comme il sied à de bons chiens, sinon je remets les fils de cuivre. Ou bien peut-être ferais-je mieux de vous clouer la langue au plancher. Ça vous serait sans doute plus facile. Leur panique le fit éclater de rire et leurs langues jaillirent de leurs bouches. Il leur jeta un os à chacun, les laissa se reposer et s'en alla en riant encore.

A peu près une heure plus tard, il se rendit sans bruit au chenil. Ses captifs continuèrent à dormir. Il secoua la tête, sourit et leur plongea les aiguillons dans le rectum. Vous napprendrez dont jamais rien. Il remit les fils de cuivre à leur place et les laissa passer la nuit en état d'alerte afin qu'ils entendent le bruit de ses pas, qu'ils grognent et aboient et, à cette condition-là, il les libérerait de leur torture. Quant à lui, il dormit profondément et paisiblement jusqu'au début de l'après-midi.

Finalement, par pitié et parce que la répétition de ce jeu le lassait, il les laissa dormir toute une nuit comme ils le pourraient et s'engagea dès le lendemain dans une autre phase du dressage.

Il venait de se rendre compte, en effet, que ses chiens nemangeaientpas comme il convenait. Grâce aux fils autour des bourses, il leur avait appris à faire le beau et à mendier, et quand il leur jetait les reliefs de sa table, ils parvenaient à les attraper au vol la plupart du temps, mais il leur restait beaucoup à apprendre. Jusqu'alors il leur avait plus ou moins permis d'aspirer l'eau de leur bol. L'heure était venue de boire d'une manière plus canine. Il leur expliqua ce qu'il attendait d'eux, les conduisit à leurs bols et leur dit simplement lapez, mes fumiers, lapez. Quelques heures et quelques vigoureux coups d'aiguillon suffirent. Il continua à les surveiller de temps en temps, mais en général ils se conduisaient comme de bons chiens qui avaient bien appris leur leçon. Il les en félicitait de temps en temps. Vous êtes souples et résistants comme du fil électrique.

Apprendre à enterrer et déterrer un os leur prit un certain temps mais il leur en fallut plus pour arriver à manger un morceau de cartilage ou de gras enfoui depuis un ou deux jours. Il y tenait. Après tout, qui sait ce que l'avenir leur réservait. Ils pouvaient se trouver perdus au fond des bois et être obligés à se repaître de quelque carcasse pourrie. Un chien doit être capable de survivre en toute circonstance. C'était aussi une bonne façon de leur rappeler qu'ils étaient des chiens. Le régime de la viande pourrie présentait un autre avantage. Quand il ouvrait une boîte de succulent aliment à chiens, c'était une récompense exceptionnelle dont ils se délectaient. D'abord ils ne comprirent pas, semblait-il, qu'il les dressait à cela pour leur propre bien, comme il le leur répétait souvent en leur donnant maintes explications. Dieu sait pourquoi la viande pourrie ou couverte de terre les écœurait et ils la vomissaient. Il le comprenait parfaitement mais son devoir l'obligeait à les dresser convenablement. Il soupirait en ricanant un peu et ajustait les fils électriques de telle sorte qu'ils ne pouvaient pas s'écarter de leur écuelle. Je le regrette, mais je crois qu'il vous faudra toujours tout apprendre à la dure. Vous n'aurez rien d'autre à manger avant d'avoir torché ces écuelles. Il ne sut pas exactement combien cela dura mais ils finirent par tout absorber. D'abord il essaya de les laisser seuls pour que la faim les oblige à manger, mais c'était trop long et ils avaient encore tant à apprendre. Il les aiguillonna donc vigoureusement. Quel mets délicieux que du gras au vomi, disait-il en leur enfonçant l'aiguillon de plus en plus profondément dans le rectum en riant et en les encourageant allez, bouffez, bouffez. Cette formation accélérée donna de bons résultats. Ils ne tardèrent pas à accepter tout avec délices et gratitude et ils dévorèrent les pires ordures aussi vite que possible.

Un jour, vers la fin de cette phase du dressage, un incident le fit tellement rire qu'il faillit lâcher les fils assujettissant un de ses chiens. Quand ils déterraient la viande, en général plusieurs sortes de petits amis se repaissaient déjà de leur repas. Au début ça souleva un petit problème. Mais les bons toutous finirent par réaliser que les vers étaient des condiments. Comme il le leur expliquait, il n'estpas de viande plus fraîche que ça. Mais voilà qu'un jour un nombre exceptionnel de fourmis opiniâtres couvrait un des morceaux de viande. Quelques-unes perdirent le sens de leur direction et se glissèrent dans les narines du chien. Il hurla pitoyablement et secoua la tête d'une manière insensée, tellement affolé que le fil se tendit sur ses bourses. L'animal se livra à une série de contorsions tellement inimaginables qu'il en fut fasciné. Sans doute les fourmis furent-elles prises de panique quand elles se trouvèrent dans la cavité nasale. Elles se démenèrent de toutes leurs pattes pour se libérer du mucus gluant. Mais le courant d'air de la respiration les aspirait de plus en plus profondément dans l'ombre Plus le chien se démenait contre les infimes géants qui occupaient sa truffe, plus il tirait sur les fils entortillés autour de ses burnes. Le spectacle était si drôle qu'il faillit s'évanouir de rire. Il voulut demander au chien ce qui était pire : la démangeaison dans le nez ou le nœud coulant autour des couilles. Mais ilriaittellement qu'il fut incapable de parler. Enfin il sortit du chenil en titubant, pleurant et morvant de rire.

Il décida alors que l'heure était venue de leur apprendre à faire l'amour. A bien des points de vue ces chiens étaient semblables à la plupart des autres. Songeant que l'appétit sexuel est très fort chez tous les animaux, il jugea bon de leur enseigner à le satisfaire. Il ne prévoyait aucune difficulté quant au coït lui-même. C'est la position qui soulèverait sans doute des problèmes. Il prévoyait aussi quelques objections préliminaires. Mais il aimait ces animaux et entendait les aider patiemment dans tous les domaines. C'étaient des grosses bêtes et peut-être faudrait-il les guider plus que des chiens ordinaires. Tout compte fait, les fils électriques faciliteraient l'enseignement aussi necraignait-ilpas d'avoir trop d'ennuis.

Quand il leur expliqua le sujet de la leçon suivante, ils semblèrent manifester quelque répugnance. Il exposa patiemment qu'ils devaient apprendre à se conduire comme de bons chiens et que tous les bons chiens commencent par le nez. J'espère que je n'ai pas besoin de vous faire un dessin. Tout le monde a observé les animaux. Tout le monde connaît leurs préliminaires habituels à l'acte d'amour. Vous êtes comme tous les gamins des rues ou de la campagne. Vous avez rigolé comme des petits fous en voyant le mâle flairer la fente de la chienne. Merde alors. Combien de fois avez-vous reniflé le culde bobonne et lui avez-vous donné quelques joyeux coups de langue. Ce sera exactement la même chose, sauf que bobonne est un peu différente et que cette fois vous flairerez et lècherez un bon cul bien serré. HAHAHAHAHAHAHAHAHAHAHA...... hahahahihihi. Rendez-vous compte de l'avantage. Vous n'aurez pas à vous frayer la voie à travers de rudes broussailles. C'est comme si vous aviez affaire à une jolie chatte chauve. hahahahahahahahahah. Les chiens aiment savourer les chattes.

D'accord. Allons-y.

Il s'allongea par terre, appuya une épaule au mur et tira un petit coup sur les fils. Toi tu seras la maman et toi tu seras le papa. Il tira encore sur le fil dupapa et lui rappela de commencer avec le nez. Il regarda tranquillement la chienne se figer, terrifiée, en attendant le nez froid et la langue humide de son partenaire. Le papa s'approcha de la maman, le regard fixé sur la fente large et profonde. Toutes les lignes d'ombre et de lumière convergeaient vers le trou humide et foncé. Il approcha à contrecœur son nez du trou du cul serré mais s'arrêta et attendit la traction inévitable sur le fil.

Mais leur entraîneur bien-aimé ne tira pas. Il considérait la scène avec la certitude qu'il n'avait plus besoin désormais d'intervenir. Il s'enorgueillissait avec délices en constatant que ses patients efforts portaient leurs fruits. Ses deux captifs étaient à quatre pattes comme des chiens, la langue pendante et frémissante comme celle des chiens. Ils haletaient comme des chiens, avaient l'air de chiens et flairaient comme des chiens. Il savait qu'ils nejouaientpas un rôle : ils étaient chiens. Une joie orgueilleuse lui chauffa le cœur. Tout en prolongeant la scène à l'infini, il se prélassa luxurieusement dans sa joie qui se multiplia aussi à l'infini car il savait que pour ses captifs cette scène durait encore plus longtemps, qu'ils étaient paralysés par la terreur de la traction sur le fil qui les précipiterait dans un acte répugnant. Les voir en surface et sentir ce qui se passait en eux, voilà qui était superbe. Il regretta de n'avoir pas tout filmé depuis le début. En réalité c'eûtété inutile. Il se rappelait avec précision de quoi ils avaient l'air au début du dressage et, appuyé au mur, fils en main, il constatait les résultats de son travail.

Il continua à flotter sans poids dans le temps illimité, alors que ses captifs supportaient le lourd fardeau du temps qui passe...

Ça va, pédale puante, dit-il en tirant sur les fils, fourre-lui le nez au cul.

Ses chiens hurlèrent. Il maintint les fils tendus comme s'il dirigeait leurs mouvements à la manière d'un marionnettiste. Vas-y, flaire, flaire donc, enfant de putain. Il donna quelques secousses pour guider. Carre ton putain de nez dans la fente de cette chienne. C'est ça. Flaire. Flaire, salaud, flaire. Allez, une bonne bouffée. Allons. Allons. Fourre-le là-dedans. Enfonce-le, fumier. Enfonce-le dans le fondement de cette chienne... C'est ça. Voilàun bon chien et maintenant aspire une bonne bouffée... Oui. Comme ça. Maintenant un gros baiser pour quellesache que tu l'aimes... Bon chienchien. Encore. Oui, encore. Un gros baiser de touteton âme. Allons. Maintenant fourrez-y la langue. Dedans. Allons, dedans. Plus profond. Encore plus profond. J'en vois encore un petit bout. Plus profond, pourri. Plus profond. Encore ton museau dans le cul de cette.chienne. Hahahahaha. Voilàle bon gars. Ça, c'est le bongars. Savoure ce goût de miel. Hahahahahaha........

Maintenant c'est l'heure du cercle d'amour. Allons. Ne me regardez pas comme ça. Vous m'avez compris. Vousêtes deschiens. Chiens! Un nez et une langue pour chaque trou du cul. Allons, c'est ça le cercle d'amour. C'est pas un foutu quadrille. Voilà. Ça va, vous avez compris. Et ne vous occupez pas de ces boules velues qui pendent. Concentrez-vous sur le trou du cul. Hahahahahaha. Voilà, concentrez-vous sur le trou du cul. Trous du cul vous-mêmes... hahahaha.

Ça va. Il est temps de laper. J'ai dit laper. Il tire sur le fil. Allons, il faut s'y mettre... C'est mieux. Oui, beaucoup mieux... Plus fort. Je veux entendre. Allons, une jolie musique pour popa. Voilà. Salivez, bouffez, fumiers de chiens bâtards foutusdebaiserleurmère. Hahahaha. Un goût de miel. Hahaha. Un goût de miel. Elle est bien bonne. Pas vrai, mes petits putains de lèche-cul. Hahahahahaha...

Voilà, maintenant on s'enfile. Les chiens s'arrêtèrent instantanément, paralysés, tête basse, la langue pendante, les yeux exorbités, la bave aux lèvres. Il sourit, parcourut le chenil du regard et les écouta haleter. Qu'est-ce qui vous prend. Pourquoi ces airs merdiques. Hahahaha... En voilà une paire de chiens merdeux. Hahahah...

Il allongea ses membres s'assit et ramassa les aiguillons. Jevais faire quelque chose pour vous. Vousêtes de bons chiens. Jesuis vraiment fier de vous. Alors pour vous montrer que je récompense les bons toutous, je vais vous donner un petit coup de main. Après tout il y a une justice et jesuis un homme très juste. Je n'aime pas punir mes chiens pour les instruire. Vous avez pu constater que jevous ai dressés avec douceur. Non, je crois mauvais de faire du mal à des animaux stupides. Je crois qu'une bonne représentation mérite applaudissements et acclamations et jusqu'à présent vous m'avez donné un bon spectacle. Or, chaque fois que mes chiens font ce que jeleurdis, j'aime les récompenser. Je n'ai pas de biscuits à chien sous la main mais j'ai quelque chose qui facilitera la suite de l'opération. Il plongea l'extrémité d'un aiguillon dans un seau de graisse consistante. Jem'envais tout bonnement graisser le cul de cette chienne pour toi, mon gars. Il barbouilla de graisse la fente des fesses de la chienne, puis il plongea l'aiguillon dans le trou du cul et appuya sur le bouton qui chassa l'huile au bout de l'aiguillon. Elle glapit et gémit. On n'entendit presque plus le ronflement de l'aiguillon électrique, mais ça ne l'empêcha pas de tenir sa promesse. Il graissa congrûment le cul de la chienne. Il fit tourner l'aiguillon lentement, en cercles de plus en plus larges. Je ne te comprends pas, chienne. Qu'est-ce qui te fait gueuler comme ça. Je m'efforce de te rendre service et tu te plains. Hahahahaha. Je veux seulement que tu sois fraîche, dispose, bien graissée et élargie. Hahahaha.

Il arracha l'aiguillon du cul et s'écarta d'un pas. Vas-y, mon gars, grimpe-la. Tous deux rotèrent sourdement. Le mâle monta la femelle et son dard palpita à la recherche du trou du cul. C'est ça, mon gars, c'est bien. Un peu par là. Maintenant un peu dans cette direction. Il tirailla sur le fil pour le guider. Ça y est, mon gars, enfonce-le. Allons pousse. Elle peutpas t'échapper. Elle a du fil solide autour des couilles, cette chienne. Hahahaha. Elle est bien bonne, pas vrai, mon gars. Des couilles de chienne. Allez, vas-y. Défonce-la. Sacré nom de Dieu. Tu peux pas faire mieux que ça? Jesus ké-rist. Tu ne sais donc pas comment enfiler une chienne. Enfonce-lui les dents dans la nuque et tiens bons. C'est ça. Mords. Oui, c'est ça. Maintenant tiens bon. Elle peutpas t'échapper. Écoute ce joli gémissement. Comme une chienne en chaleur. Hahahaha. Oui, elle t'aime, mon gars. Tu entends ses grognements de joie? Hahahaha. Tu sais ce qu'elledit quand elle glapit comme ça? Tu le sais? Elle dit je t'aime. Oui, c'est ça, mon gars, elle dit je t'aime. Elle veut que tu lui enfonces les dents dans la nuque. C'est ça, vas-y. Une bonne prise ferme, bien ferme parce que tuvas la grimper cette chienne mon gars. Tu vas lui renfoncer sa merde dans le ventre. Hahahaha. C'est ça, mon gars, tu vas lui renfoncer la merde dans le ventre. Il planta l'aiguillon dans le cul du chien et écouta la graisse s'écouler en ronronnant. Le chien glapissait et gémissait en proie aux affres de l'amour. Il laissa un des aiguillons dans le cul du chien et titilla la pinne de la chienne avec l'autre. Hélà, ça, c'est pas permis. Tune saisdoncpas qu'une chienne ne peutpas bander comme ça. Hahahaha. Il promena le bout de l'aiguillon sur le dard de la chienne, sur les couilles et le lui enfonça dans le scrotum.

Il ricana en regardant l'agitation frénétique et involontaire de ses animaux favoris. Quand leur passion s'apaisa, il assujettit les fils pour qu'ils restent unis dans leur étreinte d'amour puis s'en alla. L'air frais lui parut doux et propre.

Mais chaque chose pue à sa façon. C'est comme essayer de prendre ce petit déjeuner alors qu'elle sentait tellement. C'était comme l'odeur de Mary et de toutes les autres, mais pas tout à fait pareille. C'était bien la sienne. Elle ne savait peut-être pas, je n'en sais rien. On ne reconnaît pas toujours sa propre odeur. On la connaît mais on ne la sent pas de la même façon que les autres. Je ne saispas. Elle la sentait peut-être autrement. Ellela sentait peut-êtrepas dutout. Elle y était peut-être habituée.

Mais rien qu'à l'odeur elle savait toujours d'où je venais. J'entrais à peine à la foutue maison qu'elle savait si j'étais allé au billard, au snack et Dieu sait où. Elleflairait comme un foutu chien. Comme une espèce de sale molosse ou je ne sais quoi. Elleme regardait et son sale tarin se tordait comme un enfant de putain. Elle me demandait d'où je venaiset elleme le disait aussitôt. Tuviens d'ici, tuviens de là. Et le tarin qui se tortille, qui se tortille. Comme celui d'un putain de chien. J'auraisdû lui dire pourquoi jene pouvaispas bouffer ce fumier de déjeuner. J'auraisdû tordre le nez et le lui dire. Chacune sa propre odeur et elles puent toutes pareil.

En plein comme Mary mais différente. Son odeur me dérangeait pas. Pourquoi qu'elle me flairait pas les mains quand je revenais du cinéma. Elles croient peut-être que c'est leur propre odeur. C'était peut-être aussi le savon des lavabos du cinéma. Drôlement dur de distinguer l'odeur du jus de fille sur des mains lavées avec ce savon-là. Krist, ma main avait vraiment une drôle d'odeur quand je m'étais lavé avec ça. Merde. Jesais pas ce qu'elle sentait, mais c'était une odeur étrange. C'est sans doute les seules fois où je me suis lavé les mains au cinéma. Ce savon m'a jamais plu. Mais pour les laver, je les lavais les samedis soir. Le cinéma avec Mary c'est à peu près mes seuls rendez-vous quand j'étais môme. Rendez-vous d'amoureux.

Ils se retrouvaient au carrefour et ils allaient au même cinéma tous les samedis après-midi. Peu importait le film. Il ne se souciait jamais de savoir si le film lui plairait ou non. C'est pas pour ça qu'ils y allaient. La salle était vaste, avec deux ailes près de l'écran où on ne pouvait pas les repérer. Toute la matinée il était sur des charbons ardents. Ses entrailles se nouaient de plus en plus serré à l'approche de la séance. Il portait toujours le même pantalon de velours côtelé bleu. C'était celui qui lui portait bonheur. La braguette était plus longue que celle des autres et la fermeture éclair s'ouvrait confortablement quand il était assis. Malheureusement, sur ce velours la moindre goutte de foutre se voyait à des kilomètres. Il allait donc l'examiner attentivement aux lavabos avant de quitter le cinéma et il nettoyait toutes les traces avant qu'elles caillent raide et deviennent blanches. Mais ça valait la peine. Je marquais toujours un point quand je portais ce pantalon de velours côtelé bleu.

A 11/30, son déjeuner terminé, il demandait vingt-cinq *cents* à sa mère pour le cinéma. Elle les lui donnait et lui demandait quel film il allait voir. Il lui répondait j'en sais rien. Eh bien, de toute façon, amuse-toi bien. Elle l'embrassait et lui recommandait de revenir à temps pour le dîner. Il marchait à grands pas vers le cinéma, l'excitation lui nouait les tripes et se répandait dans tout son corps, si bien que le bout de son nœud se tortillait comme si une douzaine de fourmis se baladaient dedans. Il ralentissait à proximité du cinéma pour le cas où Mary l'aurait déjà attendu. Mais elle n'était jamais là. Elle arrivait toujours à peu près 10 minutes après lui. Elle portait une longue veste rose. Il regardait les instantanés du film exposés dans l'entrée en se demandant vaguement quel en était le sujet. Puis il s'adossait au mur et attendait. Dès qu'elle arrivait ils prenaient place dans la file, parmi les autres gosses. Aussitôt entrés, ils se dirigeaient tout droit vers l'aile droite. Mary retirait sa veste, la pliait, la posait sur ses genoux et attendait que les lumières s'éteignent.

L'écran s'éclairait, la musique tonitruait, la salle s'obscurcissait et ils s'installaient confortablement dans leur fauteuil. Il glissait les mains sous la veste, le long des cuisses jusqu'au bout de la jupe, puis il remontait en dessous, le long des cuisses. Pendant ce temps ils avaient les yeux fixés sur les images de l'écran illuminé. Il lui remontait la jupe. Elle soulevait légèrement une fesse après l'autre. La tête immobile, l'œil à l'écran, ils continuaient l'opération lentement; centimètre par centimètre, les jupes remontées jusqu'aux hanches. Mary appuyait ses deux mains sur sa veste et en rectifiait constamment la position pour rester couverte. Quand il avait écarté la jupe, il marquait une pause puis il crochetait le sommet de la culotte avec ses deux pouces et faisait lentement glisser l'élastique vers les cuisses, un côté d'abord et l'autre ensuite, leurs yeux toujours tournés vers l'écran sur la gauche. Il sentait la chair douce et chaude du cul sous ses doigts. Mary soulevait une fesse, à peine, juste assez pour que la culotte glisse dessous, une fesse après l'autre, jusqu'à ce qu'elle arrive aux genoux. Leur tronc restait immobile, presque rigide. Cependant il caressait l'intérieur de la cuisse d'une main pendant un moment puis il plongeait le bout des doigts entre les cuisses. Elle écartait les jambes pour qu'il mette la main entre les deux cuisses. Il sentait la chaleur de sa chatte sur sa main et les poils sur ses doigts, tout en chatouillant d'abord les lèvres. Puis il les écartait, y plongeait le majeur et l'y faisait tourner dans un sens puis dans l'autre. Bientôt les lèvres humides et chaudes semblaient l'aspirer. Les images continuaient à s'agiter devant ses yeux, le bruit retentissait à ses oreilles et il continuait à faire tourner son doigt tout en le plongeant et le ressortant. Puis il trouvait le trou, y fourrait le doigt aussi profond qu'il le pouvait cependant que Mary continuait à retenir sa veste pour qu'elle ne glisse pas de ses genoux et écartait les cuisses pour que sa culotte ne tombe pas par terre. Il cessait de remuer le doigt pendant un moment et le laissait se reposer dans le trou crispé. La chatte et sa main étaient chaudes et humides. Il plongeait le doigt plus profond et finissait par sentir les poils sur le revers de sa main et les lèvres sur ses phalanges. Il posait l'autre main sur la veste et lui disait de s'occuper de lui. Elle glissait une main et l'avant-bras sous la veste, tâtonnait un instant, saisissait le curseur de la fermeture éclair et l'ouvrait. Il allongeait les jambes pour lui faciliter l'opération. Son majeur était toujours plongé dans la craquette et leurs yeux fixés sur l'écran. Elle enfonçait la main dans la braguette, cherchait l'ouverture du slip du bout des doigts et sentait à son tour les poils lui chatouiller la main. Elle saisissait le dard au plus près du ventre, le serrait et l'attirait hors de la braguette. Ils restaient un moment immobiles, lui le doigt dans la chatte, elle la pinne à la main, tous deux retenant la veste et regardant l'écran.

Puis il se mettait à enfoncer le doigt dans le trou par petits coups saccadés. La chatte devenait de plus en plus chaude et humide. Il sentait le jus de Mary couler, tiède, sur ses phalanges. Le revers de sa main lui caressait la toison, la main et l'intérieur des cuisses devenaient de plus en plus chauds et humides. La main remuait de plus en plus vite et aisément car jus et sueur lubrifiaient lèvres et fente. A chaque saccade il était de plus en plus excité. Elle aussi et elle serrait de plus en plus fort. Elle réagissait à chaque saccade du doigt pénétrant de plus en plus profondément dans son ventre, aux phalanges qui lui frottaient les lèvres, lesquelles s'épanouissaient et gonflaient. Sa main glissait le long des cuisses couvertes de sueur. Elle n'avait plus besoin d'écarter les jambes car par ses mouvements la main se ménageait assez de place. Cependant ses doigts se serraient de plus en plus sur la pinne raidie. Elle sentait son propre jus et sa sueur lui titiller la chatte et s'écouler sur son buisson qu'il frottait. Têtes et regards restaient fixés sur l'écran. Pourtant ils remuaient légèrement sur leurs sièges et plus ils s'excitaient, plus leur cul se fermait, crispé.

Quand il était las de remuer la main et qu'il sentait venir une crampe il ne la titillait plus qu'à l'intérieur du trou et lui disait de s'amuser à son tour. Elle lui trayait le nœud quelques petits coups, puis du bout du pouce, elle lui lubrifiait le gland en y étalant le jus qui perlait. Il cessait de remuer le doigt pour jouir de la caresse du pouce sur le bout de son nœud. Il sentait alors une mince pellicule onctueuse entre les chairs. Il lui disait de plonger. Elle commençait par regarder discrètement autour d'elle. Il la rassurait. Personne ne regardait. Elle écartait sa jaquette, se penchait sur lui, lui prenait le dard dans sa bouche et se mettait à sucer comme s'il s'était agi d'une paille. Il plongeait l'autre main dans le corsage et lui palpait un sein cependant qu'elle lui suçait le zob. La bouche était chaude et humide sur son paf, comme le con autour de son doigt. C'était différent mais pareil. Il regardait fixement l'écran tout en lui palpant le sein en sentant la bouche lui sucer la queue, son doigt enfoncé dans la chatte, sa main coincée entre les cuisses, il se demandait si elle aimait lui prendre le zob en bouche et l'effet que ça pouvait lui faire et il avait envie de lui jouir dans la bouche, mais pas tout de suite, peut-être à la fin du spectacle et si elle nepouvaitpas tout garder dans la bouche, peu importait parce le reste tomberait sans doute sur sa veste et s'il en avait sur le pantalon il pourrait toujours le laver au lavabo avant que ça caille raide.

Tout à coup il sentait la fraîcheur de l'air sur son dard : elle relevait la tête. Mais cela ne durait pas car elle le couvrait de sa veste sous laquelle elle glissait la main pour lui saisir le nœud et lui serrer le gland qu'elle frottait du bout des doigts. Il retirait son bras quand elle s'adossait de nouveau à son fauteuil et retenait aussi le bord de la veste. Elle écartait les jambes et se mettait à l'aise. Alors il recommençait à plonger et ressortir son doigt du trou de plus en plus vite, doigt et phalanges entrant de plus en plus profondément. Elle s'adossait encore plus tout en lui serrant le zob cependant que son doigt et le revers de sa main remuaient de plus en plus vite, que les lèvres gonflaient, s'épanouissaient. Il se penchait vers elle, un peu, pour entendre le chuintement de sa main pompant le jus du con humide. Il cessait mais elle continuait à lui serrer le zob et restait raide sur son siège. Quelque chose se passa sur l'écran qui retint son attention. Il regarda un moment, la main immobile entre les cuisses de Mary. Il perçut la crispation du corps mais crut tout simplement qu'elle s'étirait et continua à regarder le film jusqu'au moment où il constata qu'elle nelebranlait plus.

Vas-y. Elle le reprit mieux en main et se mit à le masturber lentement, à petites secousses inégales. Il remua la main, son doigt pénétra plus profond. Il le tourna de droite et de gauche pour le faire entrer aussi loin que possible. Ses phalanges étaient plongées entre les lèvres gonflées de la chatte. Il continua à pousser. Les cuisses se serrèrent sur sa main. Elle le masturba plus vite, à secousses plus prolongées. Plus elle s'acharnait, plus il poussait le doigt et le faisait tourner. Il avait l'anus crispé. Elle serra les cuisses à lui en paralyser la main. Elle cessa alors de le branler. Après une ou deux secousses elle étendit la mince pellicule gluante sur son gland avec son pouce. Le pouce tourna lentement, la pellicule mincit, enfin il sentit la peau du pouce sur la tête de son nœud. Il éprouva une sensation de torsion intérieure. Elle continua à frotter. La sensation se répandit jusqu'à ses burnes et descendit dans les cuisses. Quand gland et pouce furent secs, elle cessa de frotter, mais garda le dard en main et le doigt s'immobilisa dans le con.

Il regarda le film pendant quelques minutes. Elle se tortilla un peu dans son fauteuil, lui poussa l'entrecuisse contre la main en lui serrant la pine. Il s'en rendit compte, agita un peu le doigt au bord de la chatte. Le spectacle l'ennuya. Il fourra sa main dans le con de plus en plus vite. Elle lui tira de plus en plus fort sur le dard et continua même quand il cessa. Raide, elle serrait spasmodiquement les cuisses l'une contre l'autre. Il la regarda du coin de l'œil, intrigué, haussa mentalement les épaules et lui dit de redescendre à la cave. Elle le suça de toutes ses forces. Il sentit la pression des cuisses sur sa main et le contact des dents sur son gland. Il en eut mal à l'aine et au bas-ventre, demanda mentalement encore. Mais encore quoi? Il avait sa pinne dans la bouche de Mary et le doigt dans son con pourtant il aspirait confusément à mieux, mais quoi. Et il ne pouvait que rester assis, aussi immobile que possible en sentant le contact des dents et la pression des cuisses, vaguement conscient de l'agitation sur l'écran, du bruit des voix et de la musique cependant qu'elle le suçait tant qu'elle pouvait. Elle releva la tête quand ses mâchoires endolories l'obligèrent à arrêter et elle écarta les jambes. Il remua la main dans son con humide et tous deux regardèrent l'écran. Ahuris par le besoin pressant de quelque chose de plus, mais quoi, bon Dieu? Sa main s'immobilisa et il regarda le film sans se soucier de répondre à la question. Sa main était un peu raide et lasse mais il la laissa où elle était. A quoi bon la retirer puisqu'il n'aurait qu'à y renfoncer le doigt. Alors pourquoi la retirer. Elle était bien où elle était. Elle sentirait quand il la retirerait, mais il pourrait toujours la laver. C'était bon, chaud et humide où elle était. Penser qu'elle était là lui fut agréable. Penser qu'elle avait baissé sa culotte jusqu'aux genoux, qu'elle écartait les jambes et qu'il avait un doigt dans sa chatte. Penser à ses doigts dans le buisson et sa pinne dans la bouche de Mary. Le bout du doigt décrivit un cercle. Il écarta de son esprit l'idée de quelque chose de mieux, lui dit de le branler, de s'amuser puis de le sucer. Elle le serra et le secoua et il continua son mouvement de va-et-vient avec son doigt. Ils regardèrent l'écran, aussi immobiles que possible. Elle le branla, le tripota et se remit à le sucer. Il continua à la besogner de plus en plus vite, puis par mouvements lents et prolongés. A plusieurs reprises il sentit vaguement qu'elle se crispait et qu'elle lui tirait sur le nœud d'une manière plus saccadée mais il n'en tint pas compte, continua à remuer la main, à se faire branler et tripoter et sucer jusqu'à la fin du premier spectacle. Il lui dit de le branler. Elle le branla de plus en plus vite et fort. Il lui dit qu'il était prêt à décharger et retira la main de la chatte. Elle lui enveloppa le zob à deux mains, retira sa veste et le branla jusqu'à ce qu'il jouisse dans ses mains réunies. Il se tortilla pour diriger convenablement le jet. Elle continua à traire les dernières gouttes et étala le sperme sur ses mains en les frottant l'une contre l'autre.

Quand il eut fini, il laissa le bout de son nœud frotter la veste puis le remit dans son pantalon et referma sa braguette en la regardant ouvrir les mains et laisser le sperme couler goutte à goutte sur le tapis. Il lui dit de se frotter les mains l'une contre l'autre et la regarda faire en devinant la sensation qu'elle en éprouvait et en sentant l'odeur de son propre doigt. Quand il lui dit ça va, elle cessa de se frotter les mains et les essuya sur le dossier du fauteuil en face d'elle. Ensuite elle rajusta sa culotte, ils se levèrent et allèrent aux lavabos. Il s'enferma immédiatement dans un box, ferma la porte au verrou, examina attentivement son pantalon, dénoua sa ceinture, ouvrit sa braguette pour s'assurer qu'il n'y avait aucune tache révélatrice ni à l'intérieur ni à l'extérieur. Ceci fait, il emplit le lavabo et se lava les mains. Il les lava plusieurs fois, emplit chaque fois ses mains de savon liquide et les flaira entre chaque lavage. Quand il fut certain de ne plus sentir que l'odeur du savon il les lava une fois de plus et sortit des lavabos. Elle l'attendait près d'une porte et ils quittèrent le cinéma côte à côte.

Ils marchèrent dans la rue un moment et il lui demanda si elle garderait des enfants ce soir-là et à quelle heure. Il lui dit de se mettre à la fenêtre quand les gens dont elle garderait les gosses seraient partis parce qu'il attendrait en bas dans la cour. Il la laissa devant chez elle et rentra chez lui. Il répondit succinctement et évasivement à sa mère qui lui demandait si le film lui avait plu avant d'aller dans sa chambre.

Il s'assit au bord de son lit en s'interrogeant plus ou moins. Apparemment il éprouvait toujours la même impression lorsqu'il revenait du cinéma, comme si quelque chose lui manquait, Dieu sait quoi. Il n'arrivait jamais à se figurer exactement de quoi il s'agissait. Rien qu'un petit quelque chose de raté ou d'insuffisant. Ça l'intriguait mais y penser ne servait à rien. D'ailleurs il nepouvaitpas s'interroger plus longtemps parce qu'il avait des démangeaisons dans l'entrejambe.

Il alla aux cabinets, s'y enferma sans bruit, laissa son pantalon et son slip tomber sur ses chevilles, s'assit sur le siège, se tripota la bitte, les paupières crispées en s'efforçant de faire apparaître une image dans son esprit, une image qui lui donnerait la clé de ce qui lui manquait et de ce qu'il éprouvait. Mais c'était toujours la même qui revenait, la seule qui semblait convenir à ses besoins. Elle se composait presque entièrement d'une seule image d'un livre illustré qu'il avait lu quelques années plus tôt. Il ne se rappelait rien d'autre du livre ou de l'histoire. Il ne revoyait que cette seule illustration où un Oriental d'autrefois, à l'air méchant, avait enchaîné une femme blanche à un pilier, dans une vaste salle. Maigre, osseux, le menton pointu avec une barbichette, le nez long et pointu, de longues moustaches pendantes, il avait des yeux rouges au regard mauvais. Jeune, très blanche, la femme avait les bras levés au-dessus de sa tête, tendus par des chaînes qui retenaient ses poignets au pilier. Elle touchait à peine le sol au bout de ses pieds nus. Sa robe de soirée déchirée dévoilait ses seins. Elle était terrifiée. Le méchant Oriental la regardait fixement et on devinait qu'il allait faire quelque chose d'horrible. Quoi que fût cette horreur, elle coïncidait avec la question intrigante. Ça lui crispait les burnes et l'image de la belle et jeune femme blanche, attachée au pilier, les seins pendant hors de sa robe, de l'Oriental aux méchants yeux rouges qui la regardait faisait palpiter sa chair. L'horreur qu'exprimait le visage de cette femme, ses seins dévoilés, son corps enchaîné l'affolaient. De la main gauche il saisit une poignée de papier hygiénique et se masturba de plus en plus vite avec la droite. Une sensation de plaisir se répandit en lui et il perçut ce qu'il allait arriver à la jeune femme blanche enchaînée au pilier, le sein gauche pendant, devant la face jaune aux méchants yeux rouges. Il sentit la chaleur de l'épouvante dans sa main quand son corps sursauta aux dernières secousses. Il fit couler les dernières gouttes, les essuya avec le papier et regarda pendant un court instant le liquide pâteux, blanc jaunâtre. Il se tira encore plusieurs fois sur le nœud, en essuya le bout avec le papier qu'il jeta dans la cuvette et tira la chasse d'eau.

Il retourna dans sa chambre et s'assit dans son fauteuil en attendant que sa mère l'appelle pour dîner. Il était plus détendu mais encore intrigué et insatisfait. Il avait pourtant passé une bonne journée jusqu'alors, comme bien des samedis. Ces samedis auxquels il aspirait dès le dimanche matin et auxquels il manquait pourtant toujours quelque chose ou bien durant lesquels il s'était passé quelque chose qui n'était pas tout à fait satisfaisant. Au moins ce jour-là, rien n'avait mal tourné comme ça arrivait parfois. Au moins pas encore. Parfois, elle ne pouvait pas aller au cinéma ou ne gardait pas de gosses le soir pour une raison à la con. Mais cette fois, tout s'était passé comme il le fallait. Après dîner il irait jusqu'au carrefour rejoindre quelques copains pour bavarder ou faire n'importe quoi. Puis il trouverait une excuse pour s'éclipser sans dire où il allait et il rejoindrait Mary. Il souhaita que rien n'empêche les gens chez qui elle était de sortir. Ce ne serait d'ailleurs pas si mal encore s'il le savait à l'avance, parce qu'il pourrait ainsi rejoindre Mary dans le parc. Mais il ne voulait pas qu'elle vienne au carrefour lui dire qu'elle ne babysittait pas ce soir-là. La connasse l'avait fait un soir et il avait eu bien du mal à quitter ses amis sans qu'ils apprennent où il allait. Merde, ça c'était cassecouille. Ça lui avait presque bousillé toute sa semaine. Mais ce soir, tout irait bien. Ils allaient à une espèce de réception exceptionnelle ou quelque chose dans ce genre-là. Le parc, c'était très bien, mais l'appartement valait mieux. Il voyait tout. Il aimait s'asseoir sur le canapé avec elle, lui faire relever sa jupe et retirer sa culotte. Il jetait toujours un coup d'œil à son buisson et, en penchant la tête, il voyait son doigt plonger dans le trou. Il la regardait aussi quand elle lui tripotait la bitte et la prenait dans sa bouche, surtout quand il se levait et qu'elle s'agenouillait devant lui. Il pouvait aussi mettre la main sous son chemisier, lui palper le sein, lui tâter le mamelon et même parfois le voir. Quand il lui jouissait dans les mains il le voyait et il la regardait se frotter les mains engluées de foutre. Et puis il entendait le chuintement des paumes qu'elle frottait l'une contre l'autre. Et ensuite ils s'asseyaient de nouveau sur le canapé et recommençaient tout. Toute la semaine il rêvait d'un bon samedi et faisait des projets à ce sujet.

Chaque jour, pendant toutes les classes, il rêvait et faisait des projets...

Mais le dimanche matin suivant un poids lui opprimait la poitrine, l'irritait, le rongeait. Il s'efforçait de se soulager par des mouvements respiratoires de plus en plus profonds. A chacun d'eux il avait l'impression qu'il allait se détendre, mais ça n'arrivait jamais. Tout lui semblait foutument gris et lourd et sa mère lui demandait toujours s'il voulait aller à l'église avec elle et il lui répondait toujours non. La même merdouille chaque putain de semaine. Tu veux venir à l'église. Il avait envie de lui dire de se carrer son église pourrie dans le cul, mais il répondait toujours de la même façon à la même question. Non, pas aujourd'hui, et il sortait, il errait le long du pâté de maisons, pour rejoindre ses copains et tuer le temps de la journée, puis il retournait à l'école le lundi, et le mardi, et le mercredi, et le jeudi et le vendredi. Et puis venait le samedi et, si tout allait bien, il allait au cinéma avec Mary et il la rejoignait le soir où elle gardait des gosses. Mais après, il y avait toujours le dimanche.

Ouais.

Ouais, ce Fou Man Tchou savait de quoi il s'agissait. Il s'assit au bord de sa couchette, les mains entre les genoux. Est-ce qu'elle s'appelait vraiment Mary? Je me le demande. Il me semble que c'était ça. Oui. Mary, Schmary, qu'importe. Qu'est-ce qu'un nom. Quel que soit le nom, elle sentaitlamêmechose. De toute façon, elle valait mieux que rien. Il ricana. Ce perfide enfant de salaud savait de quoi il s'agissait. Assis au bord de sa couchette, les mains jointes entre les genoux, il regardait droit devant lui. Rien d'autre...

Merde. Il se leva et alla devant la porte. Merde de merde. Il colla le front à la vitre, son reflet se colla contre lui. Il observa ce visage, puis, au-delà, regarda le mur et les inscriptions sur les paniers, oui, oui, oui, bleu, vert, jaune, violet et moucheté de merde. Il s'écarta de la vitre et alla se regarder dans la glace au-dessus du lavabo et, derrière lui, le mur. Pendant plusieurs minutes il observa ses yeux injectés de sang.

Il se pencha et examina le foutu bouton sur sa joue. Il lui parut avoir doublé depuis la dernière fois qu'il l'avait regardé. Rouge et malveillant il paraissait s'étendre comme une foutue pourriture. Il le toucha du bout du doigt et une foutue douleur en rayonna comme si quelqu'un l'avait piqué avec une pointe brûlante. Tout son corps se figea, ses yeux hurlèrent, il se crispa pour empêcher ses mains d'arracher ce foutu bouton de sa joue. Il frémit en regardant ses yeux qui hurlaient et ses mains à deux doigts de cette putain de joue et de ce bouton pourri qui lui faisait perdre sa foutue tête. Il avait envie de déchirer, d'arracher la chair sur tout un côté de sa figure pour détruire ce succpinne pourri et le poison qui le rendait fou.

Tout à
coup ses mains tombèrent le long de son corps. Il sursauta, pivota sur lui-même et s'appuya au mur, raide. Ces salauds pourris. Cesfumiersquibaisentleurmère. Krist, je voudrais les avoir sous la main. Jeles crèverai. Je jure par krist que jeles crèverai. Jeleur arracherai les yeux de la tête. Les misérables enfoirés. Les minables sucepinnes. Il fonça en avant, hurlant mentalement MINABLES ZOBS POURRIS. VOUS NE VALEZ RIEN. FUMIERS QUI BAISENT LEURS MÈRES. Son torse oscillait, incliné en avant, il marchait à pas saccadés dans sa cellule. VOUS CRÈVERAI, VOUS CRÈVERAI, FANTSDEPUTES POURRIS. VOUS CRÈVERAI CRÈVERAI CRÈVERAIAIAIAIAIAIAIAIAIAIAIAIAIAIAIAI il cogna sur le coin du siège d'aisance, se frappa la tête à deux mains, Une boule grossissait dans sa poitrine à lui faire éclater la cage thoracique et l'étranglait lentement, aurai votre peau, aurai votre peau, il tituba le long du mur, vous

crèverai, vous crèverai, il s'assit sur le cabinet en dissimulant son visage à deux mains, vous crèverai

enfant

deputain. Un enfantdeputain pourri, c'est tout. Est-ce que tu le sais, dieu? Tu nevauxrien. Fou tu ment bon à rien. Un enfant de putain bon à rien. Tu m'entends dieu? TU M'ENTENDS POURRI POUILLEUX ? T'ES FOUTUMENT BONARIEN. T'ES UN ENFANTDEPUTAIN POURRI ET POUILLEUX. JE T'ENFILE PAR LA BOUCHE ET TA MÈRE AUSSI. Il se tourna vers la fenêtre garnie de barreaux et le semblant de lueur qui filtrait à travers le verre laiteux. Tu ne vaux rien. Il inclina la tête et regarda fixement le sol de ciment gris. Les pieds sur ce sol, les mains à la hauteur des cuisses, la tête penchée en avant, la nuque horizontale, il regarda le sol de ciment gris. Il y avait des taches, des crevasses, des boursouflures et des endroits où le ciment apparaissait à travers la peinture et n'était que d'un ton de gris à peine différent. Combien y a-t-il de teintes de gris? Tous les foutus gris du monde semblaient rassemblés dans cette putain de cellule. Foutus murs gris, foutu plafond gris avec des crevasses qui descendaient le long du mur et dans le foutu sol gris. Barreaux gris. Jésus krist oncroirait qu'ilsnavaient plus assez de crevasses et de gris

c'était

peut-être en Caroline du Nord. Oui, je crois que c'était ce nom-là. Ajoutons-y cette colle qui puait. Krist qu'est-ce qu'elle puait cette colle. Pire que des œufs pourris et des vieux pets. Peint tout ce sale bateau de guerre en gris. Aurais dû le peindre de plusieurs couleurs. Il aurait probablement eu meilleure allure avec du blanc ou du bleu ou autre chose. Peut-être même des couleurs de camouflage. Merde, jesaispas. Saismêmepas si le camouflage existait déjà. Zut. Et après. Le gris suffisait bien. Et puis la messe de Noël. Qu'est-ce qu'il faisait frigo à l'église pour Noël. Pouvaientpas célébrer la messe à l'heure habituelle pour que leur foutu taudis ait le temps de se chauffer. Fallait qu'ils fassent ça de bonne heure quand il faisait assez froid pour qu'il pende des glaçons au cul d'une pute ou que ça lui congèle les roberts. Ou n'importe quoi. Merde tout le monde s'en fout. Au moins à noël on n'avait pas besoin de chanter jésus m'aime. Chaque semaine, à cette foutue école du dimanche, c'était jésus m'aime, ça je le sais. Et tout le reste de ces conneries. Il aime mon foutu cul oui. Jésus m'aime, ça je le sais. Bigre je les ai drôlement épatés avec le coffret de chimiste que j'ai eu une fois pour noël. Krist qu'est-ce qu'elles étaient dégueulasses mes boules puantes. Sentaient pire qu'un derrière de mouffette. Diable oui, j'ai foutu un drôle de bordel au vieux cinéma Ridgeway. Surtout quand je les ai lancées dans le grand ventilateur.

Jésus m'aime... quel tas de conneries. Ilssont en vadrouille en ce moment dans leur voiture de patrouille en train de se rappeler comment ils m'ont baisé. Ils se vantent auprès de tous leurs amis de m'avoir foutument coincé. Ils vadrouillent en rigolant à se faire éclater le cul. Ils arrêtent les femmes qui conduisent une voiture et les menacent de leur coller une contravention si elles ne se laissent pas palper les nénés ou pincer les fesses. Ils circulent dans les rues en quête d'une jeune nana toute seule au volant. Alors ils allument leur clignotant rouge, l'obligent à se garer au bord du trottoir, sortent de leur putain de bagnole de putains de flics, remontent leur étui à pistolet, ajustent leur casquette, se dandinent comme une paire de babouins, passent leur sale trogne dans la portière et, vas-y donc, débitent toujours leurs mêmes conneries. Excusez-moi, mademoiselle, mais il faut que je vous demande votre carte grise et votre permis de conduire.

Pourquoi? Qu'est-ce qui ne va pas, monsieur l'agent?

Nous n'en sommes pas sûrs Mdame, mais votre voiture ressemble au signalement d'une auto dont on a annonçé le vol il y a quelques heures.

Mais ce doit être une erreur. C'est bien ma voiture.

Alors vous n'aurez pas de difficulté à le prouver. Voudriez-vous retirer la clé de contact et me la donner s'il vous plaît. Il braque la lumière de sa torche électrique sur le tableau de bord puis sur la femme et lui bigle la poitrine dans l'échancrure du chemisier quand elle se penche pour retirer la clé. Il abaisse la lampe en prenant la clé et regarde le bas de la jupe, les longues cuisses découvertes parce que la jupe s'arrête presque aux fesses. Il braque la lampe sur le permis de conduire et la carte grise, puis sur le visage. Vous êtes madame Haagstromm?

Oui monsieur l'agent. Mais je ne vois vraiment pas ce que... — çava madame Haagstromm, nousallons donner un coup de fil pour voir si nous pouvons débrouiller cette affaire. Il retourna à sa voiture et se pencha au-dessus de la portière. Qu'est-ce qu'on a dégotté cette fois Fred? Une poupée vivante, Harry. 5 sur 5. Un mètre soixante-deux et cinquante-six kilos, tout nénés et popotin. Quel âge? Qu'est-ce que ça peut foutre. C'estun beau morceau de cul. Ils rirent. Je conduirai sa voiture et tu suivras. On va bien aux collines? Oui.

Il retourna à la voiture et se pencha de nouveau à la portière. Jeregrette madame Haagstromm. Mais il y a quelque chose qui colle pas. Dommage, mais ilvafalloir que je vous conduise au poste pour régler ça. Il ouvre la portière et la pousse légèrement de l'épaule pour lui indiquer qu'elle doit s'écarter. Mais il faut que j'aille chercher ma petite fille chez la dame qui la garde. Je ne comprends vraiment pas toute cette histoire. Tout va bien, madame Haagstromm.Çasera paslong, ne vous en faites pas.

Quand ils eurent roulé sur un ou deux kilomètres et que les parages devinrent de moins en moins peuplés, elle demanda où ils allaient. Il ne semble pas qu'il y ait un poste de police par ici. Nous n'allons pas à un poste de police madame Haagstromm. Nousallons à un bureau spécial du service des véhicules qui reste ouvert toute la nuit pour cette sorte d'urgence. On vérifiera votre carte grise et votre permis en quelques minutes. Je l'espère.

Ma petite fille est enrhumée et je suis déjà en retard. Bientôt ils roulèrent dans les rues tout à fait désertes d'une zone très boisée. Il obliqua brusquement pour s'engager sur un chemin coupant à travers les arbres et s'arrêta dans une petite clairière plane, près de la route. Elle le regarda bouche bée. La porte de l'autre voiture se referma en claquant. Tenez-vous tranquille et tout ira bien madame Haagstromm. Je n'ai que quelques dollars mais vous pouvez prendre tout. Sa tête et tout son corps tremblaient. C'est bien gentil de votre part, Mdame, mais nous n'avons que faire de votre argent. Il saisit dans le sac à main des mouchoirs — tissu et papier — qu'il lui fourra dans la bouche cependant que Harry passait la main par la portière arrière et lui saisissait les bras. Laissez-vous aller Mdame, et tout ira bien. Ils la bâillonnèrent avec du sparadrap et enlevèrent l'ampoule du plafond de la voiture avant d'ouvrir la portière. Harry continua à la tenir pendant que Fred lui déboutonna son chemisier. Ils étaient alors tous les trois debout dans la petite clairière. Allons, tenez-vous tranquille, Mdame, et tout sera plus facile. Si vous gigotez comme ça, je vais arracher vos boutons. Harry lui serra plus fort les bras; elle cessa de se démener mais pas de trembler, cependant que Fred déboutonnait lentement son chemisier. Des larmes lui coulaient des yeux et le bâillon étouffait ses sanglots. Quand Fred eut fini de la déboutonner, il lui passa les mains dans le dos pour décrocher le soutien-gorge. Debout devant elle, il sourit. Fred souleva un de ses seins, le tordit un peu, puis le fit sauter sur la paume de sa main. Pas à dire, tu sais les repérer, faut l'admettre. Ils rirent, elle gémit. Fred pinça le mamelon du sein entre ses doigts. Ça m'a l'air au poil, voyons le reste. Elle rompit d'un pas. Harry la saisit et la maintint contre lui. Fred s'affaira à la déshabiller. Il retira les chaussures, les jeta de côté, puis déboutonna la jupe et la fit glisser sur les hanches. En passant les mains sur les cuisses puis les jambes, il sentit la chair frémir. Il fit aussi glisser lentement la culotte et, en se relevant, il la jeta à Harry. Tiens, mâche ça un petit coup. C'est justement ce que tu cherchais. Une blonde avec une ceinture de dentelle noire. Qu'est-ce que tu en dis? Elle a une ceinture-jarretelles noire. Il était temps. Ouais. Maintenant on peut enfiler une nana sans lui retirer ses bas. Ouais. Il faudrait que ma vieille greluche laisse tomber ses merdouilles de panties et se mette à porter une ceinture-jarretelles. Il regardait la ceinture, la toison claire, en se massant la braguette. Il lui manipula un sein, lui tordit le mamelon et y enfonça ses ongles. Un gémissement lui glouglouta dans la gorge et des larmes tombèrent de ses yeux exorbités; elle recula de quelques pas en titubant. T'en va pas, chérie, je vais te baiser le cul à te le défoncer. Fred rit. Gardons ça pour plus tard. D'accord, hahahahahaha. Pas si vite à la merde. Ils rirent en la poussant vers un bouquet d'arbustes. Le coin me paraît bon. Ouais, ouais. Harry lui fit un croche-pied, elle tomba sur le dos avec un bruit sourd. Alors ça, c'est ce que j'appelle une gourmande. Elle n'attend même pas qu'on passe à l'action. Ils rirent. Harry la retourna pour l'allonger à plat ventre et ouvrit les menottes. Ils en mirent une autre paire à l'autre poignet, la retournèrent sur le dos et la menottèrent aux buissons. Vas-y mollo, tu vas lui faire filer ses bas! C'est vrai, excuse-moi. Ils rirent, debout auprès d'elle en se massant la braguette. Tu sais, elle doit aimer ce décor. Regarde comme les yeux lui sortent de la tête. Ouais. Elle compte sans doute les étoiles. Ils ricanèrent et Fred lui massa un sein sous la semelle de son soulier. Hé, mec! le salis pas. J'aurai peut-être envie de le mordre tout à l'heure. T'en fais pas, elle en a un autre. Il regardait les yeux se gonfler et la tête osciller de droite et de gauche, tout en appuyant et en frottant plus fort la semelle de son soulier sur le sein. Dis donc, elle en fait un drôle de bruit. Est-ce qu'elle te chanterait pas une chanson d'amour? Hahahaha. Non.

ceux-ci pour les lui coller sur la poitrine. Hahahaha. Cependant il tordait, écrasait et pinçait les seins à pleines mains et du bout des ongles. Colle-les-lui sur le dos, ça sera plus chouette. Fred rit, se mit à califourchon et tout en malmenant les seins d'une main, il piqua le nez de sa victime avec le bout de son nœud. Hahahaha. Regarde-la se tortiller. Te démène pas comme ça, salope, sinon les menottes vont te sectionner les poignets. Ils rirent, elle continua à se tordre sur elle-même et Fred à lui écraser le nez du bout de son nœud; en lui serrant un sein d'une main et lui pinçant un mamelon de l'autre. Des espèces de borborygmes étouffés faisaient palpiter sa gorge, son corps frémissait de terreur et les menottes pénétraient tant dans la chair de ses poignets qu'elle les crut en train de lui scier les os. Cependant tous deux riaient. Fred lui écrasait le nez de son gland et Harry pesait de tout son poids sur les jambes. Tenez-vous donc tranquille, madame Haagstromm et profitez-en. Hahahaha. Mais elle continuait à se démener, à se tordre sur elle-même malgré les menottes et le poids sur ses jambes. Chaque mouvement augmentait la douleur et la terreur. Après une dernière tentative pour lui introduire le gland dans une narine et une dernière torsion des seins, Fred se mit en position entre les jambes. Relève-lui le cul, que je lui fourre ça en plein dans la connasse. Harry appuya sur les jarrets en les poussant en avant. Ça va comme ça? Un peu plus haut. Voilà, c'est bien. Elle crut alors que ses yeux allaient jaillir des orbites et que les menottes lui sectionnaient les deux mains. Fred saisit les seins à pleines mains, se coucha sur elle et la baisa. Jesuis un enfant de salaud si c'est pas le cul le plus vivace que j'aie enfilé demavie. Tout en la baisant, il appuya l'oreille à la bouche bâillonnée. Parle-moi, putain. Le bâillon, les mouchoirs de papier et de tissu et les cris qu'elle aurait voulu pousser la suffoquaient. Voilà de la belle musique. Il s'appuya des deux mains sur les seins en y faisant profondément pénétrer ses ongles, s'éleva un peu au-dessus d'elle et laissa tomber sa salive sur le visage. Quand il eut la bouche sèche il toussa et cracha des glaires sur les joues. Hahahaha. Pourquoi jouistu si vite. Hahahaha. Harry tira un peu plus sur les jambes. Fred arriva au paroxysme, regarda les glaires couler sur les joues puis sur le cou et se releva enfin,

Harry lâcha les jarrets. Elle remua les jambes, prit plusieurs positions en espérant en trouver une qui la ferait moins souffrir. Cependant elle gémissait et ils la regardaient, ravis. Fred se pencha, saisit les mamelons, tira de toute sa force et la souleva de terre. Nom de Dieu, c'est bien les plus beaux nichons que j'aie vus de ma vie. Il tira encore, leur donna des secousses, les tordit, pinça les mamelons et la laissa retomber par terre. La douleur dura, aussi intense, pendant plusieurs minutes, tellement vive qu'elle resta immobile, peinant seulement pour respirer par le nez. Eh bien, dis donc, tu les as arrangés ses doudounes. Mais c'est la mère vampire, elle va allaiter ses petits vampires. Les blessures aux mamelons étaient si profondes qu'elle saignait. Hahahaha. J'ai essayé de lui arracher ces saletés-là mais elles sont trop bien accrochées. Dommage. Hahaha, hahaha. Faudra que tu te contentes des deux petits pois sur la planche à repasser. Ils éclatèrent de rire, elle resta immobile, exorbitée, dévorée par la douleur, souffrant de tous les membres. Elle aime regarder les étoiles, pas de doute. Bigle comme elle les admire. Ça doit être une femme très expérimentée. Oui, Hahaha. Eh bien, ça suffit maintenant. Il lui saisit les chevilles, les fit passer l'une par-dessus l'autre et la tordit pour la coucher sur le ventre. La nouvelle position de ses bras rendait encore pire la morsure des menottes. Elle grogna une espèce de gargouillis de gorge. Faut que je me paye un beau morceau de ce cul tout rond. Il saisit les fesses à pleines mains, les tordit, les écarta. Merdealors. C'est fou ce qu'elle me fait bander. Levons-la. Ils la saisirent chacun par un bras, la soulevèrent et la laissèrent retomber assise. Elle leva la tête un instant, s'entendit hurler et de nouveau sa tête s'affaissa. Allez, putain, lève-toi. Ils la tirèrent à grandes secousses. Elle ne tenait pas sur ses jambes et resta suspendue entre eux. Ils la traînèrent. Ses jambes et ses pieds raclèrent la terre. Les élancements de douleur et les cris sourds qu'elle seule entendait sillonnaient son crâne comme des fusées de feu d'artifice. Vise-moi ça, une poupée disloquée. Saloperie de putain, tu vas te lever, non. Il la gifla, la poussa contre l'arbre. L'écorce rugueuse lui pénétra dans la chair. Voilà, c'est bien. Fred la soutint en lui appuyant sur l'estomac et lui pressa les fesses contre l'arbre, cependant que Harry bouclait chaque menotte sur une main et une cheville. Ils s'écartèrent pour la regarder. Appuyée à l'arbre, le corps plié à angle droit, les genoux fléchis. Tableau admirable. La joie la casse en deux. Krist, bigle les nénés. Ça pend comme des pis. Oui, elle a l'air d'une vache. Alors faut la traire. Fred donna des secousses aux seins. Ils ricanaient. Pousse-la par ici, que je lui essuie le dos. Je veux pas salir mon uniforme. Fred se pencha, la saisit à bras le corps, prit les seins à pleine main et la poussa vers Harry. Harry ramassa la jupe et s'en servit pour lui essuyer le dos et les fesses. Fred la serra plus fort et écrasa plus vigoureusement les seins. Harry plongea d'abord son dard dans le con pour l'oindre, puis remonta lentement entre les fesses jusqu'au trou du cul. Il y pénétra à demi, s'immobilisa, saisit une poignée de cheveux dans chaque main, les tordit dans ses doigts. Fred la poussa vers lui, il tira sur les cheveux de toutes ses forces et plongea plus profondément son dard. Elle étouffa, ses genoux fléchirent. Fred lâcha les seins et la soutint par la taille cependant que Harry tirait sur les cheveux qui lui servaient de rênes. Il plongea son zob plus profondément dans le trou du cul. Le corps se plia à angle plus aigu mais, la tête renversée en arrière, elle étouffait. Son corps n'était plus soutenu que par les bras de Fred et le pal de Harry. A chaque secousse que donnait Harry contre ses fesses, il lui tirait les cheveux. Les menottes lui déchiraient plus profondément chevilles et poignets. Il lui devint de plus en plus impossible de supporter le supplice de ses os qui craquaient, la douleur et l'horreur de la strangulation. La tête trop tendue en arrière tendait et tordait sa trachée. Quand Harry eut fini, il garda les cheveux dans ses deux mains et laissa son membre enfoncé dans le corps. Puis il abandonna les mèches et dit à Fred de la lâcher. Quand Fred recula, elle se décrocha du pal, tomba en avant et resta couchée en rond par terre. Quand sa tête revint en avant, elle faillit étouffer. L'air restait immobilisé dans sa gorge. Elle tourna la tête pour que son visage ne reste pas dans la poussière qu'elle aspirait à chaque respiration. Elle sentait une vibration et un frémissement de panique dans sa tête. Elle voulut s'allonger pour moins étouffer, mais les menottes lui firent tellement mal qu'elle se replia en ovale. Petit à petit, l'air passa par grosses bouffées rugueuses. Il lui sembla éprouver des déchirures au visage, à la gorge et dans la poitrine. Elle ressentit les mêmes douleurs quand l'air remonta des poumons à la gorge. Elle sentit son estomac envelopper sa colonne vertébrale jusqu'au moment où les bouffées d'air arrivèrent aux poumons. Petit à petit elle peina moins pour respirer. La panique s'atténua avec la suffocation. Mais tout son corps brûlait encore de douleur et elle les entendait rire.

Je suis un enfant de putain si elle a pas l'air d'une volaille qui gigote, le cou coupé. Par Krist, je jure que nous n'avons jamais mis la main sur un aussi beau morceau de cul. Oui. C'est pour ça que la joie la casse en deux, je parie. Ils rirent de nouveau puis se penchèrent et la relevèrent. Vous vous êtesassez reposée madame Haagstromm. Nous n'avons pas toute la nuit à nous. Fautqu'on retourne au boulot. Incapable de tenir sur ses jambes, elle pesait sur les bras de Harry. Il la frappa au plexus de ses doigts réunis. Allez, salope, debout. Elle eut un haut-le-cœur. Une boue chaude jaillit de l'estomac à la gorge et y resta coincée car Fred lui tirait sur les cheveux et lui redressait la tête en arrière. Harry la poussa contre la pinne de Fred qui lui pénétra dans le cul jusqu'à la gorge. Elle eut un sursaut. Les menottes lui scièrent les poignets et les chevilles. Elle se pencha pour moins souffrir mais Fred la redressa d'une traction aux cheveux et d'un solide coup de zob cependant que Harry la soutenait en lui tordant la peau du ventre et en appuyant si fort qu'il lui collait l'estomac aux vertèbres. Et ça continua. Chaque secousse aux cheveux la redressait et les menottes mordaient dans ses os, aux chevilles et aux poignets. Le supplice devint si atroce qu'elle ne fut plus que douleur. Une douleur qui grandissait de seconde en seconde. Tout à coup plus rien ne la soutint. Elle glissa de son pal, tomba par terre et de nouveau des bouffées d'air se heurtèrent dans son nez, sa gorge, ses poumons et on riait quelque part.

Merde alors

qu'est-ce qu'elle saigne, cette vache-là. J'ai jamais baisé une putain qui saigne tant que ça. Ils s'essuyèrent avec sa culotte. A peine on la touche qu'elle saigne. Oui. C'est peut-être un cas de fanatisme religieux. Ils rajustèrent leur uniforme en riant, puis ils ouvrirent les menottes, en essuyèrent le sang et la saisirent chacun par un bras pour la traîner jusqu'à sa voiture. Ils la jetèrent sur le siège avant puis y lancèrent ses vêtements. Harry se pencha au-dessus d'elle, lui releva la tête en lui tirant les cheveux et lui dit de la boucler, sinon il la ferait arrêter pour racolage. Jesuis sûrque la petite fille demadame Haagstromm ne serait pas contente si tout le monde apprenait que sa mère est une putain. Il lâcha les cheveux, arracha le sparadrap de la bouche. Ils allèrent à leur voiture, démarrèrent et disparurent

les affreux fumiers. Les sales

fumiers suceurs. Y font n'importe quoi et s'en tirent toujours. N'importe quelle saloperie, les fumiers. Y sont sans doute en train de rigoler à s'en faire péter le cul, tout en circulant en ville comme des caïds. Ils rigolent en pensant que je pourris des fesses dans cette foutue prison. Ils rigolent à s'en faire péter le cul. Les vilains cons de leur mère. Les sucepinnes pouilleux. Jésus quejaimerais leur arracher les yeux de la tête et les écraser. Foutre oui, rien que leur écraser les yeux à ces horribles fumiers pourris. Il allait et venait dans sa cellule en tapant des pieds, du mur à la porte, de la porte au mur, du mur à la porte, mur, porte

puis il s'arrêta devant le miroir, jeta un coup d'œil au bouton, le pinça de toutes ses forces. Il gémit, des larmes lui montèrent aux yeux. Il continua à presser le bouton entre ses doigts jusqu'à ce qu'il s'en écoule quelques gouttes de liquide. Nom de Dieu de MERDE. Ça fait mal. Il ferma les yeux, crispa les paupières et secoua la tête. Rienàtirer de ce salaud. Je presse tant que je peux pour lui faire chier sa merde et il n'en sort rien. Cette saloperie-là me rendra fou. Pas moyen de m'en débarrasser. J'ai beau faire y reste là. Krist, ça pique. Maintenant ilmûrira peut-être et alors je pourrai le presser et il foutra le camp une fois pour toutes. Il inclina la tête dans diverses directions, en cherchant un soupçon de point blanc sur le bouton puis retourna à sa couchette et s'assit.

La voiture des flics s'arrêta derrière lui. Ils en descendirent et lui demandèrent ses papiers et toutes ces conneries. Il leur cogna la tête l'une contre l'autre, leur pinça un nerf du cou, les mit knock-out puis les allongea tête-bêche sur le trottoir, chacun la pinne dans la bouche de l'autre, les menotta dans cette position, alluma le clignotant rouge de leur voiture et en déclencha la sirène. Le lendemain il faillit mourir de rire en lisant l'histoire dans le journal, surtout le passage indiquant qu'on les avait retrouvés dans une position étrange et contre nature. Hahahahahahahahahahahaha. Étrange et contre nature. Elle est bien bonne. Étrange et contre nature,

il sourit en regardant le mur gris, en proie à un ravissement secret, jusqu'au moment où la porte de la cellule s'ouvrit. Il alla au réfectoire, mangea sans appétit et sans savoir de quel repas il s'agissait puis retourna à sa cellule et s'allongea sur son lit.

Il fit une pause pour ménager son effet, inclina la tête, regarda ses mains, puis la releva et scruta du regard les sénateurs assis derrière la longue table. Nullement troublé malgré la présence de nombreux microphones, de caméras et de projecteurs, malgré tous les yeux fixés sur lui, il avait conscience de déposer devant une commission spéciale d'enquête du Sénat des États-Unis. Il savait aussi que tout le pays, le monde entier peut-être, apprendrait ce qu'il allait dire, le verrait au cinéma et à la télévision. Pourtant il restait absolument calme, du calme que donne la résolution. Une résolution aussi vigoureuse et des mobiles aussi justes permettent de rester calme même en sachant qu'on est en danger de mort; qu'une menace de mort violente pèse sur vous à chaque instant de chaque journée, qu'on dorme ou qu'on veille, qu'on soit seul dans sa chambre ou dans la rue, au milieu de la foule. Et cette menace subsiste même dans une salle de délibérations du Sénat des États-Unis. Parfaitement conscient de ce péril constant, il savait qu'il devait agir, qu'il continuerait à poursuivre l'injustice, quoi qu'il en résultât, en dépit de toutes les conséquences, de tous les dangers. On lui avait jeté le gantelet aux pieds et il avait accepté le défi.

Messieurs, je ne parle pas seulement en mon nom, mais aussi au nom des millions de gens qui furent victimes avant moi de cette plaie et de ceux qui le sont aujourd'hui, à l'instant même où nous sommes réunis ici, en sécurité. Me permettrai-je d'ajouter qu'en ce qui me concerne ce n'est qu'une sécurité relative, car ma vie est sans cesse en danger, comme le prouvent les nombreuses menaces de mort dont je vous ai déjà fait part. Mais je pense à ceux qui en ce moment souffrent les dures et cruelles atteintes de l'injustice. Une injustice aveugle, déchaînée, nous menace tous et chacun de nous, dans notre grand pays. Je parle donc aussi pour les millions de mes concitoyens qui pourraient en être victimes comme je l'ai été. Je parle pour que ces millions de gens n'aient pas à subir les tourments que j'ai soufferts et il en sera ainsi si nous déployons haut et ferme la bannière de la vérité, si nous dénonçons l'injustice, si nous la traquons partout où elle se manifeste, aussi bien dans les plus grandes villes que dans les plus petits hameaux, sous l'éclairage des places publiques et dans les coins les plus reculés et les plus sombres. Partout et toujours. Le reste ne compte pas. La seule chose qui importe est de nous rappeler qu'en qualité de citoyens conscients, soucieux du bien-être de notre société, il ne doit pas y avoir à nos yeux de petite injustice. Ce qui menace le plus humble d'entre nous nous menace tous. Le mal doit être débusqué et exposé en pleine lumière, afin qu'il se dessèche et meure au feu de la vérité. Ni les mensonges ni l'ignorance ne doivent le protéger. Nous devons l'empêcher de se développer et croître dans l'ombre en raison de notre négligence, sinon le venin de la corruption se répandra jusqu'à atteindre et affaiblir les fondements de notre pays. Certes, je ne suis qu'un individu insignifiant. Mais il y a en moi la force de la vérité, la force qui anima tous ceux qui suivirent la bannière de la vérité jusqu'au parvis de la mort.

Les applaudissements éclatèrent et leur écho retomba des hauts plafonds de la salle. Il inclina la tête et attendit le silence. Quand le bruit cessa, il reprit. Je vous ai déjà exposé ce qui m'est arrivé. Vous savez ce que j'ai enduré. Pour humiliante et terrible qu'elle fût, ma mésaventure n'est rien, si on la compare aux tourments atroces que d'autres ont subi. Le sort épouvantable d'une jeune femme est venu à nos oreilles : celles de monsieur Lowry, de monsieur Preston et les miennes. Nous lui avons rendu visite, avec d'autres personnes, dans un hôpital psychiatrique de l'État. Lorsque nous y allâmes elle était déjà internée depuis près d'un an. Pourtant le choc qu'elle a subi fut tel qu'elle ne peut s'exprimer sans qu'on lui administre de fortes doses de calmants. A ce moment-là, elle avait déjà subi un traitement comportant plus de cent chocs, mais sans résultat définitif. Il lui arrive de paraître guérie pendant quelques semaines. Puis, son état s'aggrave progressivement et il faut la replacer sous surveillance constante, puis lui administrer un nouveau traitement de choc. Jeudi dernier, la dernière fois que nous avons interrogé l'hôpital, le pronostic restait le même : pas d'espoir. Selon les médecins elle passera le reste de sa vie dans cette institution, la plupart du temps en état de démence complète. Elle n'a que vingt-quatre ans et finira son existence internée, la moitié du temps en cabanon capitonné.

Elle n'avait que vingt-trois ans quand elle fut admise dans cet hôpital et sa fillette avait deux ans. Je vais vous dire ce que notre enquête nous a révélé au sujet des événements qui ont conduit cette jeune femme là où elle est. Je serai bref. L'histoire est incomplète, en partie confuse. Mais, pendant ses moments de lucidité et en état d'hypnose, les médecins ont pu se faire une idée assez exacte de ce qui s'est passé durant la nuit du 2 avril l'an dernier.

Cette jeune femme vivait, pareille à des millions d'autres. Issue d'une bonne famille, elle avait reçu une bonne instruction et durant ses vingt-trois ans d'existence rien n'avait troublé sa vie. Ses études terminées, elle s'était mariée. Une année plus tard, elle donna naissance à une fille. Le jeune ménage et son enfant étaient parfaitement heureux jusqu'à la nuit du 2 avril. Ce jour-là, son mari faisait un voyage d'affaires. Elle confia sa fillette à sa mère pour rendre visite à des amis. Alors qu'elle retournait chercher sa fille chez sa mère, deux policiers l'interpellèrent. Ils lui dirent que sa voiture correspondait à la description d'une automobile volée et qu'ils devaient procéder à une vérification. Un des agents prit le volant de sa voiture et l'autre le suivit dans l'auto de la police. Ils la conduisirent ainsi dans une région boisée, la bâillonnèrent, la traînèrent hors de sa voiture, la violèrent à plusieurs reprises. Je m'abstiendrai de donner trop de détails en public, parce qu'ils sont horribles. Cependant nous avons un rapport sur la question et nous le soumettons à votre commission. En outre, je peux en donner actuellement une partie.

Pour la violer, ces deux agents lui avaient passé des menottes aux poignets et aux chevilles, de telle sorte que ces instruments tranchèrent dans la chair, si profondément qu'elle en aura des cicatrices jusqu'à la fin de ses jours. Les médecins déclarent que les os étaient à vif à certains endroits. Non seulement ces malfaiteurs la violèrent de manière étrange et contre nature, mais encore ils la brûlèrent avec des cigarettes sur diverses parties du corps et la frappèrent. Pendant tout le temps où ils se livraient à ces horreurs indescriptibles, ils riaient. Quand ils en eurent fini, ils l'abandonnèrent, nue, dans sa voiture où on ne la retrouva que le lendemain matin. Lorsqu'elle fut admise à l'hôpital général, elle était presque morte du choc. Chevilles et poignets étaient tellement mutilés et infectés qu'il fallut finalement l'amputer d'un pied et que l'autre cheville et les poignets ne se cicatrisèrent qu'au bout de plusieurs mois. Elle ne fut capable de parler qu'après des mois de traitement énergique. Jusqu'alors c'est à peine si elle bredouillait. Elle était d'ailleurs constamment sous l'effet de calmants. Selon les membres du personnel de l'hôpital qui furent en contact avec elle à ce moment-là, la seule phrase intelligible qu'elle répétait, c'était laissez-moi mourir, je vous en prie. Elle le répétait constamment. Laissez-moi mourir, je vous en prie. C'est seulement après un traitement énergique et pénible que les médecins parvinrent à mettre bout à bout les événements de la nuit du 2 avril. Le soir encore, c'était une ravissante jeune femme, bonne épouse, bonne mère, bonne fille; elle menait une vie heureuse et rendait sa famille heureuse. Et puis, deux agents de police se servirent d'elle pour leur plaisir... voilà pourquoi cette jeune femme est une folle incurable, vit enfermée dans une institution pour malades mentaux, se suce le pouce en pleurant, incapable de maîtriser le fonctionnement de son corps, incapable de se nourrir elle-même, incapable de faire quoi que ce soit, sauf rester assise dans un coin et se sucer le pouce en pleurant. Deux agents de police qui n'avaient rien de mieux à faire se sont amusés à leur façon et voilà le résultat.

Les médecins firent part de ce qu'ils avaient appris au commissaire de police de cette ville. Ce dernier fournit aux médecins la photo de tous les agents de service durant la nuit en question. On les présenta à la jeune femme pendant une de ses phases de lucidité. Lorsqu'elle vit deux de ces photos elle poussa un cri, se couvrit les yeux et cria non, non non. A d'autres moments de lucidité on lui présenta d'autres photos dont celles de ces deux hommes. Chaque fois, tout se passa de la même façon lorsqu'elle arriva aux mêmes photos. Il n'y a donc pas de doute que ce sont ces deux agents-là qui la violèrent. Mais personne n'y peut rien, parce que le témoignage d'une malade mentale n'est pas recevable en justice. Les deux agents continuent donc à exercer leur métier. Ils sont toujours chargés de faire respecter la loi.

De nouveau il inclina la tête. Cependant les membres de l'assistance remuèrent sur leurs sièges. Les commentaires échangés à voix basse s'élevèrent en un murmure.

Il ne s'agit que d'un cas. Un seul cas parmi des millions. Mais ce cas pourrait être celui de n'importe qui.

Votre femme, votre fille, votre mère. N'importe quel individu sans défense peut être victime d'un abus d'une autorité démente et brutale.

Combien d'autres policiers ont commis des méfaits comparables à ceux de ces deux-là et continuent à circuler dans leur voiture, à interpeller des femmes, à leur demander leur permis de conduire?

Cette femme n'est qu'une femme parmi des millions d'autres. Elle allait en auto chez sa mère pour en ramener sa fillette. Et maintenant, elle suce son pouce en pleurant. Ou bien elle porte peut-être une camisole de force, ou bien elle attend dans une cellule capitonnée le prochain choc et elle passera ainsi la fin de ses jours, démente, sans espoir de guérison.

Et que dire de sa famille? Que dire de ceux qu'elle aimait. Pensons à la fillette que sa mère ne borde plus le soir dans son lit, à qui sa mère n'apprend plus de prières. Voilà une petite fille maintenant qui grandit sans mère, privée de l'amour de sa mère. Et son mari... Non seulement il est privé de l'amour, de l'affection, de la présence de sa femme, mais il est obligé d'expliquer à sa petite fille pourquoi sa maman n'est pas à la maison et il doit s'efforcer de jouer auprès d'elle le rôle de la mère et du père.

Et le cas de cette femme n'est qu'un cas.

Et mon cas n'est qu'un cas. Celui-là, nous le connaissons bien.

Mais que dire des milliers de cas que nous ne connaissons pas.

Et que dire aussi des petits riens, des bakchich pour faire annuler une contravention, des pots-de-vin? Ce ne sont que petits riens. Mais il suffit de fermer les yeux sur de tels petits riens et nous nous trouvons devant une pauvre jeune femme condamnée à finir ses jours dans la démence.

C'est bougrement vrai. Qu'on leur passe la moindre chose à ces salauds et on est baisé.

Et
ce que j'ai révélé au sujet de cette nuit d'horreur, n'est qu'un minimum des plus vagues. Ce que ces hommes ont fait à cette femme m'a rendu malade quand je l'ai appris. Je ne pourrais pas vous le répéter. Ça dépasse l'imagination humaine. Seul un animal dépravé et pervers peut imaginer et faire des choses pareilles.

Il se leva
et considéra l'angle que formaient le mur et le sol. Puis il marcha pendant quelques minutes et s'arrêta devant le miroir. Il examina le bouton en espérant y trouver un indice de maturation, puis haussa les épaules et fit demi-tour. Il s'appuya au mur et considéra la couchette, conscient d'être dans une cellule, derrière une lourde porte d'acier. Il y était et eux ils étaient dehors, là-bas. Il n'avait que cinquante pieds carrés et eux, ils avaient le monde entier pour se balader. Il n'avait qu'un lit, une putain de chiotte, une porte d'acier. Et ils s'ébattaient dans le monde entier. Ils y faisaient tout ce qui leur passait par la tête. Si seulement il pouvait se libérer de ces fumiers, de tous les fumiers pourris qui manigancent tout, déforment tout pour le baiser! Chaque fois qu'on met quelque chose en route et que ça marche, ils arrivent et ils bousillent tout. Quoi que ce soit, ils le bousillent. Ils peuvent pas nous foutre la paix. Pas une seule foutue minute. Où qu'on aille, quoi qu'on fasse, un de ces enfantsdeputain radine et nous fout dans la panade. Mais qu'ils nous foutent donc la paix. Au nom de krist, qu'ils nous laissent donc tranquilles. Non. Faut qu'ils démolissent. A tous les coups. Ils ne nous laisseront jamais tranquilles. Si seulement ils nous laissaient en paix cinq minutes, tout irait bien. Cinq minutes, c'est tout, et tout marcherait comme sur des roulettes. Mais ils ne nous foutront jamais la paix. Les affreux empaffés,

il
retourna à sa couchette et regarda autour de lui. Ciment et acier. Oui, et ces deux fumiers circulent comme des

caïds. Ils rigolent probablement à s'en faire éclater le cul parce que moijesuis confiné dans cette putain de cellule.

Il s'allongea sur le lit, ferma les paupières et écouta le président de la commission spéciale d'enquête du Sénat des États-Unis.

Au nom des autres membres de cette commission comme en mon nom personnel, je tiens à vous remercier, messieurs, d'avoir déposé devant nous et de nous avoir fourni des preuves de tels abus d'autorité, à nous ainsi qu'à tous nos concitoyens. Je vous remercie particulièrement, vous monsieur, qui avez agi ainsi au péril de votre vie. Nous avons écouté vos dépositions et nous avons lu les nombreux documents que vous nous avez soumis. Ce que nous avons appris ainsi n'est pas agréable, c'est même horrible, mais nous vous en sommes d'autant plus reconnaissants d'avoir révélé ces vérités. Nous aussi nous croyons que rien n'importe plus que la vérité. Notre pays ne sera vraiment libre que grâce à la vérité. C'est seulement en défendant avec scrupule et diligence la vérité, en dénonçant les coupables, en révélant leurs mensonges, que nous nous assurerons la liberté. Ce n'est pas une tâche facile mais elle est assurément nécessaire. Votre courage est un exemple. C'est à nous maintenant, Congrès des États-Unis, qu'incombe le devoir de suivre cet exemple. Ne pas le faire serait pire que de la couardise. La collaboration d'un homme comme vous qui, dédaignant sa sécurité personnelle, s'expose, vulnérable, sous la bannière de la vérité, inspirera notre action. Comment oserions-nous ne pas vous rejoindre sous cette bannière?

Il s'efforçait de marcher normalement et ne pouvait pas parce que sa culotte était trempée. Il n'était pas loin de chez lui, pourtant le chemin lui semblait long, surtout en plein soleil, dans la cohue et avec les autobus et les voitures qui circulaient. Il venait d'apprendre à siffler et il s'efforça de siffler tout en marchant mais de ses lèvres ne sortit qu'un wouf wouf étouffé. Heureusement que c'était l'été et qu'il ne faisait pas froid. En hiver il n'aurait pas pu, malgré tous ses efforts, marcher normalement avec une culotte mouillée. Ça lui était arrivé en hiver d'avoir la culotte mouillée, mais c'était par la neige et la glace, pas par le pipi. Et il n'était pas obligé de marcher comme si sa culotte était sèche. L'hiver il portait des lainages et un manteau et même s'il avait fait pipi dans sa culotte, ça ne se voyait pas. Mais cette fois, il n'avait qu'une culotte courte et on voyait une grosse tache mouillée et ça sentait. Alors il était difficile de marcher comme si la culotte était sèche. Il avait beau s'efforcer de marcher normalement, ses jambes s'écartaient l'une de l'autre malgré lui. Pourtant, il n'était pas sûr de se rappeler comment il marchait quand il avait une culotte sèche. A coup sûr, il ne marchait pas comme ça. Mais comment marchait-il? Il chercha à se rappeler comment devaient fonctionner ses jambes. Il essaya divers mouvements, mais aucun ne le rassura. Il serra les jambes l'une contre l'autre avec tant de conviction qu'il tituba et faillit tomber. A chaque pas il essayait une nouvelle démarche, mais aucune ne lui semblait la bonne. Et il avait encore tant à marcher pour arriver chez lui. Il pourrait toujours dire à sa mère qu'il avait mouillé sa culotte. Elle se mettrait en colère, mais peut-être pas trop. Mais que répondrait-il si elle lui demandait pourquoi il avait fait pipi dans sa culotte? Il faut bien une raison. Il dirait que quelque chose lui était arrivé. Elle lui demanderait qu'est-ce qu'il lui était arrivé. Alors, que répondrait-il? Il pourrait lui dire qu'il avait failli être heurté par une voiture. Ça lui était déjà arrivé auparavant. Il allait à l'école et il lui fallait traverser ce grand carrefour bête où toutes les rues se croisaient, où il y avait toujours des voitures qui roulaient dans un sens ou dans l'autre. Il était sur le refuge au milieu et le flic de la circulation lui fit signe d'avancer. Il fonça sur la chaussée.

Une voiture qui avait le feu vert s'arrêta dans un grand crissement de pneus. Il en eut tellement peur qu'il tomba et mouilla sa culotte. La voiture était tout contre lui mais ne l'avait pas quand même touché. En tout cas, il ne se rappelait pas avoir été heurté. Le flic s'approcha et le bonhomme descendit de sa voiture. Ils lui demandèrent s'il était blessé. Il pleura. Ils l'examinèrent, s'assurèrent qu'il n'avait rien et le bonhomme le prit dans sa voiture pour le conduire chez lui et expliquer à sa mère ce qui s'était passé. Il n'osait pas dire à cet homme qu'il avait mouillé sa culotte. Il savait qu'il allait mouiller la banquette et ne voulait pas le faire mais il ne savait pas comment se tenir dans la voiture. Il ne pouvait pas avouer la vérité à cet homme. Alors il fit tout le trajet en s'appuyant sur ses talons et les omoplates contre le dossier, les fesses en l'air. Mais il ne pouvait pas rester longtemps comme ça, et puis le bonhomme devait le sentir. Le trajet lui avait semblé long. Et le bonhomme lui demandait sans cesse s'il allait bien, s'il n'était pas blessé. Pendant ce temps-là, il restait les fesses en l'air, regardant droit à travers le pare-brise. Il répondait en secouant la tête ou en la hochant à toutes les questions de cet homme. Arrivé chez lui, il grimpa l'escalier à toute vitesse en appelant sa mère à grands cris, se jeta contre elle, lui étreignit les hanches et se mit à pleurer et tout le monde parlait et posait des questions et répondait. Elle le serrait contre elle, le rassurait et le consolait et quand le bonhomme s'en alla enfin, il lui avoua qu'il avait mouillé sa culotte et elle sourit et lui dit que ce n'était rien. Mais s'il lui disait cette fois qu'il avait failli être happé par une voiture, elle voudrait savoir ce qu'il faisait dans la rue, elle lui demanderait le nom du chauffeur, où ça s'était passé. Elle voudrait tout savoir et il ne saurait pas quoi dire. Que pourrait-il lui dire. Comment lui expliquer comment il avait mouillé sa culotte. D'ailleurs c'était la faute de Leslie et de son frère. S'ils lui avaient pas dit de descendre avec eux à la cave, ça neseraitpas arrivé. Il avait cru que ça se passerait comme les autres fois, quand ses amis et lui descendaient à la cave avec Leslie. Ils retiraient leur culotte et Leslie relevait ses jupes pour montrer son affaire. Et elle écartait les jambes et elle se penchait et il lui faisait pipi dessus. Puis il se penchait et elle lui faisait pipi dessus. Mais cette fois, sa culotte était mouillée, il n'arrivait pas à marcher droit et bientôt il arriverait chez lui et il faudrait qu'il raconte quelque chose à sa mère. Peut-être pourrait-il quand même filer tout de suite aux cabinets, retirer son slip, le mettre au linge sale et peut-être ne sentirait-elle pas l'odeur du pipi. Ensuite, il pourrait peut-être se glisser dans sa chambre et mettre un autre slip. Ensuite, il se tiendrait tranquille et écouterait la radio en attendant que son père revienne du travail et que ce soit l'heure de dîner. Mais comment monter l'escalier sans qu'elle l'entende arriver, et ouvrir la porte et traverser le vestibule pour arriver aux cabinets. Tout craquait, tout grinçait : les marches d'escalier, la porte, le plancher. Tout. De toute façon il pouvaitpas marcher droit. Surtout en montant l'escalier. C'était déjà assez dur dans la rue, ce serait pire dans l'escalier. Chaque marche semblait grincer plus fort et sa culotte semblait de plus en plus mouillée. Et c'était froid maintenant qu'il n'était plus au soleil. Il avait du mal à s'adapter à l'obscurité de la cage d'escalier et à l'humidité froide de sa culotte. Plus il montait, plus l'odeur du pipi était perceptible. Il frémit un peu en ouvrant la porte et traîna des pieds jusqu'au salon où sa mère astiquait les meubles. Il perçut d'abord l'odeur pénétrante de la cire, mais bientôt celle du pipi fut plus forte. Il aurait voulu regarder sa mère, lui sourire, lui dire quelque chose comme bonjour maman, ou n'importe quoi et trotter jusqu'à sa chambre ou ailleurs. Mais ni sa tête, ni ses jambes, ni ses lèvres n'obéissaient à son désir. Il piétinait sur place, la tête à moitié relevée, sentant l'humidité et le froid entre ses jambes et le corps brûlant. Sa mère le regarda plus attentivement, lui demanda ce qu'il avait et il bredouilla quelques syllabes incompréhensibles. Elle alla vers lui, se pencha et lui demanda de nouveau ce qu'il avait. Il aurait voulu hausser les épaules et dire rien du tout; mais il en était incapable. Il piétina sur place et bredouilla pendant quelques secondes et puis il lui dit que sa culotte était mouillée parce que Leslie avait fait pipi dessus. Et sa mère demanda quoi, quoi. Il lui montra la tache humide et lui répéta lentement qu'il avait fait pipi sur Leslie et qu'elle lui avait fait pipi dessus. Sa mère lui donna la fessée et l'envoya dans sa chambre. Tu y resteras jusqu'au retour de ton père et tu lui diras toi-même ce que tu as fait. Il attendit, terrifié. Il avait envie de pleurer. Il souhaita que son père ne rentrât jamais et en même temps il souhaita qu'il rentrât de bonne heure pour en finir au plus tôt. Enfin son père arriva. Il lui raconta ce qui s'était passé. S'ensuivirent du bruit, du désordre. On lui enjoignit d'aller prendre un bain. Quand il eut fini, sa mère lui dit de ne jamais recommencer et de ne plus fréquenter Leslie. On l'envoya au lit de bonne heure. Au moins la journée était terminée mais il ne pouvait pas dormir : il craignait que ses parents en parlent à Leslie, à son père, à sa mère. Ils apprendraient ainsi qu'il avait tout avoué à ses parents. Ils le diraient à ses amis qui ne voudraient plus lui parler. Il souhaitait s'endormir pour que tout fût fini. Et puis viendrait le matin et alors tout serait peut-être fini et au moins il ne sentait plus l'odeur du pipi. Il était au chaud et au sec

et il ne parvenait pas à imaginer ce que signifiait le mot baiser. Un ami du frère aîné de Leslie était avec eux et répétait sans cesse qu'il voudrait trouver un endroit pour baiser et il les suivait partout en essayant de deviner ce que signifiait ce mot et en se demandant ce qu'ils allaient faire. Ils étaient chaussés de leurs patins et roulaient sur une chaussée de terre battue en regardant dans les buissons des jardins et les soupiraux des caves et ce type continuait à dire qu'il voulait trouver un endroit pour baiser et il les suivait tout le temps en se demandant pourquoi ils ne voulaient pas patiner ou bien aller à la cave, comme d'habitude pour voir l'affaire de Leslie et toutce qu'elle pouvait faire avec

il se demanda si Leslie et son frère continuaient à s'amuser comme ça même après qu'il lui fut poussé des poils. Son ami Jimmy avait une sœur plus âgée que lui et il l'épiait et il disait qu'elle avait des poils et il en parlait à ses copains et il disait qu'elle avait des gros tétons. Il racontait ça quand ils se trouvaient le soir dans un coin de la cour à se branler tous ensemble. Et parfois, en pleine classe, il la tirait de sa braguette et il la tripotait sous son pupitre et ses amis rigolaient et l'institutrice leur criait de cesser de rire. Et chaque fois qu'elle braillait comme ça, ils riaient encore plus fort et elle l'engueulait et lui disait d'écrire un bulletin de punition pour avoir ri en classe

et il se demandait ce qu'il ferait s'il avait une sœur comme celle de Jimmy et dans ce cas-là si elle lui permettrait de la toucher, comme Leslie le permettait à son frère. Et il se demandait si elle le laissait encore faire ça et si la sœur de Jimmy permettrait à son frère de la toucher ou de la regarder et s'il finirait par le lui demander. Chaque jour il demandait à Jimmy s'il l'avait enfin demandé à sa sœur et il répondait toujours non, si bien qu'il ne savait pas comment c'était quand on les touchait là

marie marie bien con-trariée, comment pousse ton jardin

et il ne pouvait pas passer devant la vitrine du marchand de bonbons sans s'arrêter, médusé par la couverture d'un magazine qui s'appelait *Histoires fantastiques*. L'illustration représentait une femme nue et on ne voyait que l'expression de terreur de son visage et ses gros seins et il y avait des monstres martiens dans le fond et ils approchaient d'elle et ses cheveux se dressaient sur sa tête et elle avait de grands yeux et elle était belle, mais il ne voyait guère que les gros seins et ils étaient ronds comme des melons et ils pointaient droit au-dessous de son visage et plusieurs fois par jour il s'arrêtait là pour la regarder et il éprouvait une drôle de sensation à l'estomac, puis se crispait et ça tournait à la nausée et il allait chez lui pour se masturber

mais attendez seulement que vienne mon grand jour au tribunal. Jeleur tricoterai les nerfs à ces salauds. Jeles ferai comparaître et jeles réduirai en miettes. Jeles montrerai tels qu'ils sont : de vrais singes. Je les crucifierai les salauds. Jen'aurai pas besoin d'un putain d'avocat pour m'aider à les écraser. Jeferai ça tout seul. Quand je leur aurai réglé leur compte ils maudiront leur mère pour les avoir mis au monde, ces vilaines pédales. Le putain de procureur et le juge pourront bien manipuler toute la merdouille de procédure qui leur plaira. Je m'en fous. Jeneveux qu'une chose : les amener à la barre. C'est tout. Laissez-moi seulement les obliger à déposer et jeles punirai ces pinnespuantes. Jeleur montreraiqui est coupable à ces culs pourris

marie, marie, bien con-trariée, comment pousse ton jardin

je ne demande que cette possibilité, c'est tout. Donnez-moi tout simplementune journée au tribunal avec ces culsdeleurmère etjeles crève. C'est ça, Votre Honneur. J'entends me défendre moi-même. Je reconnais que je sais avoir droit à l'assistance d'un avocat mais je souhaite m'en passer. Oui, je me passerai de tout pour posséder ces fumiers.

Q. : *Et vous dites que votre collègue et vous rouliez vers le nord dans Hill Street quand vous vîtes quelqu'un dans l'entrée d'une bijouterie sur le côté nord du pâté de maisons où se trouve le numéro 2200 de Hill Avenue?*
R. : *C'est exact. La bijouterie Kramer.*
Q. : *Quelle heure était-il?*
R. : *A peu près 2h35 du matin.*
Q. : *Je vois. Il devait faire nuit à cette heure du matin?*
R. : *Oui, il faisait nuit.*
Q. : *Et à quelle vitesse rouliez-vous?*
R. : *A peu près 40 km/h.*
Q. : *Je vois. A peu près 40 km/h. A cet endroit Hill Street est une rue à une ou deux voies?*
R. : *Une voie.*
Q. : *Y avait-il des voitures garées au nord du trottoir?*
R. : *Oui.*
Q. : *Je vois. A quelle distance étiez-vous approximativement du carrefour quand vous avez remarqué quelqu'un dans l'entrée de la bijouterie Kramer?*
R. : *Ma foi, nous étions assez près du croisement.*
Q. : *A peu près à quelle distance? 30 mètres? 60 mètres? 100 mètres? Précisez la proximité.*
R. : *A quelques dizaines de mètres, plus de trente.*
Q. : *Je vois, quelques dizaines de mètres, plus de trente. Reportons-nous au schéma du tableau noir. Indiquez-nous à quelle distance vous étiez du carrefour. (L'avocat de la défense s'approche du tableau noir et indique un point du bout de l'index.) Étiez-vous là ou ailleurs? Où exactement?*

R. : *A peu près là.*
Q. : *Ici?*
R. : *Non. Plus près du carrefour.*
Q. : *A peu près ici?*
R. : *Oui, à peu près là. Peut-être un peu plus près.*
Q. : *Je vois. Vous étiez donc aussi près que ça du croisement et pas plus loin?*
R. : *C'est exact. Nous étions au moins aussi près que ça de l'avenue Hill.*
Q. : *Je vois. Autrement dit vous étiez presque au carrefour quand vous avez soudain remarqué quelqu'un sur le seuil de la bijouterie Kramer?*
R. : *Oui.*
Q. : *Êtes-vous absolument certain que vous étiez aussi près de l'Avenue Hill, que vous n'étiez pas à quelques dizaines de mètres plus au sud du carrefour?*
R. : *Oui.*
Q. : *Vous en êtes absolument certain? Vous n'avez pas le moindre doute que vous étiez aussi près de l'Avenue Hill?*
R. : *Je l'ai déjà dit, je crois?*
L'avocat : *Répondez à la question par oui ou par non. Inutile de crier, je vous entends parfaitement.*
R. : *Oui, j'en suis certain.*
Q. : *Et à quelle vitesse rouliez-vous?*
R. : *A peu près 40 à l'heure. Je vous l'ai déjà dit.*
Q. : *Y a-t-il un feu de circulation à ce carrefour?*
R. : *Oui.*
Q. : *De quelle couleur était-il à ce moment-là?*
R. : *Il était rouge.*
Q. : *Vous en êtes certain?*
R. : *J'en suis certain.*
Q. : *Vous ne craignez pas de confondre avec un autre carrefour, peut-être celui que vous aviez trave ravant?*

R. : *Non, je suis certain de ne pas confondre.*
Q. : *Je vois. Et vous dites que ça se passait à 2h35 du matin?*
R. : *Oui.*
Q. : *Et à quelle heure avez-vous commencé à travailler cette nuit-là?*
R. : *Nous avons quitté le garage en voiture à 21 heures et 3 minutes.*
Q. : *Êtes-vous certain de cette heure?*
R. : *Évidemment, j'en suis certain. Vous pouvez vérifier sur le registre si vous ne me croyez pas.*
Q. : *Merci du conseil mais je ne crois pas que ce sera nécessaire. Cela signifie que vous avez circulé dans votre secteur depuis 21 heures 3, jusqu'à 2h35 du matin, soit 5 heures et 32 minutes avant d'apercevoir quelqu'un sur le seuil de la bijouterie Kramer?*
R. : *C'est exact.*
Q. : *Voilà qui me paraît bien long. Ça ne vous a pas fatigué? Vous n'avez pas eu faim?*
R. : *Mais nous avons mangé naturellement.*
Q. : *Ah, je vois. Vous n'avez doncpas circulé pendant tout ce temps-là?*
R. : *Évidemment pas. Nous avons mangé entre minuit et minuit et demi.*
Q. : *Bon. J'en suis heureux pour vous. Depuis combien de temps êtes-vous affecté à cette tournée?*
R. : *Depuis six mois.*
Q. : *Et depuis combien de temps faites-vous partie de la police?*
R. : *Trois ans et demi.*
Q. : *Et pendant tout ce temps-là vous avez été affecté à des patrouilles en voiture?*
R. : *C'est exact.*
Q. : *Et cette nuit-là vous avez circulé sans interruption de 0h30 à 2h35?*
R. : *Oui, oui. Je l'ai déjà dit.*
L'avocat : *Contentez-vous de répondre aux questions.*

Le témoin : *Ma foi, je ne vois pas à quoi rime tout ça.*

La cour : *Que le déposant cesse de discuter avec celui qui l'interroge et qu'il se contente de répondre aux questions.*

L'avocat : *Merci, Votre Honneur.*

Q. : *Ainsi, vous avez roulé de 21h3 à 2h35, sauf pendant une demi-heure de 0h à 0h30 et je me crois autorisé à supposer que vous avez franchi bien des carrefours et vu bien des feux de signalisation pendant tout ce temps-là. Est-ce exact?*

R. : *Oui.*

Q. : *Combien de carrefours avec feux de signalisation avez-vous franchi cette nuit-là, à peu près?*

R. : *Je ne sais pas.*

Q. : *A peu près? 50? 100? 500?*

R. : *Je ne sais pas, peut être 100. Je ne m'en suis jamais soucié.*

Q. : *Naturellement. Ça se comprend. Quand une personne roule autant que vous il lui serait sans doute difficile de préciser combien elle a vu de feux de signalisation en une journée ou une nuit.*

R. : *Oui, c'est bien ça.*

Q. : *En me fiant à ma propre expérience, j'incline à croire que tous ces feux de carrefour se ressemblent beaucoup et qu'il est très facile de les confondre les uns avec les autres.*

R. : *Oui, ils se ressemblent.*

Q. : *Pourtant vous vous rappelez avec certitude que ce feu-là était vert quand vous vous en êtes approché?*

R. : *Non. Non. Il était rouge. Pas vert.*

Q. : *Excusez-moi, c'est juste. Vous avez dit qu'il était rouge. Vous avez une mémoire remarquable. Vous circulez dans la ville toutes les nuits pendant des mois et vous êtes capable de vous rappeler si tel ou tel feu de signalisation était vert ou rouge. Mieux encore, vous vous le rappelez bien qu'à ce moment-là vous ayez remarqué quelque chose de suspect.*

R. : *C'est exact.*

Q. : *Je vois. Vous remarquez quelqu'un dans l'entrée d'une bijouterie à 2h35 du matin et en même temps vous remarquez si le feu de signalisation est au vert ou au rouge, ce feu-là parmi des milliers. C'est vraiment étonnant.*

R. : *Je suis entraîné à observer des choses comme celle-là, la nuit comme le jour.*

Q. : *C'est merveilleux. Voulez-vous avoir l'obligeance de dire, à moi et à la cour, jusqu'à quel point vous pouvez vous permettre d'être tellement affirmatif.*

R. : *Tout à fait affirmatif, parce que le feu nous a obligés à nous arrêter avant de traverser Hill Avenue.*

Q. : *Vous avez bien fait d'obéir au feu de signalisation. Et qui conduisait à ce moment-là?*

R. : *C'était moi. C'est précisément ça qui me permet d'affirmer que le feu était au rouge.*

Q. : *Je vois. Ainsi, quand vous conduisez vous faites attention aux feux de signalisation et à votre vitesse afin de nepas provoquer d'accident?*

R. : *C'est exact. Ça fait partie de notre formation.*

Q. : *Très bien. Mais si vous prêtiez tant d'attention à la vitesse à laquelle vous rouliez, aux feux de carrefour, à la circulation dans la rue, comment avez-vous pu remarquer quelqu'un à des dizaines de mètres de vous, dans l'entrée obscure d'un magasin et observer cette personne assez attentivement pour pouvoir l'identifier ensuite sans crainte de vous tromper? Voulez-vous répondre à ma question? Savoir comment vous pouvez faire tant de choses à la fois m'intéresse personnellement.*

R. : *C'est vous qui entortillez toutes ces choses pour les faire paraître impossibles.*

L'avocat : *Répondez à ma question, s'il vous plaît.*

Le témoin : *Foutre oui, je vais répondresi vous la bouclez au moins une putain de minute.*

La cour : *Le témoin cessera de discuter avec qui l'interroge et si j'entends encore une réflexion de ce genre, je ferai placer le témoin sous écrou pour injures à magistrat. Maintenant, répondez.*

L'avocat : *Merci, Votre Honneur.*

R. : *C'est mon collègue qui remarqua quelqu'un dans l'entrée du magasin et me le signala.*

Q. : *Et qu'avez-vous fait alors?*

R. : *J'ai arrêté la voiture avant le carrefour, je me suis assuré que le passage était libre, puis j'ai traversé Hill Avenue, j'ai arrêté la voiture le long du trottoir et j'en suis sorti.*

Q. : *Je vois. Vous êtes descendus de la voiture tous les deux ensemble?*

R. : *Non. Fred a sauté immédiatement, avant que la voiture soit tout à fait arrêtée.*

Q. : *Combien de temps après l'avez-vous rejoint?*

R. : *Je n'en suis pas sûr. Quelques secondes sans doute.*

Q. : *Je vois. Donc Fred a quitté la voiture au carrefour et il était alors tourné vers l'est. Vous avez quitté l'auto de l'autre côté et vous l'avez contournée pour le rejoindre.*
Est-ce bien ça?

R. : *Oui.*

Q. : *Je suppose que vous avez dû serrer les freins et allumer votre clignotant rouge avant de quitter la voiture et de la contourner pour rejoindre Fred?*

R. : *C'est exact.*

Q. : *Tout ça vous a pris quelques secondes?*

R. : *Oui, c'est ce que j'ai dit.*

Q. : *Vous n'avez parlé ni du frein ni du clignotant, mais peu importe. Qu'avez-vous vu exactement après avoir contourné la voiture?*

R. : *Vous étiez avec Fred au coin de la rue et je l'ai entendu vous demander vos papiers.*

Q. : *Est-ce bien exactement ce que vous avez vu?*

R. : *Évidemment.*

Q. : *Pourquoi dites-vous que c'est évident?*

R. : *Parce que ce coin de rue était éclairé et je ne me trouvais qu'à quelques pas de vous deux.*

Q. : *Je vois. Donc, debout au carrefour nous étions engagés dans une conversation courtoise? Est-ce bien ça?*

R. : *Il vous demandait vos papiers.*

Q. : *Je vois. Nous étions debout près l'un de l'autre comme des amis. Il ne m'a pas saisi par le bras pour me précipiter contre le mur?*

R. : *Non. Vous étiez debout, immobiles l'un près de l'autre quand j'ai contourné la voiture.*

Q. : *C'est donc lorsque vous avez rejoint votre collègue que le prévenu s'es. trouvé précipité contre le mur?*

R. : *Non.*

Q. : *Alors, c'est avant que vous les ayez rejoints?*

R. : *Non. Non. Je n'ai pasdit ça. Nom de Dieu vous emberlificotez tout...*

L'avocat : *Votre Honneur...*

La cour : *Le témoin est coupable d'outrage à magistrat. Et s'il ne cesse pas de se conduire de cette manière injurieuse envers la cour, je le ferai incarcérer. Qu'il réponde aux questions.*

L'avocat : *Merci, Votre Honneur. Où en étions-nous? Oui. Votre collègue et le prévenu étaient au coin de la rue quand vous avez contourné votre voiture?*

R. : *Oui.*

Q. : *Avez-vous dégainé votre pistolet avant de quitter la voiture ou après?*

R. : *Je n'ai pas dégainé mon pistolet.*

Q. : *Votre collègue avait-il son arme à la main?*

R. : *Non.*

Q. : *Je vois. Il n'a pas non plus saisi le prévenu par le bras et jeté contre le mur, ni avant que vous les ayez rejoints, ni après?*

R. : *Non.*

Q. : *Bien. Dites-moi pourquoi vous avez arrêté le prévenu.*

Non. Permettez-moi de rectifier. Pourquoi avez-vous interpellé le prévenu?

R. : *Parce que mon collègue a dit qu'il avait vu quelque chose de suspect dans l'entrée de la bijouterie Kramer.*

Q. : *Mais vous personnellement vous n'avez rien vu de tel parce que la conduite de la voiture absorbait toute votre attention. Est-ce bien ça?*

R. : *Oui.*

Q. : *Je vois. Et si mes souvenirs sont exacts, vous rouliez à 40 à l'heure et vous étiez seulement à quelques mètres du carrefour quand votre collègue remarqua quelque chose de suspect de l'autre côté de la rue?*

R. : *Oui.*

Q. : *Vous avez donc dû freiner très brusquement pour ne pas franchir le feu rouge au risque de provoquer un accident?*

R. : *Je n'ai pas été obligé de freiner brusquement.*

Q. : *Vraiment? C'est étrange. Moi il me semble que vous avez dû donner un coup de frein brutal pour ne pas vous engager au-delà du feu rouge, étant donné l'endroit où vous dites que vous vous trouviez et la vitesse à laquelle vous rouliez quand votre collègue vous dit avoir remarqué quelque chose de suspect.*

R. : *Je ne peux pas préciser exactement où nous nous trouvions quand il vous a aperçu.*

Q. : *Il m'a aperçu? Comment pouvez-vous savoir qu'il m'a aperçu?*

R. : *Eh bien il a vu quelqu'un.*

Q. : *Qu'est-ce qui vous permet d'affirmer qu'il l'a vu?*

R. : *Eh bien, je veux dire...*

Q. : *Qu'est-ce que vous voulez dire exactement? Avez-vous vu le prévenu à ce moment-là, oui ou non?*

R. : *Ce que je veux dire...*

Q. : *Peu importe ce que vous voulez dire. Avez-vous vu le prévenu à ce moment-là, oui ou non? Répondez par ou ou par non. Inutile de vous tourner vers le procureur pour quêter une réponse.*

R. : *Je ne me tourne pas...*

L'avocat : *Répondez par oui ou par non.*

R. : *Non.*

Q. : *Vous n'étiez qu'à quelques mètres du croisement quand Fred a dit qu'il voyait quelque chose.*

R. : *Je n'en suis pas certain.*

Q. : *Voilà à peine quelques minutes vous avez dit où vous vous trouviez et vous avez montré sur le schéma le point exact où vous vous trouviez. Étiez-vous ou n'étiez-vous pas à ce point précis quand Fred vous a dit qu'il voyait quelque chose?*

R. : *Oui, nous y étions.*

Q. : *Et vous n'avez pas eu à freiner brusquement? Vous n'étiez pourtant qu'à quelques mètres du croisement et vous rouliez à 10 à l'heure?*

R. : *Je ne sais pas exactement...*

Q. : *Comment, vous ne savez pas? Vous venez de déposer que vous saviez exactement où vous vous trouviez et exactement à quelle vitesse vous rouliez et que vous n'avez pas été obligé de freiner brusquement. Et maintenant vous dites que vous ne savez pas. Alors, que savez-vous?*

R. : *Je sais queje voudrais vousviderde votre merde à coups de pieds dans le bidon...*

La cour : *Silence, silence. Gardes, emmenez cet homme et incarcérez-le.*

Le témoin à l'avocat : *Enfant de putain, j'aurai tapeau sijamais tu me tombes entre lesmains. Tum'entends? J'auraita peau enfant de putain pourri (Le témoin continue à vociférer et se démener cependant que les gardes l'entraînent.)*

L'avocat : *Étant donné ce qui s'est passé ce matin, Votre Honneur, je me permettrai de demander que cet agent de police subisse un examen psychiatrique.*

Le procureur : *Votre Honneur, je ne vois pas en quoi cet examen serait utile.*

L'avocat : *Votre Honneur, je vous prie d'acquiescer à ma requête. Elle permettra de juger si le témoin est capable ou non de déposer honnêtement.*

La cour : *Objection écartée. J'ordonne l'examen psychiatrique. L'audience est suspendue jusqu'à deux heures de relevée.*

SUITE DU CONTRE-EXAMEN DU SECOND AGENT.

Q. : *Alors, si ma mémoire est exacte, vous avez déposé que votre collègue conduisait, que vous étiez assis auprès de lui sur la banquette avant, que vous rouliez vers le nord dans Hill Street, et qu'à proximité de l'intersection avec Hill Avenue, vous avez remarqué quelque chose de suspect dans l'entrée de la bijouterie Kramer?*

R. : *Oui, monsieur.*

Q. : *Qu'entendez-vous par quelque chose de suspect?*

R. : *J'ai vu un homme dans l'encoignure de la porte.*

Q. : *Êtes-vous sûr que c'était un homme?*

R. : *Oui monsieur.*

Q. : *Qu'est-ce qui vous permet d'en être tellement certain?*

R. : *Ma foi, cette personne était vêtue comme un homme.*

Q. : *Cette réponse ne dénote pas tellement de certitude. Cette personne?...*

R. : *Eh bien, c'était quelqu'un qui était vêtu comme un homme et avait des attitudes d'homme.*

Q. : *Qu'entendez-vous par vêtu comme un homme?*

R. : *Eh bien, pantalon, veston, vêtements d'homme, vous savez bien...*

Q. : *A vrai dire, je ne sais pas. Il m'est difficile de distinguer un homme d'une femme en me fiant à leurs vêtements en plein jour, ça me serait encore plus difficile la nuit, dans l'encoignure obscure d'une porte.*

La cour : *Silence. Silence.*

R. : *Il avait des attitudes d'homme.*

Q. : *Quelles étaient donc les attitudes de ce personnage suspect qui vous ont permis de déterminer qu'il s'agissait d'un homme alors qu'il se trouvait dans une encoignure obscure à plus de trente mètres de vous et que vous rouliez à 40 à l'heure?*
R. : *Ses mouvements étaient ceux d'un homme, vous savez.*
Q. : *Non, je ne sais pas. Expliquez-moi.*
R. : *C'est une question de gestes, d'attitude. Nous sommes entraînés à distinguer la différence. D'ailleurs nous nous sommes arrêtés au feu rouge.*
Q. : *Vous étiez arrêtés par le feu rouge? Votre collègue a déposé que la voiture roulait à 40 à l'heure quand vous avez aperçu ce suspect dans une encoignure?*
R. : *C'est exact. Nous roulions lorsque je l'ai aperçu. Puis, quand la voiture s'est arrêtée, je l'ai observé. Je me rappelle que le feu était au rouge parce que j'étais penché en avant quand Harry a donné un coup de frein et ma tête a heurté le pare-brise.*
Q. : *Il a freiné si brusquement que votre tête a heurté le pare-brise et pourtant vous avez pu distinguer cette silhouette dans l'obscurité assez nettement pour affirmer que c'était un homme?*
R. : *Je ne dis pas que ma tête a heurté le pare-brise...*
L'avocat : *Mais vous venez de le dire.*
R. : *Mais je ne voulais pas dire ma tête...*
Q. : *Alors, que vouliez-vous dire? Comment se fait-il que vous ne disiez jamais ce que vous voulez dire?*
R. : *Je veux dire, la visière de ma casquette. C'est ma visière qui a heurté le pare-brise parce que le coup de frein m'a un peu précipité en avant.*
Q. : *Je vois. C'est au moment où votre tête était précipitée en avant qu'il vous a été possible de déterminer exactement qu'il s'agissait d'un homme et qu'il faisait quelque chose de suspect dans une encoignure obscure.*
R. : *Je n'ai pas dit que je l'ai vu à ce moment-là.*
Q. : *Très bien. Alors, prenons notre temps et expliquez à la*

cour ce que vous voulez dire. Quant à moi, je suis un peu perdu entre ce que vous dites et ce que vous voulez dire.

R. : *Comme je l'ai déjà dit, mon rôle consiste à scruter les encoignures de porte dans le secteur où nous patrouillons afin d'y repérer tout ce qui pourrait être suspect. Cette nuit-là précisément, j'y prêtais grande attention parce que durant cette même semaine il y avait eu plusieurs cambriolages par effraction entre deux heures et quatre heures du matin. J'ai vu quelque chose remuer dans l'encoignure de la porte. Je l'ai signalé à Harry et j'ai gardé les yeux fixés sur ce point jusqu'au-delà du carrefour, puis je suis sorti de la voiture.*

Q. : *Je vois. Vous avez donc fixé votre regard constamment sur l'entrée de ce magasin alors que vous dodeliniez du chef.*

R. : *Parfaitement. J'y suis entraîné.*

Q. : *Je vous félicite. Vous êtes doué d'une capacité d'attention extraordinaire. Maintenant je vous prie de considérer le schéma du carrefour Hill et Hill. Selon votre témoignage et celui de votre collègue, votre voiture était à peu près ici quand vous avez remarqué quelque chose de suspect dans une encoignure de porte? Est-ce exact?*

R. : *Oui.*

Q. : *Et il y avait des voitures garées ici, ici et ici?*

R. : *Oui.*

Q. : *Je voudrais aussi attirer votre attention sur l'éclairage de la rue. Un lampadaire est ici, au coin, à quelques pas de votre voiture. Un autre est là, à l'angle opposé. Et un autre là, encore. Voici la bijouterie Kramer. Comme vous le voyez cette bijouterie est presque à égale distance des deux lampadaires. La vitrine se trouve à plus de trois mètres du bord du trottoir. Remarquez aussi la marquise d'aluminium de trois mètres sur un mètre cinquante au-dessus de l'entrée de la bijouterie Kramer. Est-ce que tout cela correspond à vos souvenirs?*

R. : *Oui.*

Q. : *Bien. C'est vraiment merveilleux. Vous avez dû recevoir une formation remarquable. Vous roulez à 40 à l'heure, vous remarquez quelque chose dans un coin d'ombre, arrêt brusque et départ de l'auto vous secouent la tête d'avant en arrière et vous êtes quand même capable de discerner les mouvements suspects que fait dans l'obscurité, à une centaine de mètres de vous, un indo-européen mâle; vous voyez tout ça alors que vous êtes dans un véhicule en mouvement et, mieux encore, vous le voyez à travers les nombreux véhicules en stationnement, tout ça en quelque deux ou trois secondes. Par la suite vous vous rappelez la position des lampadaires et les dimensions de la marquise au-dessus de la porte. Je trouve ça admirable. Vous avez dû sortir parmi les tout premiers de votre classe de formation professionnelle. Quel fut votre rang à l'examen?*

R. : *Je ne me rappelle pas.*

Q. : *Comment? Vous qui avez été si parfaitement entraîné que vous êtes capable d'exploits incroyables d'observation et de mémoire, vous ne vous rappelez pas votre rang dans votre classe? Allons, allons, ne soyez pas si modeste.*

R. : *J'étais à peu près le trentième.*

Q. : *Et sur combien d'élèves?*

R. : *Je n'en suis pas sûr. Une cinquantaine peut-être.*

Q. : *Je vois. A peu près trentième sur à peu près une cinquantaine. En d'autres termes parmi les dix pour cent moins bons. Est-ce que cela vous paraît exact?*

R. : *Je ne sais pas. Sans doute.*

Q. : *Je suis étonné. Vous qui êtes si remarquable, vous étiez dans les derniers de votre classe. Mais alors les premiers devaient être des génies!*

La cour : *Silence! Silence dans la salle.*

Q. : *Revenons au schéma. L'entrée de la bijouterie Kramer est entre deux lampadaires, couverte par une marquise d'aluminium de trois mètres sur un mètre cinquante.*

C'est donc un des points les moins éclairés de la rue. Sous cette marquise il doit faire très sombre. Vous, vous êtes dans une automobile sous un lampadaire, c'est-à-dire que vous regardez d'un point éclairé vers l'obscurité, à travers des véhicules en stationnement devant le magasin, les mouvements de la voiture secouent votre tête et vous pouvez pourtant prétendre que vous avez vu un indo-européen mâle agir d'une manière suspecte. Absolument remarquable.

R. : *Je n'ai pas dit que j'ai vu un indo-européen mâle dans l'entrée du magasin.*

Q. : *En effet, mais c'est bien un indo-européen mâle que vous avez arrêté.*

R. : *Vous étiez dans la rue à proximité du magasin.*

Q. : *Ah! j'étais...*

R. : *La seule personne sur les lieux.*

Q. : *Comment savez-vous que j'étais seul? Avez-vous exploré tous les environs, même à proximité immédiate?*

R. : *Non. Nous ne pouvions pas le faire.*

Q. : *Pourquoi pas?*

R. : *C'était inutile. Nous savions que des vols avec effraction avaient été commis par un individu isolé et nous tenions notre suspect.*

Q. : *Vraiment? C'est très intéressant. Vous saviez qu'un individu isolé commettait des vols avec effraction. Comment avez-vous déterminé cela avec certitude? Vous l'a-t-il dit ou bien l'avez-vous deviné en raison de votre magnifique formation professionnelle? Mais peu importe. Admettons que vos supérieurs vous l'aient dit et qu'ils vous aient enjoint de rechercher un cambrioleur isolé. Vous ont-ils dit que c'était un indo-européen mâle?*

R. : *Ils nous ont dit qu'il s'agissait probablement d'un homme, c'est tout.*

Q. : *Bon, nous n'allons pas continuer l'analyse de cette probabilité pour le moment. Voici ce qui m'intéresse :*

comment saviez-vous que le prévenu était le seul homme présent dans les parages?

R. : *Je n'y ai vu personne d'autre que vous.*

Q. : *Je suis donc le seul homme que vous avez vu. Ce n'est pas la même chose. Vous ne pouvez pas prétendre que j'étais le seul homme présent dans les parages, mais seulement le seul que vous avez vu. Est-ce bien ça?*

R. : *Oui, c'est sans doute ça. Mais s'il y avait eu quelqu'un d'autre, je suis sûr que je l'aurais vu.*

Q. : *Eh bien, même en tenant compte de votre formation professionnelle extraordinaire, votre certitude me paraît sujette à caution. Êtes-vous certain que vous auriez ou non repéré quelqu'un qui se serait dissimulé dans un des nombreux coins d'ombre? Mais pour l'instant, je veux vous demander ce qui s'est produit exactement quand vous êtes descendu de votre voiture.*

R. : *Je vous ai vu venir vers moi, j'ai avancé vers vous et je vous ai demandé vos papiers.*

Q. : *Un instant s'il vous plaît. Nous n'en sommes pas encore là. A quelle distance étiez-vous du prévenu quand vous êtes descendu de la voiture?*

R. : *A peu près trois ou quatre mètres.*

Q. : *Je vois. Et il marchait vers vous?*

R. : *Oui.*

Q. : *Il ne s'éloignait pas, il s'approchait? Ça ne vous a pas semblé suspect?*

R. : *Non, pourquoi?*

Q. : *Eh bien, si on vous a dit de rechercher un cambrioleur isolé qui opérait dans votre secteur, si vous avez remarqué quelque chose de suspect dans l'entrée d'une bijouterie et si vous saviez que cet homme avançant vers vous était précisément celui que vous aviez remarqué sur le seuil de ce magasin, comment se fait-il que vous n'ayez pas pris peur? Qu'est-ce qui vous indiquait qu'il n'allait pas soudain tirer un pistolet de sa poche et vous abattre?*

Est-ce qu'en général les malfaiteurs ne fuient pas la police au lieu de s'approcher des agents?

R. : *Ça dépend.*

Q. : *De quoi?*

R. : *Du fait qu'ils se croient ou non capables de s'en tirer au baratin.*

Q. : *Je vois. Ils échappent à l'arrestation par un coup d'audace, est-ce bien ça?*

R. : *Oui.*

Q. : *J'admets que ce soit possible. Revenons à votre déposition. Vous descendez de la voiture, vous avancez à la rencontre du prévenu et vous lui demandez ses papiers. C'est bien ça?*

R. : *Oui.*

Q. : *Bon. Si je me souviens bien, votre collègue a déclaré que lorsqu'il est sorti à son tour de la voiture et qu'il vous a rejoints, le prévenu et vous vous trouviez sous le lampadaire, vous vous parliez. Ni lui, ni vous, n'aviez dégainé votre arme. Ni lui ni vous n'avez porté la main sur le prévenu? C'est bien ça?*

R. : *Exactement ça. Nous n'avons pas porté atteinte aux droits constitutionnels du prévenu.*

L'avocat : *Merci. Je vous suis reconnaissant d'en informer la cour. Je ne vous savais pas aussi versé en droit constitutionnel, mais c'est parce que j'oublie votre merveilleuse formation et votre brillante réussite en classe.*

La cour : *Silence! Silence dans la salle. Je ne permettrai pas aux éclats de rire d'interrompre la procédure. Poursuivez l'interrogatoire.*

L'avocat : *Merci, Votre Honneur.*

Q. : *En raison de votre formation, vous n'avez pas perdu de vue le prévenu pendant que la voiture traversait le carrefour, bien que vous fussiez dans une zone éclairée et qu'il fût, lui, dans l'ombre, derrière des voitures en stationnement. Êtes-vous certain qu'une autre personne ne se serait pas enfuie ou dissimulée dans un coin d'ombre à l'apparition de votre voiture? Êtes-vous certain que celui que vous avez arrêté était bien l'homme que vous aviez vu remuer d'une manière suspecte dans l'entrée de la bijouterie? S'il est vrai que quelqu'un se soit vraiment conduit d'une manière suspecte. Admettons tout cela. Vous êtes donc convaincu que l'homme qui marche vers vous est un cambrioleur, vous constatez que c'est même un des rares malfaiteurs qui, au lieu de s'enfuir, avance hardiment vers les agents de police pour les avoir au baratin, comme vous dites. Vous deviez aussi savoir que cet homme n'était pas armé, même si vous le soupçonniez d'avoir commis de nombreux cambriolages dans le quartier. Et puisqu'il n'était pas armé il n'allait pas vous attaquer. Vous étiez tellement convaincu de tout cela que vous êtes resté au coin de la rue, sous un lampadaire, en pleine lumière, alors que ce criminel endurci sortait de l'ombre. Vous l'avez attendu courageusement et vous lui avez demandé poliment ses papiers. Vous n'avez pas dégainé votre arme. Vous ne l'avez pas fouillé pour vous assurer que lui-même n'était pas armé. Vous ne l'avez pas touché du bout du doigt. Vous n'avez même pas eu la prudence de lui dire : excusez-moi, monsieur, mais n'auriez-vous pas une arme cachée sur vous que vous pourriez brandir tout à coup pour nous tirer dessus quand mon collègue m'aura rejoint sous le lampadaire... Est-ce vraisemblable? Croyez-vous que la cour va croire cette histoire? Sincèrement, auriez-vous le toupet de soutenir en justice une version pareille en espérant qu'on vous croira? Vous, agent si bien instruit de son métier qu'il est capable de distinguer à des centaines de mètres un criminel endurci d'une ombre. Je le regrette, mais en ce qui me concerne, je ne peux pas vous croire même en faisant un effort d'imagination.*

R. : *C'est la vérité.*

Q. : *Dois-je vous rappeler que vous déposez sous la foi du serment?*

R. : *Inutile de me le rappeler.*
Q. : *Bien. Voilà au moins une chose qu'il n'est pas besoin de vous rappeler. Ou bien allez-vous encore nous sortir un de vos : je n'ai pas voulu dire ça?*
R. : *Ça ne s'est pas passé comme vous l'avez dit.*
Q. : *Comme je l'ai dit? Je n'ai rien dit du tout. C'est vous qui avez dit ceci : vous êtes resté impassible sous un lampadaire alors qu'un individu que vous considériez comme un malfaiteur endurci et que vous aviez surpris en flagrant délit de ce que vous considériez comme un méfait s'approchait de vous et vous l'avez attendu en laissant votre pistolet dans sa gaine et vous lui avez demandé de bien vouloir vous montrer ses papiers.*
R. : *Je ne voulais pas dire que j'ai seulement...*
Q. : *Vous ne vouliez pas dire... Encore! Précisez ce que vous ne vouliez pas dire, cette fois.*
R. : *Je ne voulais pas dire que je suis resté les bras croisés. J'ai avancé vers lui...*
Q. : *Est-ce à ce moment-là que vous avez dégainé votre arme.*
R. : *Oui... non... voilà...*
Q. : *Alors, est-ce oui ou non? A quel moment avez-vous pris l'arme au poing?*
R. : *Il a fait un mouvement suspect et j'ai dégainé.*
Q. : *Quel mouvement suspect?*
R. : *Le geste de tirer une arme de sa poche.*
Q. : *Voilà qui est intéressant. Voudriez-vous expliquer à la cour exactement quel geste fait un individu qui se propose de tirer une arme de sa poche? Je suis sûr que nous aimerions tous le savoir.*
R. : *Je ne peux pas le préciser avec exactitude.*
Q. : *Mais pourquoi? Vous connaissez pourtant si bien ce geste que vous n'avez aucun doute quand vous voyez quelqu'un l'exécuter. Alors pourquoi ne pouvez-vous pas le décrire?*
R. : *C'est la manière dont agit l'individu en question.*

Q. : *Je vois. On ne reconnaît ce geste que lorsqu'on a reçu votre formation?*
R. : *Il a porté la main à la poche intérieure de son veston.*
Q. : *Je vois de mieux en mieux. A-t-il fait ainsi? Est-ce ça le mouvement de quelqu'un qui va brandir un pistolet* et s'en servir.
R. : *Pourquoi aurais-je accepté un risque inutile? Plus d'un agent a été tué en de pareilles circonstances.*
Q. : *Mais vous veniez de lui demander ses papiers, n'est-ce pas?*
R. : *Oui.*
Q. : *Alors, pourquoi n'avez-vous pas supposé que cet homme portait la main à la poche intérieure de son veston pour en tirer ses papiers?*
R. : *Sans doute parce qu'il a fait ce geste d'une manière suspecte. Je ne sais pas. En tout cas, je n'allais pas m'exposer inutilement au danger.*
Q. : *Je ne vous le reproche pas. J'aurais été prudent à votre place. Mais pourquoi n'avez-vous pas dégainé immédiatement? Pourquoi avez-vous d'abord demandé les papiers, puis dégainé quand cet homme a porté la main à sa poche? N'était-il pas dangereux d'attendre si longtemps? Un policier qui a reçu votre formation n'aurait-il pas dégainé immédiatement?*
R. : *C'est bien ce que j'ai fait.*
Q. : *Pourtant, vous avez dit le contraire. Vous avez dit n'avoir pas dégainé jusqu'à ce que cet homme porte la main à sa poche. Alors, décidez-vous.*
R. : *Je ne sais pas.*
L'avocat : *Vous ne savez pas? Encore une fois.*
R. : *Voilà ce que je veux dire : j'ai sans doute brandi mon arme immédiatement. Après tout il était dans l'ombre et je ne pouvais pas savoir s'il avait, lui, un pistolet ou non.*
Q. : *Vous ne pouviez pas distinguer s'il avait ou non une arme à la main?*
R. : *Non, je ne le pouvais pas.*

Q. : *A trois ou quatre mètres seulement de lui vous ne pouviez pas distinguer ça. Pourtant, à une centaine de mètres vous avez vu qu'il était en train de faire quelque chose de suspect dans l'entrée obscure d'un magasin. Vous en avez même été tellement sûr que vous avez sauté de la voiture l'arme au poing et que vous l'avez frappé avec cette arme.*

R. : *C'est plus tard que je l'ai frappé.*

Q. : *Alors, vous avez bien frappé le prévenu avec votre arme?*

R. : *Ma foi... je ne sais pas.*

Q. : *Comment, vous ne savez pas? Comment ne sauriez-vous pas si vous l'avez frappé ou non?*

R. : *Alors c'est sans doute oui. J'ai dû le frapper.*

Q. : *Sans doute! J'ai dû! Avez-vous ou n'avez-vous pas frappé le prévenu avec votre arme? Répondez, je vous prie, par oui ou par non.*

R. : *Oui. Je l'ai frappé quand il a cherché à fuir.*

Q. : *Il a cherché à fuir?*

R. : *Oui.*

Q. : *D'abord cet homme marche vers vous. Ensuite il cherche à fuir?*

R. : *C'est exact. Il a sans doute pris peur.*

Q. : *Avant ou après que vous lui ayez demandé ses papiers?*

R. : *Après.*

Q. : *Sans doute est-ce au moment où il a porté la main à sa poche d'une manière suspecte, comme vous l'avez dit.*

R. : *Oui.*

Q. : *Ça devient de plus en plus intéressant. Il marche vers vous, vous lui demandez ses papiers et il ne cherche à fuir que lorsqu'il est assez près de vous pour que vous puissiez le frapper avec votre arme.*

R. : *Oui.*

Q. : *Permettez-moi de vous demander si un agent de police aussi compétent que vous trouve cette histoire vraisemblable?*

R. : *Elle est vraie. Je ne sais pas pourquoi il a agi comme ça.*

Q. : *Comment a-t-il fait pour chercher à fuir?*
R. : *Eh bien, il a agi comme s'il allait s'enfuir.*
Q. : *Il a agi comme s'il allait s'enfuir? Que signifie exactement cette phrase?*
R. : *Eh bien, il me semble qu'il a pivoté sur lui-même comme s'il allait filer.*
Q. : *Et c'est à cet instant que votre collègue Harry vous a rejoint? Si je me rappelle bien sa déposition, selon lui, vous n'aviez pas l'arme au poing quand il est arrivé près de vous. J'en conclus donc que votre collègue était auprès de vous avant que vous ayez dégainé votre arme.*
R. : *Oui, oui. C'est ça. Nos pistolets étaient encore dans leurs étuis.*
Q. : *Mais vous aviez déjà demandé ses papiers au prévenu?*
R. : *Oui.*
Q. : *Alors, ce n'est donc pas au moment où il a porté sa main à sa poche que vous avez dégainé?*
R. : *Oui... eh bien, non. Pas exactement à ce moment.*
Q. : *Allons donc. Vous venez de déposer que c'est à ce moment-là que vous avez dégainé.*
R. : *Les deux choses se sont produites en même temps.*
Q. : *Quelles sont ces deux choses?*
R. : *Il a porté la main à sa poche et m'a semblé sur le point de fuir, au même instant.*
Q. : *Et Harry était alors auprès de vous?*
R. : *Oui.*
Q. : *Et le prévenu a semblé sur le point de fuir?*
R. : *Oui.*
Q. : *C'est pour ça que Harry le tenait quand vous l'avez frappé?*
R. : *Oui... Non. Il s'est précipité sur Harry.*
Q. : *Bon, maintenant il s'est précipité sur Harry. Il me semblait jusqu'à présent qu'il vous a seulement donné l'impression d'être sur le point de fuir. Maintenant vous me dites qu'il a fui. Non seulement il s'est éloigné de vous en fuyant, mais il s'est précipité sur Harry pour*

que celui-ci le tienne au moment où vous le frappiez. Est-ce bien ce qui s'est passé?

R. : *Non... Oui... Je veux dire...*

Q. : *Qu'est-ce que vous voulez dire? Voudriez-vous vous en tenir à une seule version et ne pas en changer chaque fois que vous ouvrez la bouche.*

R. : *Je ne change pas de version.*

Q. : *Alors, qu'est-ce que vous faites? Vous mentez?*

R. : *Non. Mais vous déformez tout et ça me fait perdre la tête.*

Q. : *Je reconnais que vous perdez la tête. Je m'étonne même qu'un agent de police aussi accompli que vous puisse perdre la tête à ce point-là. Mais si vous vous en teniez à une seule version, tout serait plus simple pour vous.*

R. : *C'est ce que j'essaie de faire... C'est ce que je fais.*

Q. : *Nous y verrions beaucoup plus clair si vous vouliez bien dire la vérité tout simplement.*

R. : *Si seulement vous ne...*

Le procureur : *Votre Honneur, pourriez-vous suspendre l'audience? Il est tard et j'estime que le témoin a déjà été assez malmené.*

L'avocat : *Votre Honneur, j'accepte volontiers une suspension d'audience. S'efforcer de déceler la vérité dans les réponses du témoin est une tâche pénible. Je m'élève contre le mot malmené. J'essaie seulement de découvrir la vérité dans des réponses confuses et contradictoires.*

Le procureur : *Je retire le mot malmené.*

La cour : *Très bien. On s'entend au moins sur une chose aujourd'hui. L'audience est suspendue jusqu'à neuf heures du matin.*

C'est ça. Il suffit de tortiller leurs réponses et de les leur fourrer dans le derche. Il allait et venait dans sa cellule et hochait la tête vigoureusement en signe d'approbation. Les leur fourrer dans l'oigne. et le faire craquer. ces affreuses connasses de vieilles sorcières. Je n'ai pas besoin d'un putain d'avocat pour les confondre. Quand j'en aurai fini avec eux ils regretteront d'être sur terre. Je vais les arranger aux petits oignons. Jeleur montreraide quel bois je me chauffe, ces stupides enfants de putain. Krist, quel tas de connards ignares. Foutus sales cochons qui malmènent les gens parce qu'ils ont un insigne. Fumiers de bouseux qui ne distinguent pas leur cul d'un trou dans la terre; qui assassinent et s'en tirent comme des fleurs parce qu'ils portent un putain d'uniforme, les cheveux en brosse et une gapette plate. Putain de gapette plate. Et ça circule en auto, comme des caïds. Ça boit du café, ça mange des pets-de-nonne comme si le troquet leur appartenait. Ça regarde les gens de haut. Non mais, pour qui se prennent-ils? Quelles sales paires de couilles qui marchent en faisant sonner leurs talons sur le bitume, dégainent leurs armes pour un oui, pour un non. C'est-y pas des merdes. Ils ne valent même pas un pet de violoniste. Je ne sais foutre pas qui ils sont, mais je veux bien être pendu s'ils s'en tirent cette fois. Jeles aurai. Jeserais un enfant de putain pourri si je les écrasais pas.

Q. : *Voyons où nous en sommes... Oui, je me rappelle. En raison de vos succès exceptionnels au cours de formation professionnelle, vous étiez capable de repérer un indo-européen mâle dans une encoignure de porte obscure, à une centaine de mètres, alors que la lumière vous éblouissait et de remarquer qu'il faisait quelque chose de suspect. Que faisait-il de suspect? Sans doute essayait-il de pénétrer par effraction dans cette bijouterie?*

R. : *Oui, c'est exact.*

Q. : *A cela vous aviez des raisons : on vous avait indiqué que plusieurs cambriolages s'étaient produits dans votre secteur récemment et on vous avait enjoint d'y avoir l'œil. En raison de votre brillante formation professionnelle, bien que personne d'autre en de telles circonstances n'aurait pu arriver à de pareilles conclusions, vous avez distingué un indo-européen mâle en train d'enfreindre la loi.*

R. : *Ma foi, oui. Je veux dire que ça ne s'est pas passé ainsi.*

Q. : *C'est exactement ce que vous avez dit dans votre déposition.*

R. : *Les circonstances n'étaient pas celles que vous dites.*

Q. : *En d'autres termes, nous devons annuler votre déposition et celle de votre collègue parce qu'elles ne sont pas... disons : exactes.*

R. : *Non. Voici ce que je veux dire...*

Q. : *Ah non, je vous en prie, ne recommencez pas. Pour l'amour du ciel, dites ce que vous voulez dire. Ou bien faut-il repartir du début ?*

R. : *Non... c'est tout simplement difficile à expliquer.*

Q. : *A moi, il m'est difficile de comprendre pourquoi un agent aussi compétent que vous a tant de mal à dire ce qu'il veut dire. Permettez-moi de vous aider. L'entrée de la bijouterie Kramer était-elle obscure, oui ou non ?*

R. : *Elle était obscure.*

Q. : *Étiez-vous ou n'étiez-vous pas à peu près à une centaine de mètres de là, sous un lampadaire ?*

R. : *Oui. C'est vrai, mais ça ne s'est pas passé comme ça.*

L'avocat : *Votre Honneur. Je regrette d'abuser de la patience de la cour. Pourtant si le témoin modifie constamment sa déposition, je suis obligé de remonter au début et de poser de nouveau toutes les questions.*

La cour : *Oui, je vous l'accorde. Si le témoin confirme des réponses qu'il a déjà faites, il doit répondre par oui ou par non. Continuez.*

L'avocat : *Merci, Votre Honneur.*

Q. : *Nous pourrions simplifier les choses si vous nous disiez quels points de votre déposition vous souhaitez modifier en ce qui concerne ce qui s'est passé avant l'instant où vous avez quitté la voiture pour vous approcher du prévenu. Voulez-vous y modifier quelque chose?*

R. : *Non.*

Q. : *Alors, voyons la suite. Essayons d'y voir clair un peu quant aux événements qui suivirent votre descente de voiture. Vous vous êtes vaillamment placé sous un lampadaire et vous avez attendu, impassible, un indo-européen mâle qui sortait de l'ombre en votre direction et que vous considériez comme un dangereux malfaiteur. Votre superbe formation professionnelle vous permettait de juger à distance qu'il n'avait pas d'arme et vous n'avez donc pas dégainé votre pistolet. Est-ce exact?*

R. : *Eh bien...*

Q. : *Oui ou non, s'il vous plaît.*

R. : *Oui.*

Q. : *Merci. Quelle était la couleur de ses vêtements?*

R. : *Vêtements?*

Q. : *Oui, ses vêtements.*

R. : *Je ne sais pas au juste. Ils étaient foncés.*

Q. : *Foncés?*

R. : *Oui.*

Q. : *Tous ses vêtements, de la tête aux pieds?*

R. : *Oui.*

Q. : *Portait-il un complet?*

R. : *Oui. Avec une cravate et une chemise foncées. Je m'en souviens clairement.*

Q. : *La mémoire vous revient, tant mieux. Mais êtes-vous bien certain que cet homme ne portait pas un pantalon foncé avec un veston clair? Peut-être bleu clair.*

R. : *Non. Je me rappelle avec certitude qu'il portait un complet foncé.*

Q. : *Eh bien, quand vous êtes sûr de quelque chose, vous en êtes bien sûr. Ça vous vient sans doute de votre formation professionnelle. Donc, nous sommes bien d'accord, cet homme ne portait ni veston clair, ni chemise bleu clair.*

R. : *Non. Tout foncé.*

Q. : *Vêtu de couleur foncée des pieds à la tête.*
R. : *Oui. Très foncée.*
Q. : *Très foncée?*
R. : *Oui.*
Q. : *Vos capacités professionnelles m'intriguent de plus en plus. Vous êtes exceptionnellement doué pour l'observation. Nous avons donc un individu vêtu de foncé des pieds à la tête, de vêtements très foncés même, et non seulement vous le remarquez dans des conditions d'éclairage invraisemblables sur lesquelles nous sommes désormais d'accord, mais encore vous savez exactement ce qu'il est en train de faire. Remarquable. Stupéfiant, même. Une fois de plus je vous félicite et je rends grâces aux maîtres qui vous ont formé. Voyons si vous vous rappelez aussi bien la suite. Vous êtes donc sous le lampadaire, il s'approche, vous l'attendez, votre arme dans son étui. Cependant votre collègue descend de la voiture et en fait le tour. Au moment où le prévenu est à portée de votre main et de celle de votre collègue, le voilà soudain qui cherche à s'échapper. Nous sommes bien d'accord?*
R. : *Oui. Nos armes étaient encore dans les étuis quand cet homme a essayé de fuir.*
Q. : *Bien. Il n'a pas cherché à faire demi-tour pour s'enfuir. Il s'est tout d'un coup précipité sur vous alors qu'il n'était plus qu'à un pas? C'est ça?*
R. : *Oui.*
Q. : *Il s'est jeté dans les bras tendus de Harry?*
R. : *Oui. Disons plutôt qu'il s'est jeté sur Harry et que ce dernier l'a pris à bras-le-corps.*
Q. : *C'est à ce moment que vous l'avez frappé avec votre arme.*
R. : *Il le fallait...*
Q. : *Oui ou non, s'il vous plaît.*
R. : *Je l'ai frappé alors qu'il luttait avec Harry.*
Q. : *Une fois de plus je vous prie de répondre par oui ou*

par non. Est-ce bien quand Harry le tenait que vous l'avez frappé avec votre arme?

R. : *Oui, mais...*

Q. : *Oui ou non, et rien de plus. Et alors vous l'avez précipité contre le mur.*

R. : *Non.*

Q. : *Alors il est tombé contre le mur?*

R. : *Non.*

Q. : *Alors, comment se fait-il que sa figure a heurté le mur?*

R. : *Ce n'est pas ce qui est arrivé. Nous l'avons fait s'appuyer face au mur pour pouvoir le fouiller.*

Q. : *Après que vous l'avez abattu en le frappant avec votre arme et que vous lui avez donné des coups de pied?*

R. : *Non.*

Q. : *Alors, vous l'avez envoyé au sol et frappé à coups de pied après l'avoir fouillé?*

R. : *Non. Nous ne l'avons pas jeté par terre.*

Q. : *Alors comment se fait-il qu'il se soit trouvé par terre?*

R. : *Il est tombé.*

Q. : *Je comprends. Quand la fouille a révélé qu'il ne portait pas d'armes il en a été si enchanté qu'il est tombé sur le trottoir et a rampé jusque sous votre pied?*

R. : *Non.*

Q. : *Alors, qu'est-ce qui s'est passé exactement?*

R. : *Je ne sais pas.*

Q. : *Vous ne savez pas?*

R. : *Je ne sais pas comment ni pourquoi il est tombé. Son pied a sans doute heurté quelque chose. Ou Dieu sait quoi.*

Q. : *Je vois. Alors, vous l'avez traîné jusqu'à la voiture?*

R. : *Oui. Non. Je veux dire...*

Q. : *Non, je vous en prie, ne recommencez pas. Dites à la cour ce qui s'est passé. Plus de oui, non, je veux dire.*

R. : *Eh bien, nous l'avons aidé à monter en voiture.*

Q. : *Vous l'avez aidé?*

R. : *Oui.*

Q. : *Comment avez-vous fait?*

R. : *Chacun de nous l'a pris par un coude et nous l'avons aidé à aller jusqu'à la voiture.*
Q. : *Vous l'avez saisi chacun par un coude et vous l'avez aidé?*
R. : *Oui.*
Q. : *Voilà une louable magnanimité. Si vous avez aidé cet homme à marcher jusqu'à la voiture, c'est parce qu'il ne cherchait pas à s'échapper.*
R. : *En effet, il ne cherchait pas à s'échapper.*
Q. : *Lui aviez-vous passé les menottes à ce moment-là?*
R. : *Non.*
Q. : *Vous étiez donc certain qu'il ne chercherait pas à fuir sinon vous lui auriez mis les menottes?*
R. : *Oui.*
Q. : *C'est bien étrange. Un instant plus tôt cet homme s'est précipité sur deux agents de police et un instant plus tard une légère tape donnée avec un pistolet l'a rendu tellement docile qu'il va à votre voiture. Il n'a besoin que d'aide. Ne se pourrait-il pas plutôt qu'il était incapable de fuir parce que vous l'aviez frappé avec vos armes, à coups de poing et à coups de pied. Au lieu de l'aider, ne l'auriez-vous pas plutôt traîné sur le trottoir et jeté à plat ventre devant la banquette arrière de la voiture. Ne prenez pas la peine de répondre à ces questions. Je n'ai pas envie de vous entendre bredouiller. Dites-moi seulement ceci : est-ce après l'avoir jeté sur le plancher de la voiture que vous l'avez menotté derrière le dos?*
R. : *Oui. Je veux dire que nous...*
Q. : *Assez. Vous avez dit oui.*
R. : *Nous ne l'avons pas jeté sur le plancher.*
Q. : *Alors, comment se fait-il qu'il se soit trouvé allongé à plat ventre sur ce plancher?*
R. : *Il a dû tomber de la banquette, sans doute.*
Q. : *Tomber de la banquette... sans doute?*
R. : *Oui. Il a dû perdre l'équilibre.*
Q. : *Allons! comment espérez-vous nous faire croire ça?*

La vérité c'est que vous l'avez précipité sur le plancher de la voiture, vous lui avez tordu les bras derrière le dos pour lui passer les menottes et vous avez recommencé à lui donner des coups de pied dans le dos.

R. : *Non, nous avons observé ses droits constitutionnels.*

Q. : *Oui. Vous les avez observés attentivement même, et puis vous les avez violés.*

R. : *Non. Tout ce que nous avons fait était parfaitement légal.*

Q. : *Je n'en doute pas. Est-ce au moment où vous lui passiez les menottes que vous avez parlé à Harry du parfum que vous sentiez à l'arrière de la voiture?*

R. : *Non.*

Q. : *Alors, c'est après?*

R. : *Non. Je n'ai jamais parlé de parfum.*

Q. : *En êtes-vous sûr?*

R. : *Oui.*

Q. : *Absolument sûr?*

R. : *Oui.*

Q. : *Vous n'avez rien dit à Harry au sujet d'un parfum, ni prononcé le nom de madame Haagstromm?*

R. : *Non.*

Q. : *En êtes-vous certain?*

R. : *Oui.*

Q. : *Absolument certain que cette odeur n'était pas celle du parfum de madame Haagstromm?*

R. : *Oui.*

Q. : *Vous êtes en train d'appréhender un homme que vous considérez comme un criminel endurci, un homme qui a essayé de vous échapper et que vous avez dû maîtriser et vous êtes certain que vous n'avez pas parlé de parfum ni de madame Haagstromm?*

R. : *Oui. J'en suis certain.*

Q. : *Qu'est-ce qui vous permet d'en être tellement sûr?*

R. : *Parce qu'elle n'est jamais montée dans cette voiture.*

Q. : *Comment le savez-vous? Comment pouvez-vous être*

tellement sûr qu'elle n'est jamais montée dans la voiture?

R. : *Parce que c'est moi qui ai conduit... Je ne sais pas de quoi vous parlez. Il y avait...*

Q. : *N'avez-vous pas commencé à dire que vous avez conduit sa voiture?*

R. : *Non.*

Q : *Vous n'étiez pas sur le point de dire que vous avez conduit sa voiture jusqu'à un coin désert de banlieue où votre collègue et vous l'avez violée.*

R. : *Non! NON!*

Q. : *Vous n'avez pas conduit sa voiture?*

R. : *NON.*

Q. : *Serait-ce Harry?*

R. : *NON. Je veux dire...*

Q. : *Vous voulez dire que Harry conduisait derrière vous votre voiture de service.*

R. : *Non. Moi j'ai... Je veux dire que je ne comprends pas ce que vous racontez.*

Q. : *Vous voulez dire qu'après avoir frappé le prévenu à la tête alors qu'il était étendu sur le plancher et que vous le croyiez évanoui, Harry et vous n'avez pas ri en échangeant des plaisanteries au sujet de la femme que vous veniez de violer?*

R. : *NON. NON.*

Q. : *Le prévenu aurait donc imaginé cette conversation?*

R. : *Il n'a rien pu entendre de tel.*

Q. : *Pourquoi? Parce qu'il était évanoui?*

R. : *Oui. Non. Nous n'avons rien dit de tel.*

Q. : *S'il ne pouvait rien entendre c'est parce qu'il était évanoui?*

R. : *Je ne sais pas.*

Q. : *Vous ne savez pas ce qu'il a entendu?*

R. : *Non.*

Q. : *Où étiez-vous assis?*

R. : *Sur le siège arrière.*

Q. : *Les pieds sur la nuque du prévenu?*

R. : *Non.*
Q. : *Sur son dos?*
R. : *Non.*
Q. : *Alors, où étaient vos pieds?*
R. : *Sur le plancher.*
Q. : *Ils n'étaient pas sur le dos du prévenu, ni sur sa nuque pour lui appliquer la figure contre le plancher?*
R. : *Non. Non, absolument pas.*
Q. : *Avez-vous perçu une odeur de parfum?*
R. : *Non.*
Q. : *Et le prévenu?*
R. : *Non.*
Q. : *Le prévenu était-il conscient?*
R. : *Je le crois.*
Q. : *Vous le croyez. Comment se fait-il que vous ne sachiez pas s'il était conscient ou non?*
R. : *Je ne sais pas. Je le suppose, c'est tout.*
Q. : *Aviez-vous une raison de croire qu'il pouvait ne pas être conscient?*
R. : *Nous ne l'avons pas mis knock-out, si c'est à ça que vous voulez en venir.*
Q. : *Il ne vous appartient pas de deviner la raison pour laquelle je pose cette question et je la répète : aviez-vous une raison quelconque de croire qu'il n'était pas conscient?*
R. : *Non.*
Q. : *Dans ce cas, vous deviez croire qu'il était conscient.*
R. : *Probablement. Oui, je crois qu'il était conscient.*
Q. : *Alors c'est peut-être lui qui a parlé de parfum?*
R. : *Non.*
Q. : *En êtes-vous certain?*
R. : *Oui, absolument certain.*
Q. : *Qu'est-ce qui vous permet d'être tellement affirmatif?*
R. : *Le prévenu n'a rien dit du tout.*
Q. : *Pas un seul mot?*
R. : *Pas un seul.*
Q. : *Voilà un malfaiteur tellement intrépide qu'il vient de se*

colleter avec deux agents de police armés et compétents. Il reste allongé docilement et se laisse embarquer sans prononcer un seul mot. Est-ce bien ça?

R. : *Oui.*

Q. : *Il n'a même pas demandé où vous le conduisiez?*

R. : *Non.*

Q. : *N'est-ce pas extraordinaire? Quand vous emmenez ainsi quelqu'un, est-ce que cette personne ne dit rien d'habitude?*

R. : *Parfois.*

Q. : *Parfois seulement? Ou bien la plupart du temps?*

R. : *Oui, en général ils parlent.*

Q. : *Si celui-là n'a rien dit, vous vous êtes inquiété sans doute?*

R. : *Non.*

Q. : *Pourquoi?*

R. : *Il avait les menottes, nous savions qu'il ne s'échapperait pas.*

Q. : *J'admire votre esprit pratique. Ce qui aurait pu vous inquiéter c'est de savoir si le prévenu était vivant ou mort.*

R. : *Nous savions qu'il était vivant.*

Q. : *Qu'est-ce qui vous permettait d'en être sûr? Lui avez-vous tâté le pouls?*

R. : *Non.*

Q. : *Pourtant, vous saviez qu'il était vivant?*

R. : *Oui.*

Q. : *L'avez-vous examiné d'une manière quelconque pour vous assurer qu'il était vivant?*

R. : *Ma foi non.*

Q. : *Alors, comment pouviez-vous en être sûr?*

R. : *Je ne sais pas. Nous le savions, c'est tout.*

Q. : *Vous le saviez? J'admets votre compétence professionnelle, mais une pareille certitude me stupéfie. Voilà un homme allongé sur le plancher de la voiture! vous avez été obligé de le frapper à la tête avec votre pistolet parce qu'il essayait de s'échapper, mais vous ne l'avez pas mis knock-out! pourtant un instant plus tard il est tombé contre le mur! pour une raison que nous ignorons, il était incapable de marcher sans votre aide! après tout ça, il est allongé immobile, il ne dit absolument rien et vous êtes parfaitement sûr qu'il se porte bien. Il ne vous est pas venu à l'esprit qu'il pouvait avoir une crise cardiaque?*

R. : *Eh bien, non.*

Q. : *Une congestion cérébrale?*

R. : *Non.*

Q. : *Cependant vous ne l'avez pas battu.*

R. : *Non, absolument pas.*

Q. : *Vos pieds n'étaient ni sur sa nuque ni sur son dos, ce qui vous aurait peut-être permis de percevoir les mouvements de sa respiration.*

R. : *Mes pieds étaient sur le plancher.*

Q. : *Alors, étant donné ce qui venait de se passer, vous pouviez très bien avoir un cadavre dans la voiture et vous n'avez pas pris la peine de vérifier s'il était vivant ou mort?*

R. : *Je savais qu'il n'était pas mort.*

Q. : *Comment pouviez-vous le savoir? Je répète ma question.*

R. : *Je le savais. Comment pourrais-je savoir maintenant comment je le savais? Je savais qu'il était vivant, c'est tout.*

Q. : *Bien qu'il ne soufflât mot?*

R. : *Oui.*

Q. : *Alors, ce doit être Harry qui parla de parfum et de Mme Haagstromm.*

R. : *NON NON.*

Q. : *Alors, qui en a parlé?*

R. : *Je ne sais pas.*

Q. : *Alors, y avait-il quelqu'un d'autre dans la voiture?*

R. : *Non. Évidemment pas.*

Q. : *Alors, si ni vous ni Harry n'avez parlé de parfum et de Mme Haagstromm, c'est le prévenu qui l'a fait.*

R. : *Non, il n'a rien dit du tout.*

Q. : *Pourquoi? Il se taisait parce que vous l'aviez brutalisé, vous l'aviez rossé à tel point qu'il était évanoui. Est-ce pour cela qu'il ne pouvait pas parler de ce parfum?*

R. : *Non. NON. On ne sentait pas de parfum dans la voiture.*

Q. : *Comment pouvez-vous en être tellement sûr? Mme Haagstromm ne s'est donc jamais trouvée dans cette voiture?*

R. : *Non. Ou plutôt, je ne sais pas.*

Q. : *Elle ne sentait pas le parfum?*

R. : *Je ne me rap... a...*

Q. : *Vous n'avez pas dit à Harry qu'elle sentait comme une rose quand vous l'avez jetée sur la banquette arrière?*

R. : *Je ne l'ai pas jetée sur...*

Q. : *Sur quoi l'avez-vous jetée?*

R. : *Je ne l'ai pas jetée du tout.*

Q. : *Vous l'avez laissée dans la voiture?*

R. : *Oui... NON. NON. Je ne la connais même pas. Je ne sais pas de quoi vous parlez.*

Q. : *Harry a conduit sa voiture et vous l'avez suivi. C'est ça?*

R. : *NON. NON.*

Q. : *Vous ne savez donc pas qu'elle vous a identifié d'après votre insigne?*

R. : *C'est impossible. J'avais enlevé... TU MENS. JE NE LA CONNAIS PAS. JE NE L'AI JAMAIS VUE.*

Q. : *Alors, comment a-t-elle pu vous identifier comme un des agents de police qui l'ont violée et martyrisée?...*

R. : *TU MENS. NON. C'EST UN MENSONGE.*

Q. : *Les examens de laboratoire prouvent que vous...*

LE TÉMOIN *(bondissant de sa placc et cherchant à saisir le prévenu à la gorge) : TAIS-TOI, TA GUEULE. JE TE TUERAI TE TUERAI TE TUERAI.*

Les gardes entraînent le témoin hors de la salle d'audience.

L'AVOCAT : *Votre Honneur, je me permettrai de solliciter une audience en chambre du conseil, afin de vous éclairer sur ce qui vient de se passer.*

Il était temps de donner un spectacle public. Il faudrait évidemment que ce soit devant une assistance choisie. Des spectateurs que ces animaux connaissaient bien. Parfois des animaux supérieurement dressés, comme les siens, deviennent timides en présence d'étrangers. Or il ne voulait pas que ses chiens soient nerveux. Il tenait à ce qu'ils jouent leur rôle à la perfection. Ils allaient démontrer qu'il était le meilleur dresseur de chiens du monde entier. C'est devant leurs familles, évidemment, qu'ils seraient le plus à l'aise. Assistance parfaite : pères et mères, épouses et enfants. Leurs parents et grands-parents seraient fiers d'eux. Mon fils le chien.

Et il serait bon que chaque enfant ait un chien... Oui... Hahahaha... Voyez Rover qui bande. Bande Rover, bande. Hahahahahaha... Le meilleur ami de l'homme.

Il s'assura que le chenil était bien illuminé pour la cérémonie. Il entendait que chaque petit mouvement, chaque frémissement de muscle, chaque palpitation des narines et des paupières soient clairement visibles.

Il plaça, ou plutôt il construisit, des bancs contre le mur, disposés de telle sorte que les invités ne rateraient rien du spectacle et aussi que les chiens les verraient parfaitement.

Il pensa à prononcer une courte allocution, une sorte de préambule par le maître de piste. Puis il écarta cette idée. Pourtant il expliqua quand même à l'assistance à quoi servaient les fils métalliques et procéda à une démonstration par quelques secousses. Quand hurlements et gémissements cessèrent, il avertit les familles que si elles troublaient le spectacle d'une manière quelconque, il tirerait sur les fils de toute sa force.

Pendant un moment assez bref, il pensa aussi à une musique en bruit de fond. Mais il rejeta aussi cette idée. Rien ne devait distraire les spectateurs du but essentiel de la représentation. Elle devait donc être simple : le public sur ses bancs obligé de voir nettement et complètement; la salle illuminée d'une manière brillante et agréable. Un calme absolu.

Les chiens attendaient, assis, raides, dans un coin.

L'assistance attendait, figée sur ses gradins.

Heureux, il s'appuyait au mur.

Il se garda de retarder délibérément le commencement du spectacle pour aggraver la morsure cuisante du temps sur les chiens et leur famille. Mais il s'accorda à lui la joie d'attendre pour jouir de son impatience. Les regards des chiens et des familles se croisèrent et restèrent liés les uns aux autres. Il observa cette scène de tendresse pendant plusieurs minutes et les laissa également jouir de cette affection. Alors il donna une secousse et le spectacle commença.

O. K. Fido, fais le beau. Debout et fais le beau. Ils obéirent immédiatement, se dressèrent sur leurs pattes de derrière, celles de devant pendantes, suppliantes, regardant l'assistance. Voilà des bons gars. Tiens, attrape. Il leur jeta un biscuit à chacun. Ils le saisirent au vol dans leur gueule et les mâchèrent bruyamment puis les avalèrent. Il sourit aux spectateurs. Ce sont vraiment de bons chiens. J'en suis sincèrement fier. Maintenant montrez que vous savez parler. Voilà de bons garçons.

Aboyez. Bien. Très bien. Hurlez maintenant. Avouez que c'est bien? Très bien. Glapissez. Non, non. Vous pouvez faire mieux. Allons, allons, me me ridiculisez pas devant nos invités. Glapissez. Plus fort. Il tira sur les fils et regarda les visages du public se pétrifier dans une expression d'incrédulité et de terreur. Voilà comment on s'y prend. Très bien. Il leur fit exécuter leurs tours en observant surtout les visages des parents et ne surveilla ses chiens que du coin de l'œil. Lorsqu'ils eurent exécuté ces préliminaires, il leur ordonna de se reposer, assis, tournés vers l'assistance. Soudain il se rendit compte d'une erreur et s'en excusa. Je suis navré. J'ai oublié combien les petits enfants aiment les chiens et raffolent de les caresser. Allons, mes fidèles, allez lécher les petites joues roses et vous faire caresser. Les chiens restèrent paralysés, mais une seconde seulement car une petite traction sur les fils suffit à les mettre en mouvement. Ils allèrent donc jusqu'au banc inférieur des gradins et léchèrent les joues des enfants. Allez-y, les gosses, caressez-les. Ils aiment ça. Surtout derrière les oreilles. Oui, c'est ça. Voyez comme ils cherchent à se nicher contre vous. Ça va, les fidos. Roulez-vous sur le dos pour qu'on vous gratte le ventre. C'est ça. Levez-moi ces pattes un peu plus haut. Voilà les bons chiens-chiens. Ça, c'est vraiment bien. Allez-y, les gosses. Grattez-leur le ventre. Ils en raffolent. C'est vrai. Rien ne les rend plus heureux. Oh, ne vous souciez pas de ça. Ce ne sont que les pénis qui pendouillent. C'est le destin. Hahahaha. Ils ne vont pas vous mordre. C'est justement ces trucs-là qui les rendent câlins mes bons petits chiens. Hahahaha. C'est ça. C'est comme ça qu'il faut s'y prendre. Vous voyez que ça leur plaît. Regardez-les se tortiller. Ils adorent ça. Voyez comme ils vous lèchent les mains. Voilà les bons chiens-chiens. Assez. Ça va. Assis. Les mains des enfants s'écartèrent et les chiens s'assirent à un pas des gradins; ils attendaient ses ordres.

O. K. Maintenant montrez comment vous faites votre

devoir. Ils trottèrent vers le pilier, dans un coin mais une secousse sur les fils les arrêta. Non, je ne vous ai pas appris à marcher comme ça. Rappelez-vous que vous êtes des chiens savants, et vous devriez être fiers de votre éducation. Allons, levez la patte comme je vous l'ai appris, la tête dressée, le museau en l'air. Voilà. Maintenant faites le tour de la pièce pour montrer comme vous êtes bien dressés. C'est ça. Bons chiens. Très bien. Bons chiens. Allez, encore un tour autour de la salle. Bien. Très bien. Voyez avec quelle légèreté ils marchent. C'est à peine si leurs pattes touchent le sol. On dirait qu'ils flottent sur un coussin d'air, juste à ras de terre. Et remarquez les museaux dressés, toujours prompts à flairer l'odeur du danger. Regardez aussi comme leurs langues se balancent à l'unisson de leur respiration et de leur pas. Avouez, mais avouez donc qu'un chien dressé est une œuvre d'art. Ça va, les gars. Au poteau. Aussitôt les deux chiens trottinèrent. Il ricana. Chacun leva une patte de derrière comme il l'avait appris. Attention, ne vous éclaboussez pas l'un l'autre. Bien. Très bien. Mais ce n'est pas tout. Continuez. Ils flairèrent le sol un instant puis grattèrent pour creuser des petits trous, en flairèrent le fond, s'accroupirent et chièrent. Ensuite ils flairèrent les tas de crottes chaudes puis, de leurs pattes de devant les recouvrirent de terre sèche. Très bien. Avez-vous vu comment ils ont fait ça? La plupart des chiens jettent de la terre dans tous les sens sauf sur leurs crottes. Mais ceux-ci ont parfaitement recouvert leur caca. Ils méritent des applaudissements. Quelques secondes il regarda l'assistance d'un air interrogateur puis sévère. Le public restait immobile, silencieux. Allons. Ce n'est pas bien. Il tira sur les fils et les chiens glapirent, suppliants. Applaudissez-les donc. Les parents claquèrent des mains sans conviction, comme des marionnettes. Voilà, c'est bien. Maintenant vous, les gars, donnez-leur une petite représentation pour montrer que vous appréciez les applaudissements. C'est ça. Vous autres, rappelez-vous qu'une bonne performance mérite des bravos. Les artistes apprécient ça. Pas vrai les gars? Ils hochèrent la tête. Voilà de bons chiens-chiens. O. K. Debout. D'ebout. Ils se dressèrent sur les pattes de derrière. Ils faisaient le beau. Il leur jeta un biscuit à chacun.

Eh bien, maintenant je crois que l'heure est venue de passer à des exercices de plus haute qualité. Vous allez montrer à l'assistance combien vous êtes vaillants et courageux. Comme vous le savez, messieurs-dames, un bon chien tient à cœur de protéger son maître et sa maîtresse et surtout les petits enfants de tous les dangers. Vous avez sûrement entendu maintes histoires de chiens qui ont arraché leur maître à toutes sortes de périls allant du cambriolage à l'incendie. Je vais accorder une récompense à ces merveilleux animaux : leur donner l'occasion de vous protéger. Je ne me suis pas assuré la collaboration d'un monte en l'air, je n'ai pas l'intention de mettre le feu au chenil. Mais le spectacle que j'ai prévu prouvera à tout le monde, y compris mes chiens, que ce sont des animaux courageux et dévoués. Pour que la preuve soit valable je ne vais évidemment pas leur faire exécuter un exercice qu'ils connaîtraient et qu'ils auraient répété, c'est évident. Je vais les mettre dans une situation inattendue certes mais qui leur convient, car ils ont tout ce qu'il faut pour y faire face. Ainsi pourront-ils prouver que j'ai dit vrai en parlant de leurs instincts et de leur bravoure.

Évidemment vous ne pouvez pas quitter vos gradins et vous n'avez peut-être pas remarqué que les deux jeunes enfants assis devant ne sont absolument pas protégés. Mieux encore, des plans inclinés de chaque côté de leur banc plongent dans l'arène et montent jusqu'à eux. Regardez.

Maintenant, regardez droit devant vous, à l'autre extrémité de l'arène. Mes chiens en seront étonnés. Ni eux ni vous n'avez remarqué un morceau de grosse toile par terre. Elle recouvre un énorme rat affamé... Les cris de l'assistance l'interrompirent. Furieux, il tira sur les fils. Sacré nom de Dieu. Passe encore que mes chiens glapissent et grognent, mais je ne peux pas supporter ces criailleries. Taisez-vous. Vous aussi, vos gueules! J'ai horreur d'être interrompu. Il resta silencieux jusqu'à ce que sa colère s'apaisât et que dans le silence il ne perçût plus que le souffle des chiens et de leurs familles. J'espère pouvoir reprendre sans crainte d'être interrompu de nouveau. Comme je vous l'ai dit, ce spectacle n'a pas été répété mais les artistes y sont préparés. J'estime au moins que je leur ai donné l'entraînement qui convient. Je leur ai appris à attraper souris, mulots et autres petites bêtes et je crois qu'ils pourront admirablement faire son affaire à un rat famélique. Après tout, ce rat est seul et eux, ils sont deux. Ils sont aussi beaucoup plus grands et plus forts. Plus petit et beaucoup moins vigoureux, le rat est en outre affaibli par plusieurs jours de jeûne et de soif. Ah oui, j'ai oublié de vous faire remarquer le petit récipient d'eau fraîche placé devant vos enfants. Voilà qui va donner de l'intérêt au spectacle et faciliter la tâche de mes chiens. Ils savent que le rat se dirigera vers lui aussi leur sera-t-il plus aisé d'accomplir leurs prouesses et de nous montrer leur courage. A la réflexion, je me demande si le combat n'est pas trop inégal en faveur des chiens et au détriment de ce pauvre rat affaibli. Mais j'ai toujours eu un faible pour les chiens et les enfants. Et je suis exceptionnellement fier de ces deux animaux-là. Je vous avoue que la préparation de ce spectacle m'a donné beaucoup de souci et j'y ai bien réfléchi. Il m'est apparu que mes chiens n'auraient guère de mérite à vaincre un rat affamé et altéré. Or, je tiens à ce qu'ils éprouvent un sentiment de triomphe pour les récompenser d'avoir peiné si longtemps afin d'être capables de vous distraire en exhibant leurs nombreux talents. Je craignais que mon misérable rat soit trop faible pour qu'ils aient l'occasion de déployer leurs qualités de vigueur et de courage. J'ai donc agencé sa cage de telle sorte que je peux le stimuler afin qu'il oppose un minimum de fureur à mes bons chiens chéris. Mieux encore, maintenant que j'y ai bien réfléchi, je vais aller plus loin. Certes, ce n'est peut-être pas loyal envers le rat et ça lui déplaira peut-être, mais j'accorde un avantage de plus à mes chiens. Écoutez, mes fidèles, je vais vous permettre de l'examiner de près et de le flairer avant de le lâcher. C'est une bonne idée, n'est-ce pas? Peut-être suis-je injuste, mais vous méritez ça. Jusqu'ici je n'ai qu'à me louer de votre conduite.

Il souleva la toile et la jeta. Les yeux et les dents du rat enfermé dans la cage apparurent. Il observa le rat à distance respectueuse et constata avec plaisir que l'animal n'était pas le moins du monde apathique mais semblait au contraire fort résolu. Le jeûne l'avait amaigri, évidemment, mais nullement abattu. Il était fort alerte, capable de se défendre, voire d'attaquer. Le nez du rongeur frémissait avec frénésie et parut orienter son regard vers le récipient plein d'eau à l'autre bout du chenil. Il envoya une décharge électrique dans la cage, le rat sursauta, émit un cri aigu et hargneux. L'assistance et les chiens eurent un mouvement de recul et poussèrent des cris d'horreur. Aussitôt il tira sur les fils. Combien de fois faudra-t-il vous répéter que vous devez vous taire? Je ne peux pas supporter vos criailleries et je ne peux que les étouffer sous les cris de douleur de mes chiens. Croyez-moi, je peux les faire hurler tant que vous crierez, alors fermez vos gueules et admirez le spectacle.

Il jeta un coup d'œil sur les chiens qui, assis sur leur derrière, la langue pendante, considéraient le rat. Son regard se porta sur le rongeur tapi au fond de sa cage, les lèvres relevées en un superbe rictus. Le jaune terne des dents offrait un contraste saisissant avec ses yeux brûlants. Le museau frémissait encore frénétiquement. La peau tendue, la fourrure sèche et brillante, c'était un rat magnifique.

La crainte qu'éprouvaient tous les autres dans le chenil et les démons meurtriers dont les autres sentaient la présence le calmèrent.

Ça va, les gars. Approchez-vous de la cage et regardez-le bien. Allez-y. Profitez de l'occasion. Elle ne durera pas.

Ils allèrent à la cage. Tous les regards les suivirent. C'est ça; faites-en le tour, regardez-le bien. Flairez-le de près. Bien connaître son ennemi est un avantage dans le combat.

Ils s'approchèrent lentement en flairant. L'odeur du rat était vague dans leurs narines mais répugnait à leurs entrailles. Une bile aigre leur monta de l'estomac mais leur gorge était trop crispée pour qu'ils se soulagent en vomissant. Il leur sembla que leur corps se désintégrait, que chaque partie vivait sa propre vie, éprouvait sa propre terreur à sa façon et que, désemparés, ils n'éprouvaient plus que la douleur de la panique.

Ils regardèrent le rat. Leur regard fut inexorablement attiré par la longue queue mince comme un stylet qui battait à un rythme régulier de métronome. Leurs yeux en brûlaient. Et les yeux brûlants du rat les terrifiaient au point que le bourdonnement du sang dans leurs oreilles les assourdissait. Ils n'entendaient plus leur maître qui leur criait d'avancer. Mais il tira sur les fils et ils s'approchèrent encore de la cage, la langue sèche, une bave malodorante à la bouche. Des puces leur parcoururent la peau et un millier de rats leur dévorèrent les entrailles.

Le museau du rat continuait à se tordre et à agiter ses longues moustaches raides. Ses yeux étincelèrent de plus en plus intensément. Ses longues dents aiguës pointaient de ses gencives. Il suivait les chiens du regard, mais son museau restait tourné vers l'eau. Soudain il fonça vers un des chiens avec tant de violence qu'il faillit renverser sa cage. Les chiens firent un bond en arrière puis les trois bêtes s'immobilisèrent et se regardèrent fixement.

Ça va. J'estime que ça suffit. Il est temps de commencer. Je vous donne quelques secondes pour prendre position.

Les chiens échangèrent un coup d'œil furtif, puis parcoururent le chenil d'un regard désespéré. Puis, les yeux fixés sur le rat, ils reculèrent aussi loin que le leur permettait le fil pour se placer entre le rat et l'eau. Ils attendirent.

Il considéra son rat admirablement répugnant tandis que les chiens s'apprêtaient au combat, sans les regarder mais devinant leurs hésitations et leurs craintes. Il se demanda si les chiens pensaient à ce que le rat pourrait faire aux enfants s'il arrivait jusqu'à eux et si les enfants pris de panique se mettaient à hurler. Alors, se croyant menacé, le rat les attaquerait avec toute la fureur du fauve traqué. Mais il se pourrait aussi que tout le monde reste parfaitement tranquille, laisse le rat s'abreuver et aller son chemin. Il se demanda si ses chiens envisageaient de courir ce risque, de s'écarter pour laisser le rat atteindre l'eau. Y pensaient-ils?

Il ricana en évaluant l'alternative que les chiens étaient peut-être en train de considérer et continua à ne regarder que le rat. Ce farouche rongeur le fascinait. La sécheresse de son poil sur la peau tendue, les plaies purulentes de son corps, les torsions de son museau, il lui semblait même sentir l'air déplacé par les mouvements de ses moustaches. Jusqu'alors les rats ne l'avaient pas particulièrement attiré, mais celui-ci, c'était un bon rat. Oui, c'était un bon rat.

Il appuya sur un bouton, la herse de la cage s'éleva et un choc électrique précipita le rat affolé par la trappe vers le récipient d'eau, au pied des enfants.

Le rat fonça en avant, lèvres retroussées. L'assistance hurla.

Les chiens reculèrent. Les fils se tendirent pendant un instant tragique puis les réunirent l'un contre l'autre. Ils tombèrent et roulèrent par terre entre le récipient aux pieds des enfants d'une part et le rat assoiffé de l'autre. Leur dompteur réclamait le silence à grands cris et riait à gorge déployée en donnant au fil des secousses répétées. Il jouissait du rictus hideux de ce rat, des cris du public, du bourdonnement des mouches, du crissement des ongles sur le sol, des grincements de dents, des convulsions qui agitaient estomacs et entrailles, de ce merveilleux jeu de terreur, de ses propres éclats de rire, du dépit des os et des muscles qui s'acharnaient en vain à mouvoir des corps terrifiés, de l'effort désespéré du public et des chiens pour nier l'existence de ce qui se passait, de ce qu'ils voyaient, de ce qu'ils ressentaient. Il jouissait de cette panique du corps et de l'esprit de ses chiens qui pataugeaient, titubaient, se roulaient par terre, devant le rat affolé par la soif, précipité par son museau frémissant vers l'eau aux pieds des enfants. Il ne cessait de donner des secousses au fil pour que la scène reste belle, pour que sa joie ne faiblisse pas, pour rester maître de tout ce qui se passait dans la salle, maître des mouvements et des épouvantes, maître de tout, rien qu'avec de minces fils métalliques, une écuelle d'eau et un superbe rat pustuleux.

Il n'avait jamais éprouvé jusqu'alors un tel sentiment de pouvoir absolu ni une joie aussi affolante. Puissance et joie augmentaient. Le rat fonça dans les corps palpitants des deux chiens. Couinant, montrant les dents, mordant, déchirant la chair de ces corps qui, terrifiés, ne cessaient de s'agiter. Lui donnait régulièrement des secousses au fil. Les gorges crispées laissaient à peine s'échapper cris et gémissements et, lui, il riait à pleine gorge en criant à ses chiens de tuer le rat, tuez-le, tuez-le, prenez-le à la gorge, et l'un des chiens tomba à la renverse et le fil faillit lui échapper de la main et le rat planta les dents dans un ventre et s'y accrocha furieusement. Plus le chien sursautait, effaré, plus il s'acharnait à se débarrasser du rat, plus ce dernier serrait les mâchoires, lui enfonçait les dents dans la chair et lui suçait le sang. Et lui, il criait à l'autre chien d'attraper le rat. Attrape-le, enfant de salaud. Attrape-le foutu idiot de chien; il est à toi, attaque; prends-le à la nuque, arrache-lui la tête. Et il tira sur le fil. Et le chien sentit les moustaches du rat lui chatouiller la joue. Il rejeta la tête en arrière, essaya d'attraper le rat avec les pattes mais n'y parvint pas parce qu'elles étaient enveloppées de cuir. Sa voix dominait hurlements et criailleries. Mords-le, mords-le, arrache-lui la tête. Des deux pattes de devant le rat griffa la tête du chien, à coups redoublés, et le chien hurla et les griffes du rat lui lacérèrent les joues et les paupières et finalement restèrent prises dans la lèvre du chien. Le rat se trouva étiré entre les deux chiens. Il continuait à fouiller des dents le ventre du premier chien, à le déchirer, à lui sucer le sang. Tout à coup il ouvrit la bouche et se trouva pendu à la gueule d'un des chiens, suspendu par une griffe incurvée à la lèvre de ce chien qui secouait la tête pour s'en libérer et le rat, ainsi suspendu, se balançait. Puis il enfonça les dents dans la truffe du chien et s'y accrocha farouchement. Il resserra son étreinte. La puissance de sa mâchoire et les secousses que donnait le chien firent pénétrer les dents à travers la chair et l'os. Une traction sur le fil accrut rage, douleur et terreur. L'autre chien, au ventre à vif, sanglant, poussa un hurlement, sauta sur le rat et le frappa de ses pattes enveloppées de cuir. Le dompteur hurla de joie en entendant le bruit des coups et celui des os qui craquaient. Les chiens se roulaient sur eux-mêmes et se démenaient par terre, masquant complètement le rat qui reparut enfin accroché par les dents au bout de la patte d'un chien, déchiré et sanglant qui secoua la patte si vivement que le rat voltigea à travers le chenil, un morceau de chair entre les dents. Le premier round se terminait.

Son
rire s'atténua et ne fut plus qu'un ricanement. Les chiens haletaient lourdement. Tapi sournoisement dans un coin, le rat regardait fixement le récipient en tordant le museau. L'assistance restait figée, silencieuse. On n'entendait que sa respiration. Sanglants et meurtris, les chiens regardaient avec une colère folle le rat couvert de leur sang et qui avait déjà un peu étanché sa soif. Douleur et folie brillaient dans leurs yeux. Ils devenaient des chasseurs animés par des instincts de bête. Leur crier d'attaquer était inutile. Leur maître n'avait plus besoin de les précipiter sur le rat luisant de sang. Ils n'avaient plus conscience de défendre qui que ce fût et ne pensaient plus qu'à détruire ce rat, à plonger leurs dents dans ce corps pustuleux et pourri. Ni menaces ni secousses sur les fils ne servaient plus à rien. La douleur les affolait. Ils étaient à point.

Il
ricanait encore tout bas, le visage détendu, en un grand sourire qui exprimait une espèce de douceur en regardant le rat couvert de sang en devinant que ce petit fauve restait intact que la faim et la soif ne l'affolaient plus mais que désormais il était tout simplement traqué. Rien de plus, rien de moins. Un rat pris au piège.

Il considéra ses
chiens sanglants et tirailla distraitement sur les fils par simple caprice. Dédaignant la douleur ils continuèrent à ramper lentement, très lentement vers le rat acculé dans un coin. La fierté apparut dans les yeux du dompteur. Il vit le ventre déchiré de l'un des chiens. Des lambeaux de chair pendaient de la plaie, le sang coulait sur les flancs et tombait par terre goutte à goutte au rythme de ses mouvements, de son souffle, des battements de son cœur et ce sang coulait sur le sol dans le chenil. Il regarda l'autre animal et ne vit plus le museau que le rat avait mordu, arraché, mâché en déchirant tout le visage. Toute la tête n'était qu'une bouillie en divers tons de rouge, de

zébrures, de trous sanglants. Ils avançaient vers le rat, s'en approchaient lentement, de plus en plus près, rampants, poitrine et ventre frottant le sol. Ils progressaient en V, acculant le rat dans le coin. On sentait les trois corps prêts à bondir. Chiens et rat montraient les dents. Un combat à mort s'engageait.

Tout à coup le rat bondit en avant. Un instant il sembla pris entre les deux grosses têtes de chien, puis il plongea les dents dans la joue de l'un d'eux et l'autre le mordit, s'efforça de l'éventrer avec ses dents, mais elles glissèrent sur le corps lisse de l'animal qui se démena et échappa à l'étreinte. Le rat continua à creuser de ses dents et de ses griffes. Les chiens s'acharnèrent à le frapper et à essayer de le saisir avec les dents. Enfin les deux chiens eurent chacun un morceau de rat dans la gueule et tirèrent chacun de son côté. Ils baissèrent la tête, l'écrasèrent au sol en le dévorant. Le sang leur jaillit dans les yeux. Les os du rat étaient durs pour leurs dents mais ils s'acharnèrent à les briser tous, à les broyer, à lui arracher les entrailles qui leur restèrent collées à la gueule.

Ils s'immobilisèrent.

Ils relevèrent légèrement la tête et considérèrent les vestiges broyés, la chair immonde à quelques pouces de leurs yeux. Ils restèrent ainsi le regard fixe un long moment, comme s'ils craignaient qu'un des débris ressuscite. Mais la masse sanglante ne bougea pas.

Ils relevèrent tout à fait la tête, lentement, puis se détournèrent, s'allongèrent par terre, haletants. Des morceaux de chair et d'entrailles restaient collés à leur museau ensanglanté.

BRAVO! BRAVO! QUE C'ÉTAIT BEAU!
Vraiment beau! Vous avez vu? Vous avez tous bien

vu? Du grand spectacle. Vraiment grand. Ça c'est vraiment ce que j'appelle de bons chiens. Une paire de bons ratiers. Voilà assez longtemps que je vous le dis, vous êtes des chiens. Hahahahahahahaha. Vous voyez que j'avais raison, pas vrai? Une paire de chiens. De bons ratiers. Hahaha. Il allait leur jeter des biscuits à chien mais se ravisa. Lavez-vous donc un peu la gueule avant de faire collation. Voilà, c'est ça les bons chiens-chiens. Lavez-vous bien. Vous ne voulez pas passer le reste de votre vie avec des tripailles de rat collées à la face? Hahaha. De la tripe de rat. Ça c'est drôle. Il attendit en les regardant se laver la face avec leurs poings entourés de cuir puis il leur lança un biscuit à chacun. Voilà pour les bons chiens-chiens. Maintenant reposez-vous un moment et puis je vous donnerai de la bonne viande de cheval et de l'eau fraîche avant de reprendre la représentation. Il continuait à les observer et secoua la tête presque tristement. Vous êtes mal en point dites donc. Même après vous être débarrassés des tripes de rat vous avez vraiment des sales gueules. Comment diable vous êtes-vous laissé abîmer comme ça par un malheureux rat miteux et affamé? Krist. J'admettrais quelques morsures et griffures, mais vousêtes en capilotade. Toi avec tes tripes à l'air et toi avec la gueule en compote et t'as plus de nez. Enfin je te le reproche pas. C'est la faute à ton copain. S'il avait crevé le rat à temps tu n'en serais pas là. Mais tant pis ça va. En fin de compte vous avez bien travaillé. Je suis très fier de vous, je vous l'accorde. Évidemment un tout petit chat s'en serait tiré mille fois mieux que vous mais il ne faut pas trop attendre de deux gros culs de chiens abrutis. Vous ferez peut-être mieux la prochaine fois.

Enfin, oublions tout ça pour l'instant. Reposez-vous quelques minutes. Votre assistance a besoin aussi d'un moment de détente après cette admirable exhibition de courage et de sauvagerie animales. Hahahaha. Ensuite, quand le spectacle sera terminé, vous pourrez vous cacher dans un coin et lécher vos plaies. Hahaha. Pour le moment reposez-vous. Nous voulons que la suite de la représentation soit conforme aux normes élevées que nous avons établies. Détendez-vous, puis nous leur montrerons que vous êtes de grands amoureux.

Il parcourut le chenil du regard : ses chiens, les familles, les vestiges sanglants du rat dont il ne restait que la longue et mince queue intacte. Elle seule indiquait que ce tas hideux n'était que les restes d'un rat et non ceux d'un autre animal ou simplement un tas d'ordures humides et répugnantes. Il continua à regarder autour de lui. Il eut beau examiner tout et tout le monde, attentivement, jusque dans les moindres détails, il ne décela pas le moindre changement ni dans un domaine particulier ni dans l'ensemble. Les chiens restaient allongés au même endroit, dans la même position, la tête appuyée sur les pattes antérieures, saignant de leurs nombreuses plaies, la gueule de l'un n'était plus qu'un magma de chair à vif. De ce qui avait été un rat il ne restait plus que quelque chose d'innommable, affreux, avec une longue queue mince. Tout restait figé, immuable.

Pourtant il se produisait une certaine espèce de changement. A force d'observer il comprit ce qui se passait. C'est en lui que quelque chose se modifiait. Lentement, très lentement, s'atténuaient l'excitation et le ravissement qu'il avait éprouvés en assistant à la lutte à mort, en entendant cris, hurlements, couinements : les bruits admirablement stimulants de l'agonie et du désespoir, toutes les sensations de triomphe qui avaient grandi en lui, lui avaient arraché des bravos et donné une joie à lui couper le souffle.

Il

ne pouvait pas retenir cette euphorie formidable. Tous les souvenirs si vivaces de terreur dans les yeux et dans les voix refusaient de ressusciter au point d'intensité qu'ils avaient un instant plus tôt. Pendant la représentation l'excitation était montée jusqu'à son point culminant et désormais, en dépit de tous ses efforts, elle s'évanouissait.

Tout en réalisant cela de plus en plus nettement il sentit qu'il était las. Physiquement fatigué. Plus l'excitation et la joie s'écoulaient de lui, plus il se sentait épuisé. Il se contenta de s'adosser au mur, cessa de s'acharner à reconstituer l'enthousiasme intense, le laissa s'effacer et se détendit en pensant joyeusement à la suite.

Plus il s'abandonnait à sa sensation d'épuisement, moins il était déçu par la morne immobilité de ses chiens et du public et plus il appréciait la détente de son individu physique. Puis il comprit mieux la cause de sa déception. C'était d'une simplicité enfantine : tous les autres étaient épuisés, comme lui. L'assistance figée, les chiens lacérés et sanglants et, hahahaha, les vestiges piteux du rat. Personne ni rien n'en pouvait plus. Alors il se sentit tout à fait à bout, tellement épuisé qu'il s'effondra moralement. Hahahaha. Foutre oui, tellement épuisé qu'on aurait pu l'exhumer. Hahaha celle-là elle est bien bonne. Il avait trop sommeil. Sommeil, bonsoir.

Il s'étira et parcourut encore une fois la salle avec un soupir et un ricanement sourd. Il ne voyait plus de la même façon. Certes rien n'avait changé, ni les regards, ni les attitudes, ni les bruits mais il n'en était plus déçu, il ne regrettait plus les regards et les cris de terreur; que personne ne redoutât la suite le laissa indifférent car il savait désormais la raison de cette apathie. Hahahaha. Oui, celle du rat surtout. Lui il se fout de tout maintenant. Le chenil n'était plus qu'un grand rien paisible parce que tous étaient épuisés. C'était aussi simple que ça. Ils n'en pouvaient plus.

Il s'allongea par terre, croisa les mains derrière la tête et jeta un dernier coup d'œil autour de lui. Un peu de repos va améliorer tout ça. Il ne nous en faut pas plus. Rien qu'une petite détente. Évidemment il ne savait pas de quel genre de repos jouirait le public bouclé sur ses gradins devant les nobles bêtes ensanglantées, mais peu lui importait. Ce qui comptait c'est que les chiens devaient se reposer pour être capables de reprendre leurs exercices et lui aussi devait faire un bon somme pour jouir du spectacle. Le reste n'était que vétille.

Il chercha une position confortable sur le sol du chenil, s'assura que les fils étaient assez tendus pour que le moindre mouvement le réveille puis s'abandonna sans réserve à la paix et la sécurité de son épuisement.

Il dormit paisiblement et son réveil fut une lente et chaude remontée vers la conscience. Quand il ouvrit les yeux il s'aperçut qu'il souriait. Il s'assit. Avant même d'avoir tout à fait ouvert les paupières il sentit que quelque chose s'était modifié. Il considéra alors ses chiens. Leur position avait à peine changé; leurs corps se tordaient dans un sommeil pénible, sans repos. En considérant ces corps agités il se rendit compte que la couleur n'était plus la même. Après la bataille ils offraient toute la gamme des rouges. Désormais il y avait moins de rouge que d'autres teintes. Un blanc grisâtre l'emportait, moucheté d'un roux terne. Il y avait aussi des bleus et des violets ardents. Mais ce sont des croûtes brunes qui attirèrent surtout son regard. Elles le fascinèrent. Elles offraient l'aspect d'ornières profondes creusées par des pneus dans la boue. Plus il regarda plus elles semblèrent palpiter et gonfler : elles s'animaient. Bientôt il avisa des failles dans le sang caillé et entendit craquer les croûtes couvrant les plaies. Il sentit la douleur palpiter dans le corps de ses chiens-chiens.

Après un long moment d'enchantement il réalisa

que son cœur battait à l'unisson des élancements de douleur de ses chiens et il sentit l'enthousiasme l'envahir tout entier; son corps se crispa d'excitation et l'air siffla dans ses narines. Plus la souffrance des chiens devenait vive plus il s'exaltait. Plus le craquement des croûtes sur les plaies devenait perceptible, plus son propre cœur battait fort jusqu'à ce qu'il fût complètement conquis par chaque frémissement, par toutes les sensations qu'enregistrait leur cerveau. Son excitation s'accrut. Il en frémit et vibra en retrouvant une joie exquise. Tout à coup il tourna la tête vers l'assistance et capta son appréhension horrifiée. Alors sa joie atteignit au sublime.

Il se leva d'un bond et tira sur les fils pour réveiller ses chiens-chiens. DEBOUT DEBOUT DEBOUT. Vousavez assez dormi mes nobles bêtes. Au travail. Il est temps de s'y mettre. Si vous continuez à vous traîner comme ça, vous vous ankyloserez et ne serez plus bons à rien. Or le spectacle n'est pas fini. Hahahaha. Pas encore. Non, pas encore. Gardons l'ankylose pour plus tard. Hahahaha. Pas vrai mes grands amoureux. Hahahaha. Il vous faut de l'exercice. Ne pensez plus à vos bobos. Le vilain petit rat a fait du mal à mes chiens chéris. Nous prendrons soin d'eux mais plus tard. Hahahaha. Pour le moment le mieux à faire est de ne plus y penser. Ébattez-vous. Gambadez. Et vous oublierez ce que ce vieux rat miteux vous a fait. Un bon repas, de l'eau fraîche, un peu de plaisir et vous ne ressentirez plus les élancements qui vous tenaillent jusqu'aux os et vous brûlent les tripes. D'accord? Non, vous ne sentirez plus rien. Alors, amusons-nous. Mais pour jouer il faut de la force. Pas vrai? Oui. Les bons aliments rendent les chiens joyeux. Voilà mes bons chiens-chiens. Voilà de la bonne viande de cheval fraîche et une bonne écuelle d'eau. C'est ça; flairez d'abord. Voyez comme c'est bon. Comme ça. Maintenant léchez un petit coup avant d'en mordre une bonne bouchée.

Ah! vous voulez un peu d'eau d'abord. Allez-y, humectez-vous le sifflet. Mais qu'est-ce qu'ils ont mes petits chiens-chiens? ils ne peuvent plus avaler? Est-ce que ce vilain petit rat vous a fait tant de mal et vous a donné la fièvre? Hahaha. Mais vous lui avez réglé son compte. Ce pauvre enfant de salaud n'avalera plus jamais rien, lui. Alors réjouissez-vous de votre sort. Au moins vous, vous pouvez encore manger. Même s'il vous semble que vous avez des clous de tapissier brûlants dans la gorge. Prenez votre temps, lapez un peu d'eau et laissez-la couler gentiment dans votre gorge. Vous ne tarderez pas à avaler facilement. Mais ne perdez pas trop de temps. Le spectacle n'est pas terminé, vous savez. L'entracte va bientôt finir. Alors pressez-vous. C'est ça. Forcez-vous. Ça ne fait mal que quand on rit. Hahaha. Allez-y, avalez cette viande de cheval, elle donne des forces. N'oubliez pas que l'assistance attend, le souffle coupé, le spectacle de passion. Hahaha. C'est ça. Empiffrez-vous. Bons chiens-chiens. C'est de la viande de cheval, pas des lames de rasoir rouillées. Vos impressions vous trompent. Hahahaha. Et pensez qu'avant peu vous vous étreindrez comme des amoureux. Avouez que ça vous ragaillardit. Pas vrai? Hahaha. Voilà un bon titre pour l'acte suivant de notre petit spectacle. C'est l'amour qui fait tourner la terre. Parfait. Absolument parfait. C'est l'amour qui fait tourner la terre. C'est aussi l'amour qui fait faire wouf wouf et snif snif aux petits chiens-chiens. Hahahaha. Je suis bien obligé d'avouer que vous n'êtes pas beaux pour des amants ardents. D'ailleurs vous n'avez rien d'adorable. Qu'est-ce que vous avez donc fait pendant que je dormais? On dirait que vous êtes passés dans une machine à hacher la viande. Hahahaha. Mais ça ne fait rien. L'amour guérit toutes les meurtrissures. N'est-ce pas matriçures. Hahaha, regarde maman le pauvre chien est tout matricé. Hahaha. Calmez-vous sinon vous serez tout matricés. Hahaha. Je trouve que mes chiens-chiens sont tout simplement matrisaigneux.

Haha. Allez, assez de tout ça. Coupons le cordon ombilical et mettons-nous au travail. O. K. Desservez la table. Repoussez vos écuelles du bout du nez. Voilà, les bons garçons. C'est ça. Jusque-là... Ça va. Reprenons le spectacle. Et rappelez-vous que ce n'est pas Peines d'amour perdues, c'est L'Amour qui fait tourner la terre.

Et l'un pivota pour se mettre tête-bêche sans que le dompteur eût besoin de les stimuler. Truffes et langues cherchèrent puis explorèrent l'entre-fesse jusqu'au trou du cul avec une docilité parfaite. Pas la moindre résistance, pas la moindre velléité de résister. Domptés par la douleur et l'épuisement ils firent automatiquement ce qu'ils avaient appris à faire. Or ils étaient entraînés à pratiquer leur sorte d'amour en manifestant leur désir d'une manière animale, sincère ou feinte. Ainsi nez et langues travaillèrent les trous du cul avec le degré d'excitation et les bruits qui convenaient.

C'est pas ravissant? C'est pas admirable? Remarquez comme ils flairent et comme les museaux vont tout droit au trou du cul. C'est vraiment remarquable quand on y réfléchit. Le trou du cul par lui-même est très petit quand on y pense et quand on le compare à l'énormité de l'arrière-train dans son ensemble. Il est complètement dissimulé, pourtant il suffit de flairer un ou deux petits coups et hop! voilà la truffe qui se niche en plein dans ce trou invisible. Remarquez la technique de la langue qui explore la région située entre le coqsus et le mégot de pinne. N'omettez pas ce détail : chacun doit tenir compte d'une paire de burnes. L'amour dédaigne frontières et barrières. Il y a autre chose à ne pas omettre : mes chiens ont plus d'une raison de se servir de leur langue. Évidemment c'est excitant. Vous le constatez immédiatement à leurs réactions et à leur excitation. Qu'une langue chaude et humide lui lèche le cul et la fente, ça excite la chienne et elle se tortille, voyez. Pour le mâle aussi c'est excitant de fouiller le cul avec sa langue et de le sentir frémir autour de sa langue quand il la plonge de plus en plus profondément avec délices. Hahaha. Avouez que c'est beau, n'est-ce pas. Avec délices! Ce serait peut-être meilleur avec de la moutarde, hahaha. Elle est bien bonne. Moutarte tarte à la merde hahaha... enfin, de toute façon vous voyez combien les deux bêtes sont heureuses quand l'une fourre sa langue dans le trou de l'autre.

Mais ce n'est pas seulement pour s'exciter et pour l'exciter qu'il lui fourre la langue entre les fesses. Qu'est-ce que tu en penses mon gros chien-chien. Réponds. Voilà le bon chien. Vous avez entendu ce petit wouf wouf. Très bien. C'est ce qu'on appelle parler la bouche pleine. Mais il est d'autres choses à considérer. Voyons l'accessibilité. Vous savez les chiens ne sont pas civilisés comme nous. Ils ne se torchent pas le cul après avoir chié et ne le lavent pas en prenant bains et douches. La langue leur sert à ça. Quand deux chiens s'aiment il leur plaît de se laver réciproquement. Je crois qu'au fond ils manifestent ainsi leur affection. Ça sert aussi à préparer le trou à l'acte. Pensez donc, souvent les poils sont agglutinés par des petites boules de merde. Ça barrerait la route du plaisir. Quelques bons coups de langue humide dissolvent les petites boules de merde et lissent les poils. Et puis bien sûr la salive lubrifie le bon vieux trou à merde

tout à coup quelqu'un vomit une fusée qui s'abattit sur les têtes des enfants et leur dégoulina sur la figure.

Sacré bordel de merde. Juste au moment où il monte sa chienne. Il donna une vive secousse aux fils et au moment où le dard raidi pénétrait le trou de la chienne, tous deux glapirent et sursautèrent cependant que la bouche grande ouverte vomissait encore et que le vomi éclaboussait les petites têtes puis une autre bouche s'ouvrit avec un grognement et tous les corps se tortillèrent, se nouèrent en criaillant et de la bile, des glaires se mêlaient au vomi, dégoulinaient sur leur nez. Lui, il regardait ces torrents d'ordures s'écouler et il écoutait cette musique de la nature. Il donna une nouvelle secousse aux fils. Vas-y baiseur. Laboure-lui la merde dans les tripes à ta chienne. Des glapissements et des hurlements excitants se mêlèrent aux autres bruits de la jungle et stimulèrent tellement son enthousiasme qu'il brailla en proie à une frénésie de joie pure et absolue. Il tira sur les fils. Vas-y baiseur, jusqu'à la garde. Retourne-la comme un gant. Fourre-le-lui jusqu'à la tête et coulez beau torrent, coulez. Il agita la main pour encourager le public à dégueuler et ses chiens à forniquer. Toute la joie du monde était en lui et il la ressentait dans toutes les cellules de son corps, dans son âme. Non seulement il la ressentait mais il la voyait étinceler autant qu'un soleil et l'enflammer. Il eut de plus en plus chaud. Le public cessa de vomir et grogna. Épuisés ses chiens tirèrent sur les fils qui leur déchirèrent les burnes et s'allongèrent sur le côté, langues et pinnes inertes.

Ou bien, peut-être, quand Fred me bondit dessus, j'esquive son poing; je lui colle le mien dans sa putain de bidouille. Ouais. Je l'écoute grogner et je le regarde se casser en deux, alors je lève mon coude et je lui cogne la gueule, puis, tac! de la tranche de la main je le frappe à la nuque. Et le voilà allongé par terre, la mâchoire disloquée. Bigre, je me garde bien de lui talonner la tronche ou de lui enfoncer les burnes dans les tripes à coups de pied. Je reste planté auprès de lui et je le regarde de haut en bas. Je ne crache même pas sur cet enfant de salaud. Je ne bouge pas et je regarde les gendarmes l'emmener hors de la salle.

Et peut-être je tourne légèrement le dos aux caméras pour qu'on me voie debout au-dessus de cette pinne de rat.

Dommage que je ne puisse pas lui poser le pied sur la poitrine pour jouer les Tarzan

marie,
marie, bien con-trariée, comment pousse ton jardin

ou comme David et Goliath. Oui, j'aurais ma fronde à la main et lui une pierre dans la tête
et un grand sabre à tenir à deux mains que j'élèverais à bout de bras et avec lequel jecouperais en deux ce chien circoncis.

Non. Pas comme ça. J'enfonce la pointe dans son putain de ventre et je tords lentement cet outil de merde jusqu'à ce qu'il lui rogne ses ordures de vertèbres

Non, ça ne va pas. Je reste là, immobile et je le regarde de haut en bas.
Oui, et avec mon ombre en travers de son corps. Oui, la caméra par-dessus mon épaule et mon ombre sur sa face en bouillie. Ce bâtard de rat.

Mais malheureusement, Votre Honneur, on n'y peut rien, Mme Haagstromm n'a plus que de brefs moments de lucidité et elle est le seul témoin de ce crime hideux. Légalement, on ne peut rien faire pour déférer ces hommes en justice. Néanmoins je m'efforce de démontrer qu'ils ne sont pas aptes, dans tous les sens du mot apte, à exercer le métier d'agent de police et la responsabilité de faire respecter la loi. J'estime que mon devoir m'oblige à le faire. Je prouverai aisément mon innocence et je pourrais m'en contenter, mais ce serait faire fi de mes devoirs de citoyen si je ne m'efforçais pas en même temps de faire chasser ces hommes de la police.

Que sait-on à ce sujet au parquet, monsieur Still?

Personnellement, je ne sais rien du tout à ce sujet, rien qui suggère que ces deux agents soient mêlés à l'incident Haagstromm. Cette seule possibilité me choque profondément.

Vous n'avez donc aucune idée de l'attitude officielle adoptée par le parquet?

Aucune, Votre Honneur. Évidemment je peux me renseigner si vous le souhaitez.

Excusez-moi mais ce ne sera pas nécessaire. Je suis convaincu qu'un examen psychiatrique succinct démontrera qu'ils sont indignes de servir dans la police et qu'on peut donc les révoquer. Étant donné ce qui s'est passé à l'audience, je doute fort qu'ils protestent contre leur révocation. Surtout si on leur laisse entendre que s'ils l'acceptent on ne les poursuivra pas en justice. Évidemment, il est inutile de leur dire que des poursuites seraient vaines. Qu'en pensez-vous, monsieur Still?

Eh bien, je ne peux évidemment pas parler au nom du parquet, mais j'estime qu'étant donné les circonstances il serait sage de remettre l'affaire jusqu'à ce qu'on puisse tirer des conclusions des rapports des psychiatres.

Êtes-vous d'accord?

Oui, Votre Honneur.

Oui, tu parles. Quand les Jivaros de la psychiatrie auront fini de ratatiner les têtes de ces pinnes ambulantes, ils ne reconnaîtront plus l'envers de l'endroit ni le haut du bas. On devrait les enfermer dans une cellule contiguë à celle de la nana pour qu'ils l'entendent pleurer et gémir nuit et jour. Au bout de quelque temps ils grimperaient le long du mur. Oui, hahahaha, un mur capitonné. En moins de deux ces enfants de putain se prendraient à la gorge, comme un rat saute à la gorge d'un chien. Ou une mangouste sur un serpent. Oui, les putains de serpents. Putains de serpents pourris. Mais ilsauront leur compte. Tu peux parier tondouxcul qu'ils auront leur compte les pourris — la porte de la cellule s'ouvrit à grand bruit, il sortit et s'engagea dans le couloir — les culs pourris de vérole

marie, marie très con-trariée qu'est-ce qui pousse dans ton ordure de jardin

et entra au réfectoire et prit sa place dans la file et avança lentement le long du mur avec les autres

Des putains de muguet et des cochonneries de coquillages

et il prit un plateau et des couverts et passa devant les distributeurs de plats puis alla à une place libre, y posa son plateau sur la table, s'assit et mangea sa ration

et des sacs vides de cochonneries tout sur un seul sillon

il versa le reste de ses aliments dans la boîte à ordures, posa son plateau sur le chariot, repartit dans le corridor et retourna à sa cellule

très con-trariée

il se lava les mains, s'aspergea la figure d'eau, l'épongea avec sa serviette et examina son bouton en espérant trouver des indices de maturation

qu'est-ce qu'il y pousse comme saloperies

il le pressa timidement à plusieurs reprises puis plus fort pendant un bref instant et ensuite étira la peau tout autour

avec ces putains de muguets

il s'aspergea de nouveau la figure, la sécha en l'épongeant puis s'assit au bord de sa couchette en souriant et en se récurant les dents du bout de la langue. Il croisa les jambes, posa son coude droit sur sa main gauche et son menton sur le bout de ses doigts et regarda la grande fêlure qui sillonnait le mur et se perdait en haut dans la fente entre le mur et le plafond

et des sacs vides de cochonneries en un sillon

et il attendit jusqu'à ce qu'il entendît fermer et boucler sa porte

alors il écouta les experts psychiatres désignés par la cour décrire en un mélange de termes techniques et profanes les désordres psychiques graves et profonds des deux agents qui non seulement éprouvaient des jouissances extrêmes en se livrant à des actes cruels et anormaux mais encore estimaient avoir parfaitement le droit de commettre de tels actes. Assis, immobile, il écoutait et observait alors qu'intérieurement il vociférait son approbation. Il regardait le juge, les psychiatres et les agents, enchanté d'entendre dire que ces empaffés notoires étaient instables, infantiles, hostiles, sadiques... psychologiquement inaptes au service dans la police et il gambadait, dansait mentalement en voyant leurs sales gueules se tordre, en devinant que leurs tripes se tordaient aussi et qu'une rage folle bouillonnait en eux, sachant que la défense ne ferait rien pour réfuter la déposition des psychiatres parce que l'avocat désigné pour les défendre avait reçu des instructions : qu'il ne s'oppose pas au renvoi de l'affaire par crainte d'un scandale en une année d'élections, par crainte que si l'affaire ne s'arrêtait pas là, le public y verrait plus qu'un cas exceptionnel d'incapacité de deux agents; par crainte que bien des hauts fonctionnaires se trouvent dans une situation pire qu'embarrassante, la défense ne contesterait donc pas mais se contenterait de plaider la clémence et quand tout serait terminé, le juge les commettrait à une institution psychiatrique d'État pour une durée indéterminée et, finalement, quand l'affaire se tasserait, on les relâcherait sans bruit. Mais il veillerait à ce que ce fût dans longtemps. Dans très longtemps. Il les tiendrait à l'œil et les ferait examiner par des psychiatres indépendants dont il livrerait les conclusions au public de telle sorte que les autorités auraient peur de relâcher les deux enfoirés. Non, ils n'étaient pas encore libres, ils en auraient pour un long temps de mon cul. Il s'arrangerait pour qu'ils ne circulent plus en liberté dans les rues avant bien des années. Il les empêcherait même de circuler librement dans l'enceinte de l'hôpital. Il s'assurerait qu'ils passeraient des années en cellule sans aucun privilège. Aucun. Ils attendraient en se regardant l'un l'autre. C'est tout. Rien d'autre. Chacun ne verrait que les murs et l'autre. Ou bien d'autres malades mentaux incurables mais violents et ils les entendraient hurler. Oui, des hurlements, voilà ce qu'ils entendraient. Pas de musique, pas de chants d'oiseaux. Pas même le ronflement des voitures et des camions, rien que des hurlements. Et finalement, quand les deux salescons ne seraient plus que des déchets irrécupérables et qu'on leur permettrait de s'en aller il ne les perdrait pas de vue : partout où ils iraient tout le monde saurait autour d'eux qui ils étaient, d'où ils venaient et pourquoi on les avait enfermés.

Il s'occuperait aussi de leurs familles et dès maintenant. Il savait qu'à ce moment-là elles étaient en train de déménager mais partout où elles iraient, même si c'était très loin, il s'arrangerait pour que tout le monde sache qui elles étaient, de telle sorte que lorsqu'elles seraient dans la rue et leurs gosses à l'école tout le monde les montrerait du doigt et chuchoterait si bien qu'elles seraient obligées de déménager de nouveau, mais partout on les montrerait du doigt, on chuchoterait, on les tiendrait froidement à distance, si bien qu'elles déménageraient constamment et qu'en fin de compte elles seraient tellement fatiguées et désespérées qu'elles ne seraient plus capables de déménager et resteraient sur place en attendant la mort. Ou bien, un soir quand les gosses seraient endormis, elles ouvriraient le robinet du gaz et le lendemain matin il n'y aurait plus que des morts dans la maison. Ou bien ils entasseraient toute la famille dans la voiture et plongeraient du haut d'une falaise ou bien fonceraient droit sur un camion arrivant à toute vitesse en face d'eux et seraient écrabouillés. Oui, les autres penseraient peut-être que l'affaire se terminerait là, mais ce ne serait pas encore fini. Il consacrerait sa vie à démoraliser et détruire ces deux pinnes pourries et leur famille. Mais qu'ils vivent surtout, tous. Il voulait qu'ils vivent très longtemps. Et qu'ils souffrent. Qu'ils souffrent si cruellement que chaque seconde de chaque jour serait une éternité. Peu importait où ils iraient et les efforts qu'ils feraient pour se cacher. Il veillerait à ce que le monde sache qui ils sont et où ils se terrent afin de leur infliger l'enfer sur terre, la honte et le désespoir pour les écraser pendant un temps infini. Et leurs gosses les renieraient et finalement ils en arriveraient à un point où ils aspireraient à mourir mais où la mort ne leur serait pas accordée. Ils souffriraient — tous — des années de tourment pour chaque seconde de peine qu'ils lui avaient infligée. Ma revanche, enfants de putain. Ma revanche. Ce sera ma vengeance, à ma façon, à mon heure.

Quand les brèves formalités judiciaires furent terminées et que le juge les condamna, il souhaita que les deux pourris s'indignent et fassent du tapage, mais il n'y comptait guère. Il savait qu'on leur avait enjoint de clore leur bec, sinon ils seraient poursuivis pour viol et exécutés si jugés coupables. Il ne s'attendait donc pas à des protestations. Et ils ne protestèrent pas.

Mais ce n'était pas nécessaire. Il savait ce qui se passait en eux. Il les voyait se crisper. Il suivait leurs réactions à l'expression de leur figure. Quand tout fut fini et qu'on les emmena hors de la salle il vit leur épouvante et perçut leur panique. Il savait que c'était seulement le début. Il savait aussi que ça ne ferait qu'empirer. Chaque jour, chaque heure et puis chaque putain de minute ça irait de pire en pire et il penserait à eux chaque seconde de chaque putain de jour de chaque putain d'année. Oui, il penserait à eux. A eux tous.

Il attendit jusqu'à ce que les agents prétendument inaptes au point de vue mental fussent conduits hors de la salle d'audience, alors il se leva, ajusta son veston, sa chemise, sa cravate et sortit lentement mais d'un pas ferme. Il savait que reporters et photographes l'attendaient dans le couloir. Il savait qu'on avait conseillé très fermement aux familles des agents prétendument inaptes au point de vue mental de rester dans l'ombre aussi longtemps que possible. Ainsi toutes les caméras seraient tournées vers lui et c'est à lui que tous les reporters poseraient des questions. En approchant de la porte qui donnait sur le couloir, il voyait et entendait les journalistes et d'autres gens qui allaient converger sur lui comme cela lui était déjà arrivé souvent ces derniers temps. Il savait qu'en franchissant le seuil il devrait se mettre de côté pour laisser le passage libre, tout en restant là. Il s'adosserait au mur dans son attitude désinvolte habituelle et répondrait aussi vite que possible à de nombreuses questions. A force d'habitude, c'était devenu automatique. Il alluma une cigarette en franchissant le seuil de biais et mit soigneusement l'allumette dans un cendrier scellé au mur.

Êtes-vous satisfait du jugement ou bien estimez-vous qu'il aurait fallu engager des poursuites au criminel?

Non, je ne crois pas qu'il aurait fallu les poursuivre au criminel. Selon toute évidence ces deux hommes sont des malades mentaux. J'estime donc que la décision est juste.

Alors, vous pensez qu'ils ne devraient pas être punis?

Eh bien, étant donné que les preuves manquent pour assurer leur châtiment, je ne vois pas comment ils pourraient être punis. D'ailleurs, quelle que soit la gravité et la durée du châtiment, il ne rendrait pas la santé à madame Haagstromm.

Si j'ai bien compris la décision, il s'agit d'internement pour un temps indéterminé. Ces individus peuvent donc être relâchés dans quelques mois. Étant donné les circonstances, estimez-vous que ce soit juste?

Oui, certainement. Comme vous le dites, il se peut qu'ils soient libres avant longtemps. Mais la décision signifie aussi qu'ils doivent rester internés jusqu'à ce que des autorités compétentes les jugent suffisamment guéris pour être réintégrés sans danger dans la société. A coup sûr, cela exigera bien des années.

Quels sont vos projets, maintenant que cette affaire est réglée?

Continuer ma... notre croisade.

Quelle sera la prochaine phase de cette croisade?

Déterminer pourquoi on remet des armes à de tels individus avec la permission de s'en servir. En d'autres termes, il s'agit d'étudier dans tous ses détails la procédure suivie actuellement pour juger si un homme offre les qualités requises pour faire un fonctionnaire de la police.

Nous espérons ainsi éviter que des incidents de ce genre se produisent de nouveau. Voyez-vous, messieurs, l'affaire d'aujourd'hui n'est qu'un élément superficiel. D'abord nous ignorons totalement ce que ces deux malades mentaux ont fait d'autre pendant qu'ils appartenaient à la police. Ce que nous savons est déjà assez accablant : la destruction d'une jeune mère. Et ça ne s'arrête pas là. Pensons à la famille de cette jeune femme. Pensez à la tragédie qui la frappe. Et les familles de ces deux hommes eux-mêmes? Qu'est-ce qu'il en résultera pour elles? Pensons à leurs enfants, jeunes et innocents. Leur avenir peut être brisé. En tout cas, il en sera affecté. Et cela va encore plus loin. Des millions de gens, jeunes et âgés, sont au courant de ces événements tragiques; cela n'affectera-t-il pas leur attitude? Quelles idées se feront-ils désormais des institutions et des traditions de notre société? Rien ne nous permet d'évaluer les dégâts que ces deux malades ont faits. C'est tragique. Extrêmement tragique. Mais si on s'en donne la peine, on peut empêcher que cela se produise de nouveau.

Entendez-vous étendre votre croisade à d'autres villes ou bien limiterez-vous vos activités à celle-ci?

Eh bien, comme vous le savez, j'ai déjà déposé devant le Sénat de cet État et devant le Sénat des États-Unis, ainsi que devant divers services officiels de notre ville. En outre, nous avons mis les fruits de notre enquête à la disposition de tous ceux qui s'y intéressent aux États-Unis. D'ores et déjà plusieurs groupements civiques, officiels et privés, de toutes nos grandes villes et aussi de petites municipalités, nous ont demandé notre aide. Je suis certain que lorsque la décision prise par le juge aujourd'hui sera connue, on fera encore beaucoup plus appel à nous.

Comment vous proposez-vous de faire face à ces demandes?

Actuellement nous sommes en train de mettre sur pied un petit bureau consacré exclusivement à notre croisade. Bien des gens nous ont offert leur aide sous les formes les plus variées. Voici l'essentiel de ce que nous nous proposons de faire : présenter les résultats de notre enquête en ordre chronologique et les faire relier en autant de volumes qu'il sera nécessaire, avec dépositions et un index précis. En outre, nous ferons paraître un autre volume exposant la procédure que nous avons suivie et les résultats obtenus. Les autres organisations pourront se fonder sur cet exemple pour procéder à leurs propres enquêtes. Enfin, nous accorderons consultations et assistance dans les cas qui n'entrent pas dans le cadre de nos volumes de procédure.

Il semble que vous ayez désormais de quoi vous occuper jusqu'à la fin de vos jours.

C'est le moins que je puisse faire pour madame Haagstromm...

Si vous voulez bien m'excuser, messieurs, il faut que je m'en aille. J'ai beaucoup à faire.

Il salua en inclinant la tête et serra des mains à la ronde, les flashes étincelèrent et les caméras ronflèrent. Il marcha d'un pas alerte et résolu, le long du corridor, franchit les portes et apparut en plein soleil. Il resta un moment immobile au sommet des marches et considéra le ciel d'azur sans nuages, puis descendit les degrés, pénétra dans le parking et alla à sa voiture en ayant conscience du bleu limpide du ciel, en entendant caméras et flashes, en revivant les scènes qui s'étaient déroulées dans la salle d'audience et en jouissant de sa fermeté inébranlable et de sa joie de vivre qui vibraient dans tout son être à l'évocation absolument claire de ce qu'était le but de sa vie et les récompenses qui l'attendaient à l'extrémité d'une voie nettement définie; il était tout à fait certain que rien ne l'empêcherait de suivre cette voie qu'il avait choisie

et quand l'institutrice désigna le dénominateur de la fraction et lui demanda ce que c'était, il répondit le pluriel et les autres gosses éclatèrent de rire et l'institutrice fronça les sourcils et lui posa de nouveau la même question et des flammes lui ravagèrent l'esprit et il considéra la fraction inscrite au tableau noir en espérant que la réponse jaillirait vers lui et lui sortirait de la bouche et il bafouilla en secouant la tête et les chiffres écrits à la craie se brouillèrent et flottèrent doucement devant le tableau et l'institutrice interrogea quelqu'un d'autre et il restait assis sur son banc, brûlant de honte et l'institutrice continuait la leçon

la putain pourrie. Il n'y a pas une minute elle enseignait l'orthographe et toc! voilà maintenant qu'elle patafiole avec les fractions. Vieux trou du cul puant. D'ailleurs qu'est-ce que ça peut foutre comment tous ces trucs s'appellent,

il jaillit de la couchette, alla en tapant des pieds jusqu'à la porte regarder à travers la fenêtre les putains d'inscriptions puis fit les cent pas, de la porte au mur et du mur à la porte,

et je t'enfile, toi et la Globule. En voilà une putain d'affaire. J'ai raté la passe et il a gagné quelques malheureux mètres pouilleux. Et foutre quoi? Qui en a besoin? Qui a besoin de ces quelques mètres pouilleux et de tout le reste? Vieille connasse idiote.

qu'est-ce qui pousse dans ton sucepinne de jardin

Putain pourrie. Il y avait plus d'un nombre. Je n'avais donc pas tout à fait tort

il s'arrêta devant le miroir et s'attaqua à son bouton, des larmes lui vinrent aux yeux car il éprouva une douleur aussi aiguë que si des parcelles de verre pilé lui pénétraient dans la chair, si bien qu'il abaissa la main, retourna à sa couchette, s'assit sur le bord se tenant la tête à deux mains et voyant encore l'énorme bouton sur sa joue. Il avait l'air d'une montagne enneigée ou couverte de glace et il était tellement gonflé qu'il semblait sur le point d'éclater. Sans même le toucher, il sentait un morceau de fil métallique se tordre dedans. Il le lava à l'eau chaude pendant plusieurs minutes puis l'épongea puis appuya le bout du doigt tout autour, l'enfonça timidement et finit par trouver le point favorable, pressa de toutes ses forces, pinça le bouton. Son visage se tordit de douleur et ses yeux se fermèrent. Il cessa de presser tout en maintenant les doigts à la même place et respira profondément avec le regret de ne pas avoir une épingle ou une aiguille pour le percer afin de vider cette saloperie, mais il n'avait foutre rien dans cette cellule qui pût lui servir à cela, il l'attaqua donc de nouveau du bout des doigts et cette fois encore il fut forcé de s'arrêter pour reprendre son souffle. Il recommença à presser, résolu à faire éclater l'enfant de salaud et quand il fut sur le point de capituler devant la douleur, il serra les paupières et pressa encore plus fort. Enfin il entendit un craquement, rouvrit les yeux et vit du pus blanc sortir du bouton en se tortillant comme un ver de terre. Il abaissa les mains, s'appuya au lavabo, et inclina la tête, les larmes aux yeux, haletant. Il chassa les larmes en clignant des paupières, releva la tête et regarda la queue tortillée qui sortait du bouton blanc sur sa joue. Il l'essuya avec un morceau de papier hygiénique, l'examina et pressa de nouveau, d'abord doucement. Il se rendit compte de sa fermeté, pressa encore plus fort et finit par l'aplatir. Il se regarda de nouveau dans le miroir, repéra les points où appuyer le bout des doigts et pressa par vives petites secousses. Il entendit encore un craquement, vit le bourbillon s'allonger, des larmes lui coulèrent des yeux, il continua à presser l'énorme bouton blanc qui donna naissance à une autre queue. Elle glissa le long de la joue en se tortillant et atteignit quelque cinq centimètres. Alors il cessa de presser, enleva doucement ce fil de pus avant qu'il se casse. Il le regarda longtemps, étendu sur le papier hygiénique puis se remit à tâtonner du bout des doigts et attaqua de nouveau férocement la mère de ce monstre filiforme. Il crispait les paupières, entendait craquer et grincer le tumulte dans sa joue, ressentait une douleur pareille à celle qu'aurait provoquée une aiguille qui se serait enfoncée profondément et il voyait de minces coulées de pus, blanches, vermiformes, sortir constamment. Il pressa plus fort, eut envie de hurler et pressa encore plus fort. Enfin il entendit un craquement sec puis une explosion foireuse et le gros du bourbillon jaillit et s'écrasa sur le miroir. Il saisit le lavabo à deux mains, secoua la tête, ouvrit les yeux et continua à secouer la tête pour rendre sa vision plus claire afin de considérer les fruits de sa victoire. Il cilla longuement, releva la tête et regarda la saleté tordue et difforme sur le miroir. Pendant de longues minutes, il se réjouit à ce spectacle. Enfin ses larmes se séchèrent, il y vit mieux des circonvolutions à n'en plus finir, pareilles à celles d'un cerveau miniature. Longtemps il regarda fixement les replis et méandres puis il constata enfin la présence d'un poil mince, presque invisible au milieu de la sanie. Ce poil était si petit et si mince qu'il lui fallait pencher la tête à un certain angle précis pour le distinguer, pourtant c'est ce petit salaud qui avait engendré la masse de pus collé à la glace et toute la douleur, toute l'exaspération, tous les efforts qu'il avait dû faire pour s'en débarrasser. Merde alors, tout ça rien qu'à cause d'un sale petit poil qui avait poussé vers l'intérieur de la joue au lieu d'en sortir. Si cette saloperie-là avait grandi comme elle aurait dû le faire, il l'aurait coupé avec tous les autres avec son putain de rasoir et tout se serait passé comme avec le million de poils qu'il avait sectionnés en se rasant, mais il avait fallu que cet empaffé pourri grandisse vers l'intérieur, lui bouleverse la joue, et lui fasse endurer tant de tourments

et des jolis sacs d'ordures sur une seule putain de rangée

et de douleur et c'est pour ça qu'il avait dû vivre avec ce bouton gros comme un fumier de balle de golf sur la joue, incapable de dormir sur ce côté parce que cette saloperie lui faisait, nom de Dieu, trop mal, rien que pour un putain de petit poil qui déconnait comme ça. Comme tout le reste. Il y a toujours quelque chose qui vous fout dans la merde, ou bien quelqu'un. Krist. Toujours. Toujours la même vieille merde. On n'est jamais tranquille. Si c'est pas une vieille connasse d'institutrice c'est un foutu petit poil. Merde à tous. Personne n'en a besoin. Enfin je l'ai eu le salaud.

Il récura attentivement le miroir avec le papier hygiénique puis le tint sur sa paume ouverte et considéra les restes répugnants du bourbillon. Il les tâta. C'était dur. On aurait cru qu'il y avait une petite pierre dedans. Même la périphérie était dure. Moins dure que le milieu mais dure quand même. En serrant la sanie entre le bout de ses doigts, il sentit une résistance. Jésus comment une pareille saloperie peut-elle se développer ainsi. C'est incroyable. Un petit poil déconne et une putain de connerie comme ça grossit et j'ai la bobine dégueulasse. Il considéra son visage et la plaie sur sa joue. Il inclina la tête pour placer le bouton au-dessus du lavabo puis tâta toute la région infectée en serrant de-ci de-là pour s'assurer qu'il l'avait bien vidée, pour être certain qu'il n'en restait plus le moindre petit brin. Il continua à presser et à s'essuyer avec du papier hygiénique jusqu'à ce qu'il ne s'écoule plus que du sang et de l'eau. Alors il releva la tête, examina le bouton sous différents angles et à diverses distances, le tâta, le pressa et le fit rouler du bout du doigt. Enfin il jeta le papier dans le siège d'aisance, le regarda longtemps avec ravissement puis tira l'eau, eut plaisir à le voir tourbillonner en cercles de plus en plus étroits et disparaître dans le gargouillis de l'eau.

Il

laissa tomber les bras le long de son corps, releva la tête, retourna au miroir, considéra le bobo, se remit à le tâter mais cessa aussitôt. C'était inutile. Il n'était pas encore prêt.

Il s'appuya au mur, regarda à travers son image dans la vitre de la porte les paniers de blanchissage et les signes avec leurs petites flèches, jaunes ici, vertes là et bleues ailleurs et qui se soucie de savoir si c'est le nord ou le sud, c'est tout pareil. Nord pourrait être sud ou vert ou bois ou n'importe quoi. C'est tout pareil. Un gros rien du tout. Tout est rien. Voleur ou gendarme, gendarme ou voleur. C'est tout pareil. Un gros néant. C'est jamais comme ça devrait être. Il s'appliqua à marcher lentement en allant vers le lit. Jamais. Jamais rien ne tourne bien. Camper par exemple. Ou n'importe quoi d'autre. Camper c'était pas mal mais il manquait quelque chose. Merde je ne sais pas quoi. Ç'aurait dû être mieux. Ces chiottes qu'est-ce qu'elles puaient, ou ces feuillées ou quoi? Comment diable les appelait-on? Les gogues ou les tinettes... ou bien on leur donnait des prénoms. C'est pareil. En tout cas elles puaient. Il n'y avait sans doute rien à y redire. Je ne sais pas. Mais ce camp aurait dû être mieux. On en parlait depuis des mois, on se promettait de quitter la ville pour deux semaines, de nager, faire des promenades et toutes ces conneries et puis quand on y est arrivé, c'était pas du tout aussi chouette. Il me semble que c'était pas mal quand même. On nageait, on chassait les salamandres, les tortues et toutes sortes de trucs et on se promenait et c'était jamais comme ça aurait dû être. Et que faire au camp quand il pleut? Attendre assis sous la tente sans doute. Je nesais pas. Mais ça me plaisait probablement. J'ai dû m'amuser. Mais il me semblait qu'il y manquait quelque chose. J'aurais peut-être dû y rester deux semaines de plus la première fois. Je m'y plaisais plus que les autres fois. Il me semble. Il me semble que cette fois-là on a fait la course en canoë de guerre. On s'est drôlement amusés. Je me demande si quelqu'un l'a gagnée cette course. On s'est bien marré quand même. Je crois bien qu'on a fait d'autres trucs bidonnants comme ça. C'est drôle mais je me rappelle encore l'odeur du réfectoire. Je crois bien qu'il sentait toujours les céréales chaudes. C'était même du blé. Et cette pinnepourrie qui m'a regardé comme si j'étais une espèce de phénomène monstrueux parce que j'avais léché ma cuillère avant de me servir des pruneaux cuits. Merde alors en voilà une affaire. Qu'est-ce qu'il croyait ce con, que j'avais la lèpre ou Dieu sait quoi. Ce culpourri. Il me regardait comme ça et en faisait tout une affaire pour rien.

Comme la fois où j'ai trouvé ce bouquin et que je l'ai amené à l'école. Il y a toujours quelqu'un qui fait tout une histoire pour rien. Il l'avait trouvé en chemin en allant à l'école. C'était un petit volume de dessins. Ça commençait par une femme qui se déshabillait et un cambrioleur qui la regardait du dehors par la fenêtre. Il entre par la fenêtre et un formidable pénis crève son pantalon et ils se disent et ils font des tas de drôles de trucs qu'il ne comprenait pas. Il le montra à ses amis et finalement le donna à quelqu'un. Le lendemain on rassembla tous les élèves de l'école dans la cour et ils y restèrent en rang. Quelques maîtres et des maîtresses avec deux ou trois gars plus âgés circulaient entre les rangs en regardant tous les élèves l'un après l'autre. Tout le reste de la journée et le lendemain matin les gosses se demandaient ce qui se passait. Ils parlaient d'espions, de quelqu'un qui avait volé quelque chose et de la police qui allait venir ou bien un des gosses avait un vrai pistolet ou n'importe quoi d'autre et on racontait tant d'histoires qu'on s'y perdait. Le lendemain après-midi on l'envoya au bureau du principal et son assistante lui montra le petit livre et lui demanda si c'était lui qui l'avait apporté à l'école et il répondit oui et elle lui dit que c'était un vilain livre et quelques autres trucs comme ça et il eut la panique et dit qu'il l'avait trouvé et il se mit à pleurer et elle lui dit que ce n'était pas grave qu'il ne fallait pas se mettre dans tous les états mais que s'il en trouvait jamais un autre il devait ou bien le jeter dans une bouche d'égout ou bien le lui donner.

Hahhahahahahahahaha je me demande si elle en faisait pas collection? Jaimeraisassez en avoir un en ce moment. Ça m'aiderait peut-être à passer le temps. Il me semble que tous ces types avaient des zobs d'éléphant. Merde c'étaient pas des pinnes mais des triques. Me demande ce que vous feriez si vous aviez un polard comme ça. Vous pourriez toujours le carrer dans le cul d'un flic. Et puis merde. Tout ça c'est des conneries.

un deux trois, raide la marguerite
m'en fous de tomber dingue
pourvu que j'astique ma pâquerette

Le procès se prolongeant il ne put s'empêcher de remarquer que les épouses des flics s'intéressaient à lui. D'abord il détourna les yeux afin de concentrer son attention sur les débats. Mais il arriva forcément que leurs regards se croisèrent de temps à autre et il lui apparut de plus en plus nettement qu'elles ne lui étaient pas hostiles. Après avoir triomphé de ses adversaires il leur rendit visite et quelques minutes d'entretien lui suffirent pour comprendre qu'elles ne lui refuseraient rien. Il les invita donc chez lui. En attendant leur arrivée il dissimula des caméras de-ci de-là. Dès qu'elles eurent franchi le seuil de la porte il les conduisit dans sa chambre à coucher, se fit déshabiller par elles puis les regarda se dévêtir mutuellement. Elles lui donnèrent du plaisir. Il leur donna du plaisir. Elles firent l'amour ensemble selon ses indications. Après leur départ il développa les films et rit à gorge déployée de joie et d'excitation en considérant un nombre infini d'admirables instantanés. Angles de prises de vue et éclairage étaient absolument parfaits pour une centaine de photos. On reconnaissait nettement leur visage et on n'aurait pu se tromper sur ce qu'elles faisaient. Il regretta de ne pas avoir eu un gros chien avec lequel il les aurait accouplées de diverses manières, mais il ne s'attarda pas à ce regret. Ces photos étaient sensationnelles. Il les accrocha pour les laisser sécher, se coucha et se détendit, enchanté en pensant que le lendemain matin il choisirait les instantanés qu'il enverrait à leurs époux et à leurs familles. Il dormit d'un sommeil heureux et se réveilla en pleine forme. Il envoya aussi des photos à leurs amis, au principal de l'école que fréquentaient leurs enfants et à l'église de leur confession. Elles ne tardèrent pas à lui téléphoner. Un hymne de joie retentit dans son cœur lorsqu'elles lui racontèrent, affolées, ce qui arrivait à elles et à leurs enfants. Elles sanglotèrent, supplièrent, mendièrent. Il ne répondit rien. Il sourit et frémit en pensant que pour elles c'était la fin du monde. Il se figurait leur visage couvert de larmes et il lui sembla que la moelle s'écoulait de leurs os. Il se les imagina agenouillées devant lui, baignant ses pieds de leurs larmes et le suppliant de les épargner. C'était une scène ravissante dont l'accompagnement musical l'extasiait. Lorsqu'il en eut entendu assez, il reposa doucement le combiné sur son berceau et jouit intensément de son triomphe.

Les

journaux publièrent en première page ce qui s'était passé à l'hôpital psychiatrique. Il s'allongea sur une chaise-longue pour lire l'article. Deux agents de police internés depuis peu avaient eu une crise de folie furieuse soudaine, avaient attaqué le personnel de l'hôpital, sauté par la fenêtre d'un bureau et essayé en vain de grimper par-dessus le mur. Il avait fallu les calmer à distance en se servant d'un pistolet à tranquillisant. On les avait ramenés dans les bâtiments. Ils vociféraient, incohérents : je la tuerai la putain, je la crèverai cette bandeuse pourrie. Passer à travers la fenêtre du bureau et s'accrocher aux tessons qui garnissaient le sommet du mur les avait mis mal en point. Tout leur corps et surtout leurs mains étaient lacérés. Rien n'expliquait leur comportement. Après les avoir pansés et soignés on les avait enfermés dans l'aile réservée aux sujets dangereux. Ces deux agents de police ont été internés à la suite d'un procès...

Hahahahahahaha.

Ilsn'en sortiront plus jamais. Du moment que j'ai réussi mon coup cette fois, je réussirai encore. Il me reste autant de photos que j'en veux et j'en aurai d'autres s'il me plaît, quand je voudrai. Ils ne pourront pas se suicider. Ils se morfondront dans leur cellule capitonnée. Ils attendront... rien. Il jeta le journal à côté de lui et s'en alla faire un tour au soleil.

En revenant du réfectoire, les deux agents trouvèrent chacun une enveloppe sur son lit. Ils ouvrirent les enveloppes et les photos tombèrent sur le lit. Ils les examinèrent attentivement une par une, plusieurs fois, puis les disposèrent côte à côte sur le lit et regardèrent, fascinés et excités d'abord. Petit à petit la nausée leur tenailla les entrailles. Ils étudièrent les photos plus attentivement, chaque position, chaque acte les absorba de plus en plus profondément puis ils se mirent à frémir, rugir de rage, vociférer en frappant les photos, en les enfonçant dans le lit à coups de poing. Ils les jetèrent par terre, cherchèrent à les écraser sous leurs pieds, les ramassèrent, les déchirèrent, et dispersèrent les morceaux en braillant qu'ils les crèveraient ces putains suceuses, ces connasses bonnes à rien. Ils cognèrent à la porte, hurlèrent, cognèrent et la promenade au soleil était vraiment agréable

assis au bord de sa couchette, un petit morceau de ficelle entre les mains, il s'efforça de se rappeler comment on fait un nœud de bouline. Il fit un anneau dans ce sens-ci, la tordit dans ce sens-là, sûr de son affaire mais il ne réussit pas. Il ferma les yeux, s'efforça de ressusciter dans son esprit l'illustration du manuel de boy-scout. Pourtant il eut beau manipuler sa ficelle lentement et attentivement il n'arriva à rien. Il resta immobile quelques secondes puis essaya méthodiquement d'une autre façon et ne parvint toujours pas à nouer correctement cette putain de ficelle. Il l'écrasa dans son poing, hurla, jeta la salope par terre, la regarda fixement en souhaitant que cette pute fût vivante pour pouvoir la tuer et la déchiqueter. Il tremblait, secouait la tête, brûlait de rage sans perdre cette ordure des yeux en essayant même de la faire disparaître dans le ciment par la seule puissance de son regard haineux. Enfin il la ramassa, l'écrasa de toutes ses forces dans son poing, la rage lui collait l'estomac aux vertèbres, les paupières crispées sur ses yeux. Un grognement de fureur lui ravageant la poitrine et la gorge, enfin il jeta la ficelle dans le siège d'aisance, manœuvra la chasse d'eau d'un coup de pied, regarda la salope tourbillonner en descendant dans le siphon et disparaître dans un gargouillement pour rejoindre toutes les merdes dans l'égout, à sa place.

Jésus

putain de krist comment pourrait-on faire un putain de nœud avec une putain de ficelle pareille. Faut être dingue. C'est impossible. Comme ces concours imbéciles de nœuds. On se met sur un rang et tout d'un coup on fonce sur les cordes pendues à un poteau et on ramasse un bout de papier indiquant quel nœud on doit faire et cette conne de corde devient raide, veut pas se courber et elle bousille tout. Faut-il être con pour faire des trucs pareils. Je me demande quel foutu trou du cul a inventé ces concours. C'est comme l'autre trou du cul, l'institutrice qui passe à une leçon d'arithmétique aussitôt après une leçon d'anglais. Fallait qu'elle soit tout à fait folingue la connasse. Mais c'est eux les patrons et faut faire tout ce qu'ils disent. Si seulement ces trouduculdemerde savaient ce qu'ils faisaient ça irait à peu près mais ils sont tous pareils. Tous, les salauds. C'est les patrons mais ils sont pas foutus de reconnaître leur cul d'un trou dans la terre. Putains de trouducul imbéciles,

il agitait les bras en allant et venant,

krist quelle bande d'enfants de putain abrutis. Et ils pullulent dans le monde. Toujours en train de bousiller quelque chose. Toujours. Et toujours en train de nous dire ce qu'il faut faire. Jésus, quelle bande de merdes, il allait et venait vivement en tapant des pieds, de la porte au mur, du mur à la porte.

Six fois sept quarante-deux
Une secousse de plus et c'est fini

en trois pas il gagna la porte, pivota, tapa des pieds vigoureusement jusqu'au mur, pivota de nouveau et fonça sur la porte,

M'en fous de tomber dingue
Pourvu que j'astique ma pâquerette

du mur à la porte, de la porte au mur, puis il s'arrêta devant la porte, regarda à travers la vitre, les yeux exorbités, pivota vivement d'une secousse, considéra sa putain de cellule et cracha de toutes ses forces. Il regarda sa salive gicler en l'air et s'écraser sur le sol. Il considéra le crachat un moment et l'écrasa sous son pied pour le vouer à l'oubli.

Et des sacs d'ordures tous sur un rang

Il y en a toujours un pour nous abrutir. Ils nous laisseront jamais tranquilles. Même quand tout est simple comme bonjour, il arrive toujours un enfant de putain qui complique les choses et nous bousille l'existence. Jésus, ce putain de monde pue. Les gens ne sont qu'un tas de merde. Une bande de merdes pourries. Ils veulent toujours nous arnaquer. Voilà, on va acheter une paire de chaussures et on dit au zigue quel genre de grolles on veut et sa pointure exacte et tout le reste et il nous en met une au pied et quand on lui dit qu'elle ne va pas tout à fait bien il dit que c'est notre pointure qu'elle nous va à merveille et toutes ces conneries et quand on arrive chez soi on a les pieds couverts d'ampoules, en marmelade, et on ne peut pas même tuer l'enfant de putain ni lui carrer les grolles dans son trouducul pourri.

des sacs d'ordures pourris sur un rang à baiser sa mère

Une chose pourtant toute simple bordel de merde. On demande pourtant pas la Lune mais seulement des godasses et voilà un connard pourri qui nous en refile une paire et elle nous bousille les fumerons. Mais c'est votre pointure. Elles vous vont très bien. C'est les meilleures chaussures de la maison. Et vas-y donc, encore des salades. Et cette vieille connerie d'après laquelle elles se cassent à l'usage. C'est sa tête que je voudrais casser, sa tête de connard à quatre-zyeux.

Comme M. Rose, cette vieille pinne du cinéma Ridgeway. Encore un connard à quatre-zyeux. Il allait distribuer des cadeaux de Noël à tous les gosses du quartier et on attend à la file pendant toute la putain de journée et toc! il lui reste plus de cadeaux. On attend en file pendant des heures, eux ils se la coulent douce à donner des cadeaux, à tapoter la tête de chaque gosse et à blablater des joyeux Noël et toute cette merde à la gomme et quand c'est presque notre tour ils vous sortent cette connerie qu'ils n'ont plus de cadeaux et que c'est merde dommage que vous n'en ayez pas eu. Caïd puant. Il se prenait vraiment pour un caïd parce qu'il gérait un putain de cinéma, ce pourri. J'espère qu'il grille en enfer.

Je t'aime
tu m'aimes
accroche mes couilles
à un cerisier

Ilya toujours quelqu'un qui foutra la merde dans nos affaires. Toujours un casseburettes pour vous frotter la gueule dans la merde. Et puis de toute façon ce n'était pas de ma faute si elle était debout devant son prie-Dieu, juste devant nous. Alors j'ai admiré son cul pendant le Notre-Père. En voilà une affaire. Si quelqu'un m'a vu c'est pas de veine. D'ailleurs personne n'aurait dû avoir les yeux ouverts à ce moment-là. Ça les regarde pas. Voilà ce qui ne tourne pas rond dans notre putain de monde : les gens se mêlent toujours de ce qui ne les regarde pas. Merde alors, qu'est-ce que ça peut leur foutre que j'admire le cul d'une gonzesse? Il était en plein sous mes yeux. Cestpas comme si j'avais parcouru l'église en quête d'une belle paire de fesses à bigler pendant le Notre-Père. Cette croupe était juste en face de moi. J'étais sans doute pas le seul qui matait le popotain d'une paroissienne. Je parie que bien des culs bénis n'ont pas leurs yeux dans leur poche non plus. Il y en a même qui doivent y filer la louche de temps en temps. Ils sont tous aussi pleins de merde qu'une oie de Noël. Ils ont probablement passé la nuit précédente à baiser à en perdre le souffle et puis après ils viennent à l'église avec de grands airs de piété.

J'auraisdû lui mettre la main au cul. Krist, ça leur aurait mis les tripes en révolution. Si tous ces truqueurs du Bon Dieu fermaient les yeux pendant le Notre-Père, j'aurais pu lui mettre la main au cul et personne n'aurait rien vu. J'aurais glissé le bras sous la jupe, je lui aurais tâté la chatte et tout le monde n'y aurait vu que du feu. Elle aurait pu s'appuyer au prie-Dieu pour me tendre les fesses et je lui aurais ramoné la merde et à la fin du service on aurait attendu le départ des caves et puis on serait allés dans la stalle du chœur et je l'aurais allongée derrière l'orgue et je lui aurais relevé la jupe et lui aurais carré mon saint paf dans le trou et alors là, on aurait pu le réciter le Notre-Père... Ouais... nous aurions fait un bon boulot, sacré nom de Dieu hahahahahhahaha *Notre Père* et fourre-la-lui dans le cul jusqu'à la garde

qui

êtes aux cieux

et tortille du cul, salope

que Votre nom

soit

mon saint paf est dans ton trou

sanctifié alors tortille

du cul et sauve ton âme

que Votre règne arrive

y arrive

pas encore, jouis pas, c'est trop bon

que Ta volonté soit

faite

enfonce-la. C'est si bon.

sur la terre

Et suce-moi lesnichons

comme au ciel

et je fourre mes doigts

dans son cul juteux

donnez-nous aujourd'hui

oh Dieu, c'est

bon. C'est si bon.

notre pain quotidien

baise-moi salaud,

baise-moi!

Et pardonnez-nous

et je lui fourre le doigt dans

son trou à merde

nos offenses

et je lui chatouille les lèvres

du con avec la tête de mon nœud

comme nous pardonnons

Oh

jésus, jésus, jésus.

à ceux

salut Marie pleine de pinnes

qui nous ont

et ceputain d'orgue tonitrue halleluiah

qui nous ont offensés

ettout autour de sa fente la tête de mon gros nœud lui chatouille les lèvres

et ne nous laissez

si, laissez-moi le temps de lui fourrer quelques doigts dans le trou du cul et de piquer monsaintdarddans sa fente juteuse

pas succomber

et j'enfonce mon zob et les doigts jusqu'à ce qu'ils se rencontrent et que je puisse me chatouiller le gland du bout des doigts

à la tentation

oh jésus, jésus, jésus, jésus

mais délivrez

mon Dieu tumetues

-nous du mal

Et je tortille mon zob et mes doigts et je regarde ses yeux

car t'appartiennent

et allez, que je la triture

ALLELUIA ALLELUIA

la puissance

et je la besogne

et ses bras, ses jambes, se referment sur moi

et la gloire

et mes doigts et mon paf jusqu'au fond de ses tripes

LA PUTAIN DE PUISSANCE et je la soulève et ALLELUIA ALLELUIA alors que le putain d'orgue tonitrue, je l'allonge sur la Sainte Table

et la gloire

et biglez son trou qui m'aspire le dard la *GLOIRE LA GLOIRE GLOIRE*

et je pose l'hostie sur la la tête de mon nœud

GLOIRE GLOIRE

ALLELUIA ALLELUIA

et je lui donne la communion

ET LA PUISSANCE

et je lui bourre la fente de pain et de vin

A JAMAIS

et je prends la sainte communion

AMEN

oh dieu du ciel, mon dieu mon dieu, *AMEN AMEN* et je baise à faire trembler l'église *AMEN AMEN AMEN* Oh krist, oh jésus jésus, jésus ALLEPUTAINDELUIA oh mon chéri mon chéri *AMEN AMEN AMEN* jouis-moi dans le ventre AAAMEN AAAA MEN AAAAAAPUTAINDEMEN oooo OOOOOOOO AAAAAAMEN AAAAAAAMEN AMEN AMEN AMEN AMEN AMEN AMEN AMEN AMEN AAAAAAAAAAAAAA AAAAAAAAAAAAAAAAAAAAAAAAAAAAAAAAAA AAAAAA AAAAAA MEEEEEEEEEEN

et il se tordit et grogna et une chaleur étincelante déferla en lui, la crispation s'accrut, ses yeux se démenèrent pour jaillir des orbites et une lumière brûlante et rayonnante traversa le

ciel de son esprit, éclata en menues particules comme une comète coruscante et il crut qu'il allait éclater lui-même et il plongea les mains vers sa pinne douloureusement raidie, s'acharna à l'étrangler, la plier ou l'arracher mais il ne put que l'étreindre à pleine main, désespérément et elle continua à gonfler, s'enflammer, palpiter. Il s'enfonça dans sa couchette et roula sur lui-même en sentant croître la pression qu'enfin il ne put plus contenir et son corps se tordit et des secousses l'agitèrent et il sentit la chaleur se répandre sur sa main en giclées spasmodiques décroissantes et son corps se tendit puis se crispa enfin quand les dernières gouttes de chaleur s'écoulèrent sur ses doigts. Il se retourna lentement, la figure sur l'oreiller. Son sanglot grogna un non muet. Serrant toujours son pénis, il enfonça doucement sa figure plus profondément dans l'oreiller. Un moment il lui sembla qu'il allait se noyer dans son propre jus et il entendit des mots glouglouter dans sa gorge. Enfin ils tombèrent de ses lèvres. ô dieu.   ô dieu.
non.   non,

il frotta sa figure sur l'oreiller mouillé de larmes. Quand il lui fut impossible d'enfoncer plus profondément sa tête, il s'immobilisa puis tourna lentement le cou pour appuyer sa joue sur l'humidité. Ses yeux restaient clos, paupières crispées mais les comètes éclatantes étaient parties et la lumière flamboyante n'était plus qu'un gris presque complètement immobile, un gris indéfinissable, presque inexistant.

Le gris était suspendu devant lui. Une douleur perça ses oreilles car sa mâchoire était crispée contre un danger invisible et ses mains étranglaient et tordaient quelque chose de mou, la tordaient, la tiraient par saccades. Elle restait molle, sans résistance. Il continua à la serrer en espérant qu'il sentirait renaître vie et rigidité qui le menaceraient afin de pouvoir reprendre le combat avec l'énergie de la peur et de la colère, d'avoir un but, d'être capable de tout concentrer sur cet unique objet, de tout oblitérer en anéantissant cette seule menace, afin d'être libre de tout, par la destruction de ce seul objet. Tordre, étouffer, écraser, réduire toute agressivité, la soumettre, ouvrir la porte de la cellule, écarter les barreaux en les tordant, briser les pierres du mur

pourtant elle pendait, flasque, inerte. La bataille se termina forcément parce qu'il manquait un combattant, faute d'os à briser, et de chair à mordre, d'entrailles à répandre. Pas de victoire, rien que la soumission.

Ses mains restèrent raidies et serrées puis se détendirent à force d'épuisement et les ongles se retirèrent de la chair. Il écarta lentement ses doigts de la peau gluante et ses mains tombèrent sur le lit, les doigts encore un peu fléchis, comme des araignées mortes. Il reposa dans la grisaille.

Ou bien flotta dans ce que le repos allait envahir. Il resta immobile sur la couchette, vaguement conscient de son existence, de la douleur de sa mâchoire qui s'apaisait, d'un poids sur la poitrine, d'une crispation pénible des jointures et des muscles, de l'humidité révélatrice des mains, d'une présence gluante reposant sur sa cuisse. Il se vit en danger et vulnérable.

Il eut envie de se rouler en boule, de se tapir dans un coin où il serait en sécurité, de chercher une protection pourtant il ne pouvait pas transformer sa pensée en énergie. Plus il avait conscience de sa vulnérabilité, plus son esprit cherchait frénétiquement un moyen quelconque de se défendre, de serrer sa tête entre ses genoux, de l'enfoncer dans l'oreiller, de trouver un abri quelconque pour s'y cacher mais son corps refusait de bouger. Sa tête lui criait rageuse de FUIR, FUIR, FUIR, de se mettre à l'abri. CACHE-TOI. CACHE-TOI. Et ces idées lui martelaient le crâne comme des masses, elles cognaient à toute volée pour l'obliger à remuer, à mettre son corps en mouvement, remue ton corps, mais il restait immobile sur la couchette, flottant dans la grisaille et son esprit lui hurlait de remuer, pourtant tout ce qu'il pouvait faire, c'était de crisper les mâchoires contre le danger et contre les aboiements de sa tête. Enfin, à force d'être inexorable, la tension engendra sa propre détente et d'un grognement il fit bouger son corps et il sanglota en remontant d'un geste épuisant ses genoux contre sa poitrine et il abaissa sa tête palpitante, le menton contre la poitrine, et étreignit ses genoux avec ses mains humides, gluantes, et il se balança doucement, des larmes coulant de ses yeux et des sanglots dans la gorge, se berçant de plus en plus profondément dans la couchette alors que des larmes coulaient lentement sur sa joue et doucement roulaient dans sa bouche. Le rythme du bercement et des sanglots, la caresse des larmes assombrirent lentement la grisaille jusqu'à ce que toute lumière s'effaçât et qu'il sombrât dans le sommeil.

Sommeil obscur mais sans profondeur. Simple soumission à l'épuisement. Perte de conscience et fuite devant la lumière. Pas assez profond pour éviter les turbulences de surface quoique assez profond pour ressentir la pression qui montait d'en bas. Quoi ou qui qu'il fût il cherchait ce domaine défini où toutes les tensions sont égales et constantes. Trouver la petite poche d'apesanteur où on ne ressent plus de pression, où il n'y a plus de forces contradictoires qui tirent en directions opposées, où on ne peine pas en quête d'un équilibre effaçant l'effort, où il flotta, protégé, là où il n'y avait plus de pression, entre deux pressions écrasantes et martelantes. Où il n'existait plus de lumière. Où il n'existait plus de temps. Où il n'existait plus ni besoins ni désir. Où il n'existait plus d'obscurité. Là où il n'existait plus rien, pas même le vide.

Mais plus il se débattait pour trouver cela, plus cela s'éloignait. Plus il combattait les contraintes, plus elles l'emprisonnaient.

Plus il était pris au filet de leurs poussées contradictoires. Plus il était tiré dans des directions opposées qui le paralysaient dans l'immobilité. Et plus il aspirait au mouvement, à n'importe quel mouvement, plus son existence devenait stationnaire et pénible.

Il combattit avec l'énergie du désespoir pour s'enfoncer plus profondément dans l'obscurité d'un sommeil, n'importe quel sommeil, même le sommeil de la mort ou quelque forme d'inexistence, mais en dépit de la perte de conscience, il rêva qu'il était éveillé sur sa couchette et qu'il s'acharnait vainement à dormir. S'il trouvait un moyen quelconque de prouver que le temps avait passé, même un temps très bref, il pourrait se dire qu'il avait dormi et alors peut-être, peut-être seulement, se sentirait-il reposé. Mais il n'avait aucun moyen de savoir si le temps s'était écoulé. Même s'il pouvait ouvrir les yeux, rien de ce qu'il verrait ne lui indiquerait que le temps avait passé, qu'il était plus tard d'heures, de minutes ou même de secondes qu'auparavant. Il n'y avait rien. Même si ses yeux s'ouvraient tout aurait le même aspect et donnerait la même impression qu'auparavant. Rien n'aurait changé. Rien de tangible qu'il aurait pu saisir ou caresser comme preuve d'un écoulement du temps.

Le temps sembla suspendre son vol, pourtant il ressentait constamment la douloureuse pression du temps. Si seulement cette pression l'écrasait au point de l'anéantir et lui permettait de sombrer dans l'obscurité tentatrice, il pourrait au moins cesser de se débattre et se reposer. Ou bien s'il pouvait voir les mouvements d'une aiguille d'horloge ou percevoir n'importe comment l'écoulement du temps, alors il aurait l'impression de se rapprocher de quelque chose ou bien, au moins, de s'éloigner de quelque chose, l'un ou l'autre, peu importait. Rien n'importait vraiment. Si seulement il y avait un mouvement quelconque. Mais tout restait immuable, le corps ne bougeait même pas sur la couchette bien qu'il ressentit des tractions déchirantes dans toutes les directions. Il ressentait au plus profond de lui-même, dans ce gouffre où palpitait la douleur aiguë et torturante de larves rampant à travers ses entrailles, entre des boîtes de conserve rouillées et des bouteilles brisées, et les injonctions hurlées au temps sur un ton suraigu pour qu'il progresse, qu'il se mette en mouvement avant que toutes LES PUTAINS DE SALOPERIES DE PARTIES DE SON CORPS SE CONTRACTENT EN UNE PUTAIN DE BOULE ET QUE TOUT SON PUTAIN DE CORPS SE DÉSINTÈGRE, QU'IL FASSE EXPLOSION tout simplement

et

il n'y avait pas d'évasion possible, même dans la perte de conscience car elle engendrait des rêves de veille. Impossible d'échapper au passé. Plus il se débattait contre le passé, plus il était pris au piège, dans la crainte de l'avenir. Il ne pouvait aller nulle part. Nulle part où il pût se cacher. Nulle part où il n'y retrouverait pas son ennemi. Aucun refuge contre l'état de veille dans l'inconscient. Pas de repos.

Ainsi donc, il gisait là, en proie à la douleur nauséeuse de l'épuisement, les entrailles tordues par ce conflit, les yeux douloureux et brûlants, comme si on lui avait arraché les paupières et si ses énormes globes oculaires gonflés étaient exposés à la chaleur de la lumière. Quoi qu'il fît il ne pouvait protéger ses yeux du poids prodigieux et incompréhensible qui les écrasait, ni se débarrasser des contorsions de ses entrailles, des frémissements douloureux de ses muscles et de la souffrance cuisante qui sillonnait ses os comme un courant électrique.

Pourtant c'est grâce à cette souffrance constante et qui dominait tout qu'il survivait, car sans elle l'angoisse et la terreur accablantes régnant dans son esprit l'auraient détruit. Il lui sembla confusément qu'il saisissait cette idée et il s'efforça de concentrer son esprit sur la douleur de son corps, de la soumettre par la violence, et l'énergie qu'il apporta à ce combat augmenta son tourment. Il combattit et le tourment grandit et pendant tout ce temps-là un spectre lui annonçait que son esprit dérivait vers un lointain néant d'où il ne reviendrait jamais. Vers quelque zone de nuit d'où ce spectre ne lui permettrait jamais de revenir, qui n'offrait aucune possibilité de retour, pas même vers sa pénible existence actuelle. C'est ainsi qu'en dépit de lui-même et de sa volonté il s'attaqua à la douleur de son corps avec une fureur qui le maintint juste à la frontière de cet inconnu et qu'il continua à prier le temps de s'écouler. Il aspirait à en réchapper sur-le-champ. Chacune des secondes lui semblait être sa dernière. Chaque atome d'énergie lui paraissait être le dernier.

Enfin, le temps se mit en mouvement : la porte de sa cellule s'ouvrit avec fracas et il entendit brailler A LA CROUTE. Ses yeux s'ouvrirent plus ou moins mais il n'eut pas l'impression de percevoir autre chose que plus de lumière. Il voyait quelque chose, il s'en rendait compte mais il ne savait pas ce qu'il regardait. Il continua à observer et s'aperçut enfin que du coin de son œil gauche, il voyait le mur et qu'il entr'apercevait une frange à peine visible de son oreiller. C'est seulement après un certain temps de reprise de conscience qu'il se rendit compte que les petites mouchetures d'un gris argenté étaient celles du mur et que son visage était presque complètement enfoncé dans l'oreiller. Alors il sut que l'oreiller était humide et comprit confusément qu'il l'avait mouillé de ses larmes. Il continua à regarder fixement le gris argenté en souhaitant réagir à l'ordre répété : à la croûte.

Il remua la tête, la leva, s'appuya sur un coude, de plus en plus conscient que tôt ou tard il lui faudrait remuer le reste de son corps. Si seulement ils le laissaient rester au lit, s'ils ne l'obligeaient pas à bouger. S'ils le laissaient seulement se dissiper en pourriture jusqu'à ne plus être qu'un point sur le drap, sans souillures sans poussière, rien.

Mais ils ne le lui permettraient pas, il le savait. Il lui faudrait remuer, il le savait. Se lever, aller au réfectoire. Suivre la file. Prendre un plateau. Remuer. Puis s'arrêter. Se tenir debout. Remuer. S'arrêter. Tenir debout. Prendre les aliments. Aller à une table et s'asseoir. Puis se lever. Débarrasser son plateau des restes et le poser sur un chariot. Puis revenir à la cellule et s'allonger sur sa couchette. Il lui fallait faire tout ça. Impossible d'y échapper. Il le fallait. Mais d'abord il fallait remuer. Il devait faire tomber ses jambes à bas du lit. Redresser son corps puis se lever. C'est ça qu'il fallait faire d'abord. Il n'avait pas le choix.

Il commença à remuer les jambes, s'efforça à faire ce qui devait être fait, tout en serrant les paupières, en crispant les lèvres et en combattant la nausée qui lui montait de l'estomac. Il lui fallait remuer ces jambes-là, mais c'était difficile car il n'avait conscience que de son entrejambe mou et gluant. Jésus Krist comment pourrait-il bouger avec ce maudit truc piqué entre ses jambes et couvert de viscosités en train de cailler. Aux chiottes ces putains de fumiers pourris! Merde alors pourquoi est-cequ'ils me laissent pas tranquille. Pourquoi faut-il que j'aille mettre cette merde avariée sur un plateau? Jepeuxpas manger ces ordures pourries, cette viande de cheval qui pue.

A LA CROUTE.

Carre-toi-la dans le train ton heure de croûte, et les jambes s'abaissèrent en gémissant le long du lit, se libérant péniblement de l'humidité froide et raide qui semblait un obstacle insurmontable. Il lui semblait qu'il n'avait pas assez de force pour exécuter cette corvée. Pourtant, il le fallait. Alors ses jambes glissèrent vers le bord du lit, s'étendirent et le reste de son corps se mit à bouger. Il resta assis un moment, les jambes sous les couvertures. ALLONS ALLONS. A LA CROUTE. MANIONS-NOUS LE TRAIN. Il serra les couvertures. Maniez-vous le train vous, pinnespourries. Merde alors qui est-ce qui a envie de votre repas moisi... oh merde... merde

il rejeta les couvertures et se leva. Il pencha la tête pour regarder les taches flagrantes sur son pantalon et sentit ce qui restait de sperme liquide s'écouler sur ses cuisses. Il eut envie de se laver mais en fut incapable. Ses jambes étaient si faibles qu'il tomba presque à la renverse sur son lit. Il fit appel à tout son courage et s'appuya contre le mur. Ses jambes flageolaient. Ses entrailles frémissaient. Il remua une jambe. Puis l'autre. Le tissu de son pantalon collait à son bas-ventre et à ses cuisses. Il s'en sépara comme s'il s'en déchirait mais son corps resta raide. Il persévéra à remuer une jambe puis l'autre. Les coulures continuèrent à le picoter. Il lui sembla qu'un vent froid soufflait entre ses jambes. Il sentait l'extrémité humide et immonde de son pénis et ne pensait à rien d'autre, tout en remuant alternativement les deux jambes et cette flaccidité gluante butait et frottait contre une cuisse puis contre l'autre, se balançait d'avant en arrière en une exhibition écœurante. Comme s'il n'existait plus rien d'autre de lui. Comme s'il n'y avait rien d'autre à voir. Rien qu'un pénis mou, gluant, pataugeant entre ses jambes. Et il devait le suivre en avançant lentement une jambe puis l'autre et le suivre partout où il le conduisait. Ce n'était pas une partie de lui-même. C'est lui qui faisait partie de son pénis.

Le couloir fut d'une longueur et d'une clarté intolérables. Le sol lui parut glissant, incliné et beaucoup trop large. Si seulement il était plus étroit, beaucoup plus étroit, il n'aurait pas à se soucier de tomber ou de se cogner tantôt à un mur, tantôt à l'autre, les genoux mous, les jambes en capilotade, s'efforçant de se cramponner à la surface lisse et dure du mur, s'acharnant frénétiquement à ne pas s'effondrer en une masse désintégrée sur le sol frémissant. Si seulement il n'était pas obligé de marcher au milieu du couloir, si seulement il pouvait glisser le long du mur et tirer ses jambes derrière lui sur le sol élastique. Si seulement il pouvait s'aplatir contre le mur, enfoncer la tête dans son gris terne et y entraîner vaille que vaille son corps derrière lui. Ou si seulement le corridor rétrécissait pour qu'il puisse étendre les bras, s'appuyer aux deux murs et négocier son passage jusqu'au bout. Si seulement il pouvait fermer les yeux.

Il
se risqua à baisser légèrement les paupières mais il s'en fallut de peu qu'il tombât raide par terre, aussi les rouvrit-il aussitôt. Il sentait ses yeux se pédonculer hors de sa tête cependant qu'il titubait le long du couloir. Il voyait. Il voyait le sol et les murs avec leurs boursouflures, leurs craquelures, les inscriptions, les portes, les nombreux corps en mouvement, l'entrée du réfectoire et les lumières.

Et il sentait la lumière des yeux fixée sur lui. Il prit sa place au bout de la file qui piétinait lentement vers le réfectoire. Mais elle lui semblait toujours être à quelques mètres de lui, puis elle s'arrêtait et alors il la rattrapait. Il essayait de se plier pour entrer dans le mur.

Il y avait du bruit, des piétinements, des voix, du mouvement, le tintement des plateaux de métal, des quarts, mais il sentait surtout la lumière et les yeux. Et la raideur molle.

Il s'appuya contre la sécurité du mur et ferma les yeux mais il continua à sentir la lumière et tous les yeux qui l'entouraient. Cependant elle était atténuée et c'était apaisant. Il sentait que son corps aspirait à quelque chose, à une espèce quelconque d'existence, à un soulagement de la nausée douloureuse qui lui tourbillonnait dans l'estomac et palpitait de son coccyx à sa tête. Des douleurs pareilles à des pics à glace plongeaient dans ses oreilles, sa nuque, ses épaules. Il avait une envie impérieuse de retourner à sa couchette, de s'enfermer à l'abri de sa cellule, de s'y enrouler en une boule compacte pour se cacher à lui-même. Mais il redoutait de s'effondrer et de se rouler en cette petite boule sur le sol du réfectoire. Il devait exécuter certains mouvements et le savait. Il lui fallait accepter un plateau d'aliments, s'asseoir à une table pendant un certain temps de sécurité, éliminer les restes du repas dans la caisse à ordures, mettre le plateau vide sur le chariot et retourner à sa cellule. Il lui fallait faire tout cela en dépit de la nausée, en dépit de la douleur. En dépit de la faiblesse et de la peur. En dépit de la lumière et des yeux.

Soudain le type qui le suivait le poussa en avant en lui disant bouge donc. Il se retint au mur le long duquel il glissa pour reprendre la file.

Il saisit un plateau dans ses mains et voulut demander une petite ration seulement qui serait plus facile à porter, mais il n'osa rien dire. Il fit glisser son plateau le long du comptoir et vit le brouet tomber dedans plop! à pleines louches humides. Arrivé au bout du comptoir il leva le plateau et pivota lentement, douloureusement sur lui-même en s'efforçant à grand-peine de ne pas laisser s'écouler son repas par terre. Il tourna avec précaution un pied sur le côté, lentement, tâtonna pour trouver une position dans laquelle il pourrait tourner son corps sans tomber, toujours à la recherche d'une attitude sûre et sans perdre des yeux le brouet liquide. Finalement il acheva son quart de tour, leva la tête et les yeux pour repérer une place libre.

Alors il se rendit compte d'où il était, il était debout devant tout le réfectoire, son plateau devant lui et exposé à la vue de tout le monde. Même ceux qui lui tournaient le dos pouvaient le voir. Il eut envie d'abaisser son plateau pour dissimuler les taches révélatrices, de pivoter sur lui-même et de se diriger à reculons et à l'aveuglette vers une place libre, n'importe laquelle et de cacher sa braguette sous la table. Mais il resta paralysé le plateau tendu devant lui, tremblant, affolé

puis soudain quelqu'un le poussa en avant. Allez, pote, magne-toi. Quesque tufais tu poses pour des photos pieuses?

Il tituba, le liquide du brouet lui tomba sur les mains, il sentit que d'innombrables paires d'yeux se fixaient sur lui, que des doigts le montraient avec dégoût. Enfin son genou heurta un banc, tout son corps se plia de douleur et le plateau cogna sur la table. Il se tordit sur lui-même pour s'asseoir en regardant fixement son repas sur le plateau, la tête encore plus penchée. Il aurait voulu frotter le genou et l'aine douloureuse, il crispait les mâchoires, son souffle dilatait ses narines, il était sur le point de vomir.

Il lui fallait soulever sa cuillère et répéter tous les gestes habituels avant de pouvoir quitter librement le réfectoire, il le savait. Il tripota son repas du bout de sa cuillère en manifestant du dégoût pour la pourriture dégueulasse qu'on lui donnait à manger. Il avait envie d'aller tout balancer dans la boîte à ordures, de jeter son plateau sur le chariot et de s'en aller, mais il était tout juste capable de plonger la pointe de sa cuillère dans ce qu'il avait sur son plateau. Il s'efforça de mesurer l'écoulement du temps pour savoir quand il pourrait s'en aller sans éveiller l'attention. Ou bien peut-être devait-il attendre que les autres s'en aillent avant de se lever et les rattraper à la porte ou le long du foutu couloir conduisant à sa cellule. Si seulement il pouvait manœuvrer cette putain de cuillère. Mais au moins il était caché derrière la table. Il ne pouvait tout de même pas y rester éternellement. S'il traînait trop on lui dirait de se lever et de s'en aller, alors il ne pourrait pas éviter leurs regards. S'il se levait sur-le-champ, lentement, avec calme, personne ne le remarquerait peut-être. Mais comment, pour l'amour de krist, se lever sans se faire remarquer. Et s'il tombait en avant ou se foutait par terre autrement et répandait toute la merde de son plateau autour de lui ou sur quelqu'un et qu'on se mette à brailler. Si seulement le sol était moins glissant il n'aurait pas à se soucier de conneries pareilles. Un enfant de putain avait probablement répandu son brouet pourri par terre et avec sa malchance habituelle il mettrait le pied dedans, glisserait et tomberait sur le cul. Cette foutue merdouille était si pourrie que le chien le plus dégueulasse n'en aurait pas voulu. Merde alors pourquoi faut-il qu'ils nous en collent tant sur notre putain de plateau? C'est des sales sucepinnes. Il faudrait que quelqu'un le leur jette en pleine gueule. Il continua à trifouiller quelque chose dans son assiette du bout de sa cuillère encore conscient des lumières et des regards.

Il fallait qu'il bouffe. C'était forcé. Il le fallait. Plus il restait là plus il s'intégrait au banc. Il sentait ses pieds se prendre dans le ciment du sol qui durcissait de plus en plus. Il fallait qu'il remue. Foutre du diable, fallait qu'il se taille de là pour se réfugier dans la liberté de la cellule.

Le mec assis devant lui rota, se leva et ramassa son plateau. Lui, il glissa vers l'extrémité du banc en serrant son plateau et tourna la tête vers le mur avant de se lever. Il resta derrière le mironton qui avait mangé en face de lui, le suivit péniblement jusqu'à la boîte à ordures, y balança ce qu'il avait sur son plateau puis mit le plateau sur le chariot. Son corps restait tordu, le torse tourné vers le mur et le reste vers la porte. Il marcha ainsi, raide, incongru, traînant péniblement une jambe après l'autre, la main prête à s'appuyer au mur. Il arriva au couloir percevant toujours les lumières et les regards.

Enfin il avisa le gris doux de la porte de sa cellule. Il eut envie de courir pour y plonger. Mais il importait plus de rester à demi tourné vers le mur pour ne pas tomber à la renverse.

Il s'approcha lentement puis sa main sentit enfin la chaleur de l'acier froid. Il s'appuya contre le montant de la porte pendant une brève seconde, considéra sa couchette, y alla, penché en avant, s'y cogna, s'y coucha et se détendit sur la tiédeur du matelas. Mais son corps resta tordu et pénétra tordu dans le matelas. Son œil droit s'enfonça dans l'oreiller. Le gauche fixait le mur. De temps en temps la paupière gauche papillotait. Ses poumons fonctionnaient. Il étreignait le corps de l'oreiller à deux bras, les mains crispées sur un coin. Il lui sembla qu'un de ses orteils remuait. Il sentait son souffle et en percevait la chaleur sur l'oreiller. A chaque expiration l'air lui revenait au visage. C'était son souffle. Le sentir lui faisait du bien. L'entendre aussi, et il n'entendait rien d'autre. L'air s'enfonçait dans l'oreiller puis soufflait autour de son visage. Il sentait aussi son cœur et avait l'impression de l'entendre mais ce n'était pas vrai. Il sentait seulement ses palpitations silencieuses. Il sentait aussi sa poitrine. Ses poumons fonctionnaient et il sentait sa poitrine. Il sentait aussi le contact de l'oreiller contre son oreille droite et celle de gauche était exposée à un air plus frais. Il sentait les battements de son cœur dans ses épaules et les battements descendre le long de ses bras jusque dans ses mains et battre aussi dans la joue appuyée à l'oreiller. Au chaud de l'oreiller. L'autre, à l'air libre, tranquille, immobile, apparemment froide, ne battait pas au rythme du cœur ni au flux du sang comme si la circulation et les palpitations s'arrêtaient à son cou, comme si la joue posée sur l'oreiller n'était que la compagne indépendante de l'autre, celle qui était au frais, à l'air libre. L'air pénétrait précipitamment, presque de force, dans sa poitrine mais en silence. Tout n'était que silence. Les corps qui circulaient dans le couloir. Les plateaux qu'on entassait sur les chariots. Les mouches bourdonnant autour du cabinet, dans le coin. Il n'y avait qu'un seul bruit, celui de son souffle pénétrant l'oreiller et filtrant vers son visage.

Il resta tordu dans le matelas, silencieux et immobile, seule sa paupière papillotait.

La porte se ferma. Il l'entendit distinctement malgré le bruit de son souffle à travers l'oreiller. Mieux, il sentit la fermeture de la porte malgré les palpitations de son cœur, le flux de son sang, la douleur de sa poitrine et le fonctionnement de ses poumons. Il la sentit en dépit de la mollesse raidie et des lumières et des yeux. Il était en sécurité.

Il remua la tête un tout petit peu et considéra la porte. Acier épais, lourd. Elle était lisse et grise. Impénétrable, elle lui parut chaleureuse. Elle avait une petite fenêtre de verre épais, incassable, armé de métal. Dehors il y avait des gens, des lumières, des paniers, des pièces, des inscriptions, des cellules, des couloirs, des murs, des plafonds, des planchers, mais la porte était impénétrable. Il était en sécurité.

Il remua un peu plus la tête puis les épaules et ses mains lâchèrent le bord de l'oreiller. Il bougea le bras gauche, appliqua la main sur le matelas et s'appuya sur le coude, le visage tourné vers la porte, la tête nichée entre les épaules relevées. Il considéra la porte. De l'autre côté il y avait des paniers et des inscriptions. Tout son corps remua. Un pied, une cheville, une jambe, puis une cuisse. Ses épaules remuèrent un peu plus, puis une fesse. Il se trouva allongé sur le dos, les jambes croisées, le torse à peine plus élevé, appuyé sur les coudes. Des bleus ici. Des jaunes. Des couvertures. La porte était fermée. On avait tiré l'énorme verrou.

Il étendit lentement les bras. Son torse et sa tête s'appliquèrent sur le lit. La fenêtre plongea hors de vue et il vit le point où le mur rencontrait le plafond. Quand sa tête s'enfonça dans l'oreiller, il n'y eut plus que le plafond avec ses fentes qui sinuaient vers les coins où elles se perdaient. Il s'étira. Sans remuer la tête il suivit les fentes des yeux jusque dans les coins. Il étendit bras et jambes vers l'extrémité du lit et alors le froid gluant rendit la porte transparente.

Il se tourna sur le côté. Ses genoux remontèrent. Il se tordit sur le lit un long moment en quête d'une position sûre, mais il ne pouvait se cacher. Chacun de ses mouvements exigeait la plus grande dépense d'énergie, comme s'il était figé dans chacune de ses positions successives et qu'il lui fallût se libérer de liens et entraîner son bas-ventre après lui. Il lui aurait suffi de se glisser sous les couvertures, il le savait. Mais à l'idée de tous les mouvements qu'il lui faudrait faire pour cela, il rechignait et s'acharnait à trouver autrement une position confortable, tout en sachant d'ailleurs que ses efforts étaient futiles. Il essaya diverses positions, remua tête, jambes... éleva les genoux jusqu'ici, jusque-là, plia son corps en angles de divers degrés et chaque membre prit une orientation différente par rapport aux autres. Pourtant bien longtemps avant de se stabiliser en une de ces innombrables positions, il savait déjà qu'il lui faudrait en adopter une autre. Il continua à se tortiller, à s'enfoncer dans le matelas. Puis, en désespoir de cause, force lui fut de chercher à se glisser sous les couvertures.

Il roula sur lui-même, se tourna sur le côté gauche, les genoux toujours fléchis, tendit la main derrière lui et baissa les couvertures vers le fond du lit, le plus loin possible. Puis il se souleva et déplaça diverses parties de son corps tout en repoussant petit à petit les couvertures. Enfin il parvint à les faire passer sous son derrière humide. Alors il rejeta le pied gauche en arrière et poussa avec la main tout en continuant à remuer jusqu'à ce que les couvertures s'accrochent à son pied. Alors il se démena pour glisser ses deux pieds sous les couvertures, se retourna sur le côté droit d'un mouvement brusque et repoussa l'autre partie des couvertures de sous son corps. Il sentit les draps résister. Ses doigts se crispèrent à les déchirer mais il parvint enfin à les étaler sur son corps.

Alors il resta allongé, immobile, un moment, une main serrant les couvertures.

En fin de compte son étreinte se desserra. Il posa son bras gauche sur les couvertures et chercha la position la plus confortable, mais chaque mouvement était tellement difficile, voire impossible, qu'il y renonça. Remuer était plus pénible que rester dans n'importe quelle position. C'était comme lorsqu'il s'efforçait de remuer sa culotte mouillée, par temps froid, sous la neige, et même pire.

Il chercha à se mettre dans une position qui atténuerait sa douleur à l'aine, mais il avait beau relever les genoux ça ne le soulageait pas. Il éprouvait une faiblesse pénible dans les jambes, qui l'obligeait à penser qu'il devrait marcher mais il s'en savait incapable car s'il essayait il se casserait en deux et s'effondrerait. Il avait beau s'acharner à chasser cette image de son esprit, il ne pouvait penser qu'à l'obligation de marcher qui finirait par le jeter au sol où il se mettrait en boule. Il lui sembla que pour se débarrasser de cette idée il lui fallait concentrer son attention sur la douleur qui tenaillait ses entrailles. Il éprouvait la même sensation que si une main titanique lui serrait et lui tordait les couilles et la douleur lancinante lui ravageait les intestins et l'anus. Il s'efforça de repousser tout le reste de son esprit mais la douleur s'accrut, la nausée gonfla sa poitrine et sa tête. Il perçut la présence de la bile répugnante dans sa poitrine et sa gorge, elle lui gonfla la tête et lui brûla les yeux. Il pensa à s'agenouiller devant la cuvette d'aisance à quelques pieds du lit dans un coin de sa cellule mais ne put bouger. Il ne put obliger son bras à rejeter les couvertures ni ses jambes à glisser vers le bord du lit. Il savait d'ailleurs qu'il n'y arriverait pas, que cette expédition se terminerait au pied du lit, roulé en boule par terre jusqu'à ce que quelqu'un regarde par la fenêtre, le voie dans cette position et entre pour le tirer hors de là. Il pouvait seulement avaler et avaler encore, les dents crispées, pour renvoyer l'amertume dans ses entrailles nouées. La puanteur pourrie continuait à s'élever en bulles vers sa bouche, il en était écœuré mais il la ravalait sans cesse. Malgré lui il se tortillait sur la couchette. Ses genoux étaient arrivés à la hauteur de son menton, pourtant il avait l'impression d'être étiré sur un chevalet et qu'un putain d'enfant de salaud le frappait à coups de pied sur les burnes. Si seulement il pouvait saisir à la gorge les putains d'empaffés qui l'avaient mis là. S'il pouvait leur carrer un cigare allumé dans leurs saloperies d'yeux et leur enfoncer un pic à glace dans les oreilles, ou bien s'il pouvait seulement atteindre le water, poser son menton dessus et laisser la putain de bile s'écouler. Si seulement il pouvait se débarrasser de cette oppression. Mais il s'en savait incapable. Même s'il parvenait à rejeter ces saletés de couvertures ou à leur échapper en glissant, il ne pourrait pas faire les quelques pas séparant la couchette du siège sans s'effondrer et alors un enfant de putain pourri le verrait par terre et le tirerait pour le remettre sur pieds...

Jésus
foutu Krist, merde que pouvait-il faire? A force de ravaler la bile son corps et sa tête palpitaient et brûlaient. Il crispait les mâchoires et son corps était agité de spasmes et il repoussait le vomi entre chaque rot. Il combattait et ravalait sans cesse et des secousses agitaient encore son corps sur le lit comme une marionnette dont on aurait secoué les ficelles. La douleur des mouvements péristal-

tiques de ses intestins s'accrut tellement qu'il lui sembla qu'on lui enfonçait ses testicules dans les entrailles, puis qu'on les arrachait et il avait beau se défendre et avaler, la douleur et la tension augmentaient et dodelinaient autour du lit alors que les contorsions secouaient son corps. Il porta ses deux mains à sa bouche et la bile amère gicla entre ses dents serrées, franchit ses lèvres, se répandit sur sa figure et s'écoula entre ses doigts. Elle était chaude, mouillée et gluante. Elle puait. Quelques gouttes lui coulèrent du nez et se répandirent sur le revers de sa main. Il appuya ses mains de toutes ses forces contre sa bouche, mais la bile en jaillit quand même et se répandit de plus en plus sur son visage. Avant peu son souffle la fit bouillonner sur sa figure, elle se répandit sur ses joues jusque dans ses yeux. Alors il craignit d'étouffer et il dut retirer ses mains de sa bouche, les plier toutes les deux en coupe pour recueillir toute la bile qui filtrait à travers ses lèvres et lui coulait du nez. Il la sentit déborder, couler sur son poignet. Il vit de longs fils minces de matière visqueuse s'étendre, brillants comme une toile d'araignée quand il écarta les mains de sa bouche. Il combattit si vivement les convulsions et la douleur que bientôt il fut incapable de résister, lèvres et dents s'écartèrent et le vomi jaillit de sa bouche dans ses mains réunies jusqu'à ce qu'il ne lui en reste plus dans le corps, agité par des secousses vaines. Ses yeux le brûlaient. Il eut le vertige en regardant ses mains pleines de bile chaude et gluante. Sa tête s'agita malgré lui. Elle roula de droite et de gauche, d'avant en arrière. Tout était brumeux et quand il ne put plus distinguer ses mains, il les sentit encore. Il percevait aussi la présence de la fenêtre et des centaines de gens dans le corridor. Le verre était épais et armé mais transparent. Bien qu'épaisse et indestructible, la porte n'était fermée que par ses verrous et il y avait des clés et on pouvait l'ouvrir de l'extérieur. Allongé sur le côté il regardait ses mains pleines de glaires et de vomi qui s'écoulaient entre ses doigts, débordaient et pleuvaient sur le lit; la puanteur aigre, acide, lui piquait et lui brûlait le nez et le chatouillait atrocement à chaque petite bulle de bile et de glaires qui éclatait et gargouillait dans ses narines et sa gorge. Sa tête tremblait furieusement car une putain de morve lui pendait au bout du nez et le chatouillait tellement qu'il avait envie de brailler à s'en faire éclater le crâne et de s'arracher le nez mais ses mains unies contenaient le vomi écœurant et il serrait les dents, crispait les lèvres, tout son corps se nouait en un grognement et la rage lui jaillissait des yeux et sa tête continuait à remuer et il s'appliqua le nez contre une épaule et le frotta d'avant en arrière, d'avant en arrière puis il leva la tête, crispa les paupières alors que ses lèvres se tordaient encore plus et dans sa tête il gémissait, couinait et feulait, rat pris au piège aaaaaaaarrrrrr ça gargouillait dans sa gorge et son corps se tordait sur lui-même de plus en plus crispé et sa tête tremblait et le hurlement qui retentissait dans sa tête lui perçait les oreilles, le feulement inondait sa gorge et sa colonne vertébrale s'enfonça, se tassa sur elle-même entre ses épaules et son estomac noué s'éleva dans sa poitrine et écarta ses côtes à les faire craquer si bien qu'il ne put plus respirer, que hurlements et feulement cessèrent, qu'il eut l'impression que sa chair et ses yeux brûlaient, que sa colonne vertébrale était sur le point de se briser et que sa tête s'enfonçait dans sa poitrine.

Alors son corps s'affaissa soudain et sa tête s'inclina en avant, les yeux fermés et de nouveau il sentit le vomi chaud et mouillé s'écouler par-dessus ses doigts.

Il tomba goutte à goutte sur ses cuisses.

Il secoua lentement la tête de droite et de gauche en soufflant tout bas, suppliant, non non non.

Son corps glissa du lit, ses mains réunies se serrèrent contre sa poitrine et il heurta le mur d'en face puis il se traîna jusqu'au water dans le coin, ouvrit et abaissa les mains et regarda le vomi glisser dans l'eau claire immobile. Il se pencha lourdement dans le coin et regarda de petites vagues s'écarter en cercle des gouttes de bile qui tombaient de ses mains éclaboussaient, coulaient et remontaient à la surface sur laquelle elles s'étalaient.

En regardant il sentit la nausée bouillonner dans son estomac mais il ne pouvait que secouer la tête en pleurant sans larmes. Un spasme lui plia le corps et il tomba à genoux, agité par des sanglots devant le siège, la tête pendante sur l'ouverture. Des spasmes pompaient en lui la douleur et les larmes. Il s'accrocha au bord de la cuvette la tête appuyée au tuyau. Les convulsions s'apaisèrent, puis il appuya les coudes sur le bord de la cuvette et posa son front sur ses mains croisées et laissa la salive s'écouler de ses lèvres. Il resta très longtemps à genoux ainsi, la tête inclinée et les yeux clos. Il avait mal aux yeux qui étaient brûlants, moites mais c'était si bon de les maintenir fermés et d'appuyer sa tête sur ses mains. Son corps existait mais n'était plus qu'une faiblesse, un vide tout juste bon à retenir et soutenir sa tête. Mentalement il continuait à secouer la tête non non mais elle restait immobile pressée entre ses mains. Dieu que c'était bon d'avoir les yeux fermés et de se laisser dériver dans l'épuisement. Il sentait encore une pression sur ses yeux comme si deux gros pouces les écrasaient. Mais les maintenir fermés, ne rien voir sauf une grisaille et dériver de plus en plus profondément vers le néant lui faisait du bien. Plus il flottait ainsi plus il avait conscience de son estomac, de ses jambes et de ses épaules et d'une douleur qui lui tenaillait le bas de la nuque et il continua à sombrer et dériver jusqu'à ce que sa tête glisse entre ses mains et cogne le mur.

Il releva la tête d'une secousse et bougea à peine les paupières. Il voulut la reposer sur ses mains réunies, mais il ne le fit pas, la secoua, s'appuya au water pour se relever, allongea les jambes et se dressa en s'appuyant au mur. Il pivota sur lui-même avec lenteur et se trouva en face du lavabo, alors il ouvrit le robinet, la tête pendante. En s'appuyant au mur, il laissa couler l'eau longtemps sur ses mains entre ses doigts, dessus, dessous et tout en regardant l'eau il fléchit les genoux, se pencha pour amener son visage assez près de l'eau afin de l'asperger. Il leva ses mains unies en forme de coupe et baissa la tête mais l'eau glissa le long de ses bras avant d'atteindre sa figure. Il emplit de nouveau ses mains d'eau et les éleva avec peine aussi haut que possible sans en verser puis il laissa sa figure tomber dedans et il tituba et faillit s'écrouler. Il s'appuya d'une main contre le mur et de l'autre il s'aspergea la figure et ne cessa que lorsqu'il fut épuisé.

Il s'appuya de l'épaule au mur, le front sur son bras, l'autre main dans l'eau. Elle était froide. Elle lui rafraîchissait la paume de la main. Toujours appuyé au mur il regarda fixement l'eau et sa main mouillée et froide.

Il voyait à travers l'eau qui coulait du robinet. Il voyait sa main, la porcelaine blanche, l'acier inoxydable et l'extrémité luisante du robinet, et l'eau qui coulait du robinet brillant sur sa main dans le lavabo puis dans la vidange. Tout cela se passait en même temps et continuait. Constamment, sans cesse.

Il secoua la tête, mais en intention seulement car il restait appuyé au mur le front sur le bras.

Et l'eau continuait à couler et sa main à devenir de plus en plus mouillée et de plus en plus froide.

Il vit sa main fermer le robinet et rester suspendue au-dessus du lavabo. Les dernières gouttes en tombèrent. Quand les toutes dernières gouttes tombèrent dans le lavabo, il frémit et poussa un soupir.

Il leva les yeux et regarda le lit à quelques pas de lui. Il pouvait y allonger son corps. Il pouvait se glisser sous les couvertures. Tout était foutument simple. Rejeter les couvertures au pied du lit, se coucher, se couvrir et se reposer. Dormir même peut-être. Oui, tout aussi simple que ça. Mais était-ce utile? Pourquoi s'en donner la peine? Pourquoi pas rester là, le front sur le bras, appuyé au mur? A quoi bon? Pourquoi se donner la peine d'aller d'ici à là? Pourquoi? Rien que pour s'allonger sous les couvertures? A quoi bon? Il faudrait se relever tôt ou tard. Alors pourquoi pas rester contre le mur. Y congeler. Pétrifier. Devenir une putain de statue. Pourquoi pas? Quelle importance? Là. Ici. N'importe où. C'est pareil. Seule la position est différente. Appuyé ici. Allongé là. Et après? Foutre pourquoi? A-t-on besoin d'un lit et de couvertures? A-t-on besoin de quoi que ce soit? D'ailleurs tout n'est rien. Qui me ferait quoi que ce soit? Eux? Ces pinnes de bourriques? Qui se soucie d'eux? Appuie-toi et tourne le dos. Débarrasse-toi des nœuds de tes entrailles. Tire-les de toi, remets-les dans ton corps. Oui. Dedans dehors. Dedans dehors. Dedans dehors. Merde. Qu'est-ce que ça peut foutre. Tout ça c'est des conneries. Toujours les mêmes vieilles conneries qui se répètent. De haut en bas, de dedans en dehors. Boire et pisser, manger et chier. On s'en cogne.

Sa main heurta le bord du lavabo et s'abattit contre sa cuisse. Il se pencha dans la direction du lit et son corps partit en avant. Un pied remua et l'autre le dépassa sans raison. Il tendit les bras et son corps continua à s'éloigner du mur et le premier pied dépassa le second à son tour et ses mains touchèrent le bout du lit et glissèrent en avant et ses pieds se traînèrent derrière son corps plié et ses bras furent sur le lit et il poussa en avant pour que le sommet de son corps tombe sur le lit, le visage enfoncé dans la couverture de laine, les jambes étendues au-dessus du vide attendant qu'on les tire pour qu'elles rejoignent le reste du corps.

La couverture lui râpa la figure et son souffle le brûla après s'être réchauffé dans les fibres longues et rèches. Et qu'est-ce que ça peut foutre? C'était tout pareil. S'appuyer à un mur ou se coucher à moitié sur un lit. Qu'est-ce que ça peut foutre? D'ailleurs tout est rien. Il n'y a qu'à attendre. Rester là et attendre. Finalement ça remuera. Finalement on se trouvera allongé sur le lit et on pourra se glisser sous la couverture. Qu'est-ce qui presse? Merde. On s'appuie. On se couche à moitié. On s'allonge. Qu'est-ce que ça peut foutre. La couverture nous racle la bobine ou le cul. Et après. Merde et après? C'est toujours pareil. Suffit d'attendre et tôt ou tard on bougera ou bien on gèlera sur place. C'est pareil.

Ses bras s'allongèrent lentement devant lui, ses fesses remuèrent et ses orteils poussèrent contre le sol. Il rampa en avant sur le lit jusqu'à ce que ses mains saisissent le bord du matelas, alors il se tira lentement jusqu'à ce que son corps repose fermement sur le matelas. Il se reposa. Flaira la couverture. Elle sentait. L'odeur d'une couverture est faite de toutes les odeurs. C'est son odeur, comme celle de n'importe quelle aisselle ou trou du cul. Toutes différentes mais toutes pareilles. Chacun, chaque chose son odeur. Sa propre putain de puanteur.

Il glissa l'oreiller sous sa tête et pensa un instant à se mettre sous les couvertures. Non. Écrase. Repos d'abord. Rien que le repos. Repos d'abord. Sous les couvertures ensuite. Repos pour le moment. Repos.

En fermant les yeux il remplaça le gris du mur par un gris d'un ton plus foncé. Éliminer une partie de la lumière lui fit du bien. Pas toute, rien qu'une partie. Tout juste assez pour que le gris soit uni, sans images ni coins menaçants. Pas le noir qui engendre des foudres imprévues, celles qui fouettent les yeux, ni l'obscurité veloutée qui épaissit, s'anime, s'écoule et d'une manière incompréhensible, tourbillonne autour de nous. Rien qu'un gris calmant. Rien à voir.

Mais il ressentait. Il pouvait encore ressentir. En dépit de son malaise il éprouvait une sensation de sécurité dans les vieilles sensations familières. Il sentait la nausée frapper derrière sa gorge et il avalait automatiquement très vite et plus il avalait, plus la nausée semblait se répandre dans son corps. Elle finit par nicher dans tous ses membres, toutes ses cellules, dans chaque mouvement respiratoire et s'aggloméra enfin en une nausée unique.

Il savait qu'il n'avait pas à se soucier de vomir. Plus maintenant. Il en avait fini désormais. Viendrait un moment comme ça lui était arrivé de temps en temps où sa tête serait suspendue au-dessus de la cuvette d'aisance, où sa bouche vomirait sur son reflet dans l'eau, où il s'accrocherait désespérément au bord de la cuvette, le corps secoué et tordu par des renvois secs, le visage frôlant son reflet disloqué. Mais pas maintenant.

Désormais la nausée était plus amie qu'ennemie. Elle était persistante, constante, mais ne menaçait plus de lui jaillir par la bouche. Elle était là, c'est tout, en lui, à travers lui, partout. Il savait qu'elle serait toujours là. Qu'elle ne le quitterait jamais. Quoi qu'il lui arrivât, où qu'il fût, où qu'il allât, quoi que le monde lui fît, il pourrait se fier à cette compagne aussi constante que l'étoile polaire. Oui, voilà au moins une chose sur laquelle il pouvait toujours compter.

Et il pourrait toujours se rouler autour de sa petite boule de malaise et partager sa douleur de solitude, de rêves brisés, de larmes sur des visages affligés. Larmes qu'il avait peut-être provoquées et qui l'obligeaient à s'enrouler autour de son amie afin de pouvoir vivre en se rappelant ces larmes, en sachant que quelle que fût l'intensité de la douleur, elle empirerait et qu'elle ne serait jamais l'égale des larmes.

Il ouvrit brusquement les yeux et fixa le siège d'aisance dans le coin, puis il glissa du lit et chancela vers le coin. Il examina attentivement, très attentivement le mur, le sol et la porcelaine blanche, luisante. Il déchira un long morceau de papier hygiénique, s'agenouilla, examina les parages sous différents angles, nettoya et épongea toutes les taches qui semblaient humides. Quand il en eut fini il jeta le papier dans la cuvette, le regarda tourbillonner et disparaître puis examina la cuvette plusieurs minutes pour être certain qu'il n'y restait aucune tache. Il hocha la tête en signe d'approbation, tituba vers son lit, examina de nouveau le coin avant de s'agenouiller auprès du lit. Il repoussa la couverture assez loin pour pouvoir se glisser dessous, et s'allongea. Il resta immobile un moment pour reprendre son souffle en cherchant mentalement le moyen le plus facile de se couvrir. Enfin, il tâta du bout du pied à la recherche de l'extrémité de la couverture, glissa le pied dessous, le ramena vers lui, tendit la main, saisit le bord de la couverture et la tira sur lui.

Il sentit la dure rugosité de la couverture sur son corps, son cou et la petite boule de nausée au fond de lui s'agita derrière sa gorge. Ses yeux étaient fixés sur le coin et il se sentait tranquille. Il savait qu'avant peu ses yeux brûleraient, lui feraient mal puis se fermeraient. Tout lui semblait calme et tranquille. Il jouissait d'un confort logique.

Son regard glissa du coin vers la ligne de contact entre le mur et le sol ainsi que les failles qui la rejoignaient comme des affluents. Ses paupières s'abaissèrent et il se sentit plus près de sa compagne. La rugosité de la couverture l'apaisait. Il eut une impression d'apesanteur comme s'il lui eût été possible de s'élever et flotter du point où il était vers quelque endroit encore inconnu, inimaginé, et il serra la couverture autour de lui, y frotta sa joue et ressentit le même frémissement que d'habitude lorsqu'il dérivait ainsi tout en sachant que sa compagne ne lui permettrait pas de filer trop loin et que bientôt, très bientôt, il reviendrait à sa place, au sûr, au connu.

Il sentit la couverture contre sa joue et le matelas sous lui. Il plia les genoux, les remonta contre sa poitrine et glissa entre eux ses mains jointes. Il sentit l'esprit de sa compagne s'écouler dans son corps pour le rassurer et, ayant fini son voyage, il retourna à sa place et se nicha profondément dans son hôte.

Le flottement cessa et de nouveau il fut totalement conscient de son corps et de sa compagne. Le gris devint plus foncé, plus apaisant, plus confortable. Il se retrouvait à sa place familière, celle à laquelle il revenait toujours. Où qu'il allât, si loin qu'il allât, dans n'importe quelle direction, il revenait toujours à sa compagne. A certains moments, semblait-il, il parcourait de grandes distances pendant très longtemps mais ses voyages devenaient toujours de plus en plus brefs et de plus en plus effrayants et il se hâtait de revenir à sa compagne. Contrairement au passé, au cours duquel il partait souvent en voyage, il n'avait plus guère envie de chercher à quitter la sécurité que lui ménageait sa compagne. Un pas ou deux suffisaient à le convaincre désormais que, quoi qu'il y eût là-bas, ça n'en valait pas la peine. Alors il abandonnait simplement tout effort et restait à sa place. S'il avait éprouvé autre chose auparavant, il ne se le rappelait plus et chercher à se le rappeler lui semblait vain. Il savait ce qu'il éprouvait désormais et il s'était toujours senti ainsi et c'était ce qu'il éprouverait toujours. Il n'y avait rien d'autre à attendre. C'est le monde tel qu'il est tout simplement et tel qu'il sera toujours.

Une paire de chaussures trop étroites et des pieds douloureux. Si vous en dégottez une paire qui ne fait pas mal vous êtes un champion mais n'y comptez pas. Ce serait un miracle. La prochaine paire vous réduira les pieds en bouillie. Inutile de se démener. Tout ça c'est un jeu. Rien de plus, un putain de jeu. Alors il faut essayer de les baiser plus qu'ils nous baisent. De les faire payer. De les saigner à blanc. Et qu'ils continuent à payer...

Oui, comme leurs moutards. Envoyer des exemplaires des photos au principal de l'école et en distribuer aux élèves. Ils continueront à payer. Je pourrais acheter des enveloppes dans un prisunic et écrire les adresses en caractères d'imprimerie avec un stylobille à bon marché. Ils ne pourraient jamais remonter jusqu'à moi. Suffit de prendre garde aux empreintes digitales, c'est tout. Et répandre quelques enveloppes contenant des photos où les gosses les verront et elles se répandront dans toute l'école en un clin d'œil. Et qu'est-ce qu'elles pourraient y redire les putes? Faudrait qu'elles nient, qu'elles crient au faux ou qu'elles inventent autre chose. Si elles avouaient que les photos étaient authentiques et parlaient de leur nuit avec moi leurs vieux zigues deviendraient vraiment fous. Ils ne s'en tireraient jamais. Ils seraient aussi dingues que Mme Haagstromm. Moi je pourrai toujours nier de toute façon. J'aurais qu'à cacher les caméras et les autres trucs et on nepourrait rien prouver. Rien. Et ils atterriraient tous à la ferme aux mabouls. Les mômes aussi. Ils passeraient leur vie bouclés, une bande d'imbéciles bafouilleux. On les réunirait peut-être une fois par semaine à la classe de vannerie. Et il n'y aurait rien moyen de prouver contre moi. Personne ne pourrait m'atteindre. Ils pourraient toujours pourrir là-bas à respirer leur propre puanteur,

marie, marie bien con-trariée

et que chacun prenne son petit déjeuner dans la puanteur des autres...

Lesbaiser, les fumiers.

Comme Joey, ce cochon pourri. Il devait se laver et se gargariser à l'ail pour puer tant que ça tout le temps. Ce Rital pouilleux. Il m'a salement baisé. Foutre j'en suis sûr. On ne pouvait pas faire tomber une bille par les trous de sa boîte de cigares, aucune bille n'y passait. L'enfant de salaud m'a rousti tout un sac de billes. Peut-être plus. J'auraisdû laluicasser sa putain de boîte sur la tête et reprendre mes billes. Les siennes aussi à ce rat galeux. Et puis merde. Ça n'a sans doute plus d'importance maintenant, un autre enfant de salaud me les aurait piquées de toute façon.

J'aurais dû m'essuyer simplement avec le mouchoir deLeslie, ou n'importe quel autre truc, et comme ça personne n'aurait rien su.

Comme cet autre putain de moutard à la plage cette fois-là. Il a crié comme un fou, comme s'il allait mourir parce que je lui avais envoyé une pierre sur la tête. C'était sa putain de faute à ce petit con. Il était apparu tout d'un coup au coin de la maison. Merde alors, je pouvais pas deviner qu'il allait surgir au coin de la maison. Je ne le voyais pas. Trou du cul d'enfant de putain. C'est lui qui est allé se coller sous la pierre. Partout où on va il y a toujours un foutu trou du cul qui bousille tout.

Mais mon tour va venir maintenant. Jeles aurai à l'audience ces fumiers. Je leur arracherai bras et jambes. Je les ferai sauter à travers des cerceaux. Ils crieront grâce. Je les enfilerai tellement bien qu'ilsquitteront le tribunal en rampant. Et le procureur, jel'abrutirai tellement qu'il sera obligé de retourner à l'école de droit. Je lui apprendrai quelques trucs dont il n'a jamais entendu parler. Je leur enseignerai des trucs qui n'ont pasencore été inventés. Et je ne les laisseraipas abandonner tout simplement les poursuites. Je les obligerai à aller jusqu'au bout pour que le jury rapporte un verdict d'acquittement. Ils ne vontpas m'entourlouper avec leurs conneries juridiques, me relaxer et puis engager de nouvelles poursuites. Non, pas moi. Je ne marche pas dans ces conneries. Jeveillerai à ce que l'affaire aille au jury pour qu'ils puissent pas m'avoir au tournant. Les pinnespourries. Ils aimeraient bien me faire un coup fourré à la merde. Ils s'imaginent qu'ils peuvent faire n'importe quoi et s'en tirer comme des fleurs, mais cette fois ils ne s'en tireront pas. Je ne marchepas. Ils iront tenter leurs entourloupes ailleurs. Moi j'encaisse pas ça. Ils vont me déclarer non coupable et alors je vais le leur carrer dans l'oigne.

Q. : *Dans quelle direction rouliez-vous en arrivant à ce carrefour ?*
R. : *Nord.*
Q. : *Quelle heure était-il ?*
R. : *Environ deux heures du matin.*
Q. : *Et vous conduisiez ?*
R. : *Oui.*
Q. : *Et votre collègue était assis à côté de vous ?*
R. : *Oui.*
Q. : *Sur la banquette avant ?*
R. : *Évidemment.*
L'avocat : *Contentez-vous de répondre...*
Le procureur : *Objection, Votre Honneur. Il n'yapas besoin de poser continuellement la même question de six façons différentes.*
La cour : *Objection approuvée. Il n'est pas nécessaire de répéter la même question quand le témoin y a déjà répondu.*
Q. : *A quelle vitesse rouliez-vous ?*
R. : *Environ quarante à l'heure.*
Q. : *Et à quelle distance étiez-vous du croisement quand votre collègue vous dit qu'il voyait quelque chose à l'entrée de la bijouterie Kramer ?*
R. : *A peu près à trente mètres.*
Q. : *Et à quelle distance de la bijouterie Kramer ?*
R. : *A peu près une centaine de mètres.*
Q. : *Vous ne savez pas exactement à quelle distance vous vous trouviez de ce magasin ?*

R. : *Non. Pas exactement.*
Q. : *Et y avait-il des voitures en stationnement sur l'avenue?*
R. : *Il y en avait quelques-unes mais plus loin.*
Q. : *Il n'y en avait aucune garée devant la bijouterie Kramer?*
R. : *Aucune.*
Q. : *Et quelle était la visibilité à ce moment-là?*
R. : *Une bonne visibilité.*
Q. : *Rien ne gênait votre vue?*
R. : *Rien.*
Q. : *Les parages étaient-ils bien éclairés?*
R. : *Oui.*
Q. : *Le temps était-il clair?*
R. : *Oui.*
Q. : *Pas de brouillard ni de brume?*
R. : *Non.*
Q. : *Et vous êtes certain que la rue était éclairée?*
R. : *Absolument.*
Q. : *Mais est-ce que cet éclairage ne rendait pas l'entrée de la bijouterie obscure par contraste?*
R. : *La vitrine du magasin était éclairée.*
Q. : *Êtes-vous...*
Le procureur : *Votre Honneur, tous ces faits ont déjà été prouvés par la déposition de témoins et d'experts. Le service de l'eau et de l'électricité a déposé que les lumières de la rue étaient allumées; la société de vigiles a déposé qu'un signal d'alarme aurait retenti si la vitrine n'avait pas été éclairée; nous avons un rapport de la météorologie fédérale et je ne vois pas pourquoi on tracasserait les témoins avec ces questions superflues.*
L'avocat : *Votre Honneur, je m'efforçais seulement...*
La cour : *La cour estime ce genre d'interrogatoire déraisonnable et inutile. Je rappellerai aussi au prévenu qu'il a tenu à assurer lui-même sa défense en dépit des conseils de la cour et du fait qu'un avocat est à sa disposition. Dans ce cas particulier je ferai exception et je demande encore à cet instant, pour des raisons*

évidentes, au prévenu, s'il souhaite être défendu par un avocat pendant la suite des débats.

Le prévenu : *Non, Votre Honneur, ce n'est pas nécessaire.*

La cour : *Alors, je conseillerai au prévenu, pour la dernière fois, de respecter la procédure ou bien il s'exposera à une condamnation pour outrage à magistrat. Poursuivez.*

J'aurais dû leur cogner la tête l'une contre l'autre et m'en aller

et ne déconne pas mon pote. Monte dans la voiture. Nous t'expliquerons plus tard pourquoi.

Ils nous poussent de-ci de-là, comme si on était des rien du tout.

Voilà un bon chienchien. Fais le beau. Fais le beau fumier à casquette plate.

Q. : *Et vous dites avoir vu quelqu'un ou quelque chose dans l'entrée de la bijouterie Kramer et avoir dit à votre collègue d'arrêter la voiture?*

R. : *Ce n'est pas exactement ça. Il était en train de s'arrêter à l'approche du croisement à cause d'un feu rouge. C'est alors que j'ai vu un homme sur le seuil du magasin.*

Q. : *Comment pouvez-vous être certain qu'il s'agissait d'un homme?*

R. : *D'après la manière dont il était habillé et d'après sa silhouette.*

Q. : *Et c'est votre seule raison?*

R. : *Ma foi, je ne l'ai pas déshabillé si c'est là que vous voulez en venir.*

La cour : *Silence. Silence. Silence dans la salle.*

Nous entourlouper, voilà ce qu'ils veulent. C'est commeça qu'ils s'y prennent. On a beau se défendre de toutes ses forces, ces fumiers pourris nous poignardent dans le dos et nous rient au nez. Ils s'en foutent. Comme ce pauvre connard qui a volé quarante dollars à l'État et qu'on a mis au trou pour un an et un jour. Quarante putains de dollars pouilleux et ça fait un an. Ça n'aurait pu être que quarante *cents*. C'est tout pareil pour eux. Oui, comme le pauvre cave qui a volé une ou deux boîtes de biscuits et qui est resté deux ans en prison avant d'être jugé. Le pauvre con y est peut-être encore pour autant que je le sache. Et personne d'autre n'en sait d'ailleurs rien peut-être. La seule manière de les posséder c'est de voler des millions, alors ils vous adorent. Alors tout le monde vous respecte parce que vous êtes un homme d'affaires habile et qui réussit. Et si vous vous faites pincer vous avez une salle pleine d'avocats astucieux et vous êtes libre. Ou bien on vous colle une amende de quelques dollars et une tape sur la main. Mais si vous n'avez pas de quoi vous payer un avocat, vous êtes dans la merde. Et c'est comme ça. Vous êtes le merdeuxpasdechance. Vous pouvez parier votre douxcul qu'aucun avocat coté ne vous donnera la main si vous ne pouvez pas lui allonger des milliers de dollars pour quelques jours de travail. Ils aiment vous voir pourrir en prison pour le reste de votre vie et rigoler en sirotant leurs putains de martinis autour de piscines. Je vois mal un avocat dans le genre de Stacey Lowry défendre un mec comme moi. Oui je le vois mal s'abaisser si bas. Pas d'espoir. Ilest trop grand, trop puissant, pour se soucier de moi. Ce serait au-dessous de sa dignité. Il voudrait pas se salir les mains. Et s'il perdait l'affaire. Il n'auraitpas cinquante mille dollars pour le consoler. Ils aiment mieux que quelqu'un d'autre perde l'affaire. Peu leur importe qui, et peu leur importe aussi qui va en prison. Pourvu qu'ils ne perdent pas l'affaire.

Et ilsne vous laisseront pas vous défendre vous-même. Ils savent que vous vous en tirerez mieux qu'un avocat nommé d'office. Vous pouvez parier votre douxcul qu'ils le savent. Alors ils vous entourloupent avec leur prêchi-prêcha juridique parce qu'ils craignent qu'on puisse faire un meilleur boulot que le cave qu'ils désignent d'office. Alors dès qu'on les pousse contre les cordes ils vous balancent des arguments de technique judiciaire. C'est eux qui font les règles, voilà tout. Il n'y a que ça qui les intéresse. Ils ne vont pas vous donner l'occasion de prouver qu'ils ont tort. Vous pouvez toujours les acculer dans un coin, ils vous balancent encore une de leurs règles à la pêche. Vous ne pouvez pas gagner. Quoi que vous fassiez, ce ne sera pas ce qu'ils veulent. Krist. Qu'est-ce qu'ils veulent de nous. Pourquoi font-ils tout ça? Constamment. Jésus. Et c'est toujours la même chose. Constamment. Vous faites ci, vous faites ça, et c'est jamais ce qu'ils veulent. Et ils nous traquent toujours pour ça. Je ne comprends pas. Tout simplement je ne comprends pas. J'essaie. Krist, j'essaye tout le temps, mais ça tourne toujours mal. Il m'arrive toujours un pépin merdeux. J'ai beau faire de mon mieux, quoi que je fasse, je finis toujours par téter un nichon de derrière. A chaque coup nom de Dieu. Et ils essayent mêmepas de me comprendre. Qu'est-ce qu'ils attendent de moi. Quoi que je fasse, c'est jamais bien. Et ils essayent mêmepas de me comprendre. J'ai toujours tort. Et ilsarrêtent pas de me dire comment je dois faire ci et ça. C'est toujours leur connerie de culsmarioles. Eh bien, si ça n'a pas marché comme ça, pourquoi ne le faites-vous pas comme ci? Ils peuvent jamais s'occuper de leurs propres affaires. Ilssont toujours en train de nous dire comment on doit faire ce qu'on fait. Peu importe ce que c'est, merde, ils nous disent toujours comment faire. Ilsnous foutrontjamais la paix et ne nous laisseront jamais faire à notre façon. Non. Pas eux. Ils ont toujours une meilleure façon de faire. Mais j'ai toujours fait ça comme ça et je n'ai jamais eu d'ennuis. Quels emmerdeurs.

Toujours à emmerder le monde. Ils changent pas. Toujours à nous dire de tout faire à leur façon. Ils nous abrutissent tellement qu'il y a toujours quelque chose qui foire. A chaque coup. Ils arrivent toujours à tout bousiller et en fin de compte il ne nous reste plus qu'un gros rien. Constamment, tout finit en mélasse. Quoi qu'on fasse c'est toujours comme ça à la fin. J'ai essayé. J'ai toujours essayé. Je le sais. Toujours. Mais Dieu sait pourquoi tout ce que je touche finit par foirer. Il semble bien que ça n'a ni queue ni tête. Alors à quoi bon essayer quoi que ce soit? De toute façon ce sera bousillé. Il ya toujours quelqu'un penché au-dessus de notre tête pour nous dire que nous ne nous y prenons pas bien. Toujours. Je sais que je pourrais réduire ces flics à mendier leur pardon si le juge me foutait la paix. Mais il le fera pas. En cinq minutes j'abrutirai tellement ces deux bourriques qu'elles ne reconnaîtraient plus leur tête de leurs pieds. Mais ce pouilleux de procureur soulèverait des objections à n'en plus finir et le juge me dirait que je ne dois pas faire ci et dois pas faire ça, que ce n'est pas la procédure normale ou quelque autre foutaise. Quoi qu'on fasse on a tort. C'est ahurissant. C'est comme si respirer serait un crime ou Dieu sait quoi. Krist c'est pas ma faute. J'étais qu'un gosse. Je savais pas. Je voulais un nouveau pardessus et je ne voyais que ça. Je savais rien de l'argent. Oui, oui je sais qu'elle avait peut-être le cœur déchiré parce que son fils pleurnichait qu'il voulait un pardessus neuf. Mais je savaispas. Pas dans ce temps-là. Comment voudrait-on que j'aie su qu'ils n'en avaientpas les moyens? J'ai dit excusez-moi. Qu'est-ce qu'il vous faut de plus? Ça va, ça va, je le regrette. N'y pensez plus svp. Au fond j'en avais pas tellement besoin. Alors, qu'est-ce qu'on attend de moi? Je peuxpas ouvrir la bouche sans que quelqu'un me saute dans la gorge. Foutez-moi la paix, c'est tout. Krist, on croirait que j'exige un million de dollars ou foutre quoi. Je ne demande qu'une chose : qu'on me foute la paix. La paix, est-ce trop demander

assis au bord de la couchette, les mains jointes entre ses cuisses, la tête inclinée en avant,

et qu'on me bourdonne pas tout le temps aux oreilles. Tout ce que je sais, c'est que ça pue. Tout pue. Ça sent tellement mauvais qu'on en a le goût dans la bouche. Et le goût est tellement mauvais qu'on le sent. Comme si on avait quelque chose de pourri à l'intérieur et pas moyen de le cracher. On a beau essayer tant qu'on peut, pas moyen de le cracher. Il y a toujours cette odeur de pourri au fond de notre gorge et on rote, et on crache et on se racle la gorge et la pourriture est toujours là derrière, quelque part. On se racle la gorge et on tousse et on rote, on croit que c'est parti et puis tout à coup c'est revenu et peu importe qu'on l'ait cru parti ça revient toujours. Ça revient toujours et ça se loge dans le fond de la gorge où on en sent le goût et l'odeur. On a toujours le nez brûlé par le remugle de la chair en putréfaction.

Et ne souriez pas pour l'amour de krist. N'importe quoi mais ne souriez pas. Alors c'est eux qui seront vraiment emmerdés. Vous les foutez par terre. Mais si vous souriez ils vous tomberont dessus, ils trouveront ce qui vous fait sourire et ils vous l'arracheront. Aussi sûr que krist a fait les petites pommes, ils vous l'arracheront. Ils tireront, ils donneront des secousses, ils tendront jusqu'à ce que vos tripes vous remontent à la gorge et vous sentirez comme si un rat vous rongeait l'intérieur et vous dégueulerez si fort que vous craindrez de dégueuler vos tripes. Oui, ne souriez pas. Pour l'amour de krist n'allez pas sourire, sinon vous êtes vraiment dans la mélasse. Vous n'avez pas le droit de sourire. Ils vous brûleraient au bûcher en vous montrant du doigt. Oui, vous avez foutument raison : ils vont le faire. Essayez donc seulement de marcher dans la rue en souriant et vous verrez ce qui se passe. Essayez, c'est tout. Jésus, ils vous laisserontpas vivre. Est-ce que c'est trop demander. Rien que vivre. Qu'on nous laisse seulement tranquilles et vivre comme on en a envie. Et si vous ratez ça les regarde pas. Pourquoi faut-il essayer à leur façon? Ils croient que leur façon est la seule, ces imbéciles. Ils ont la tête si foutument dure qu'ils croient pas qu'il existe d'autre façon que la leur et si vous vous y prenez à votre propre façon, ils s'arrangent pour que ça rate. Ils se débrouilleront pour qu'à la fin il ne vous reste plus que le même vieux seau de merde. Ils ont peur que vous réussissiez à votre manière et qu'ils soient obligés d'avouer qu'ils avaient tort. Mais ils s'arrangent pour être sûrs que ça narrivepas. Ils préfèrentque vous passiez le reste de votre vie avec les tripes nouées et ce goût de pourri derrière la gorge. Ils s'en foutent. Ils se foutent pas mal de vos tourments. Ils ne comprennent rien à la douleur. Oui, c'est sûr. Ils en rigolent. Ils peuvent pas ressentir la douleur des autres. Je le sais. Je le comprends et je le nie pas. Il nous arrive à tous de faire du mal à autrui mais eux, ça lesamuse. Ils l'oublient en un clin d'œil. Ils font du mal à quelqu'un et ils l'oublient. C'est tout. Ça lesinquiètepas. Ils le rejettent de leur esprit. Ça les déconcertepas du tout. Ils en souffrent pas. Ils ne le revivent pas constamment. Et après, c'est ça qu'ils se disent toujours. Ce qui est arrivé est arrivé et ça leur suffit. Ils retournent chez eux, ils baisent, ils s'endorment comme s'il n'était rien arrivé du tout. Et le lendemain ils repartent dans la rue avec un grand sourire à manger de la merde. Gais comme des pinsons. Ils n'en souffrent pas un seul instant. Pas une seule seconde. Ça ne fait pas partie de leur vie. Les larmes d'autrui ne les noient pas. Ils ne les entendent pas, ils ne les sentent pas gargouiller en eux, elles ne leur brûlent pas la langue. Ils vont leur chemin comme s'il n'était rien arrivé. L'opération a réussi mais le patient est mort. Oui, c'est tout. Pan! un coup de maillet, affaire suivante. Ils ne savent pas ce que c'est que de ressentir tout le chagrin du monde, de sentir le tenaillement vide et lourd de la faim. Ou de la solitude. Cette sensation terrible et accablante de la solitude qui vous interdit de savoir qu'il y a des rues bondées et des pièces bruyantes. Cette terrible solitude qui transforme le moindre mouvement en corvée titanique et qui nous pèse tellement sur tout le corps qu'on ne peut plus répondre à la question la plus simple par un oui ou un non, ni même secouer la tête. On ne peut même pas soutenir un regard interrogateur. On ne sent que la lourde solitude s'écouler dans notre corps et peser mouillée sur nos yeux. Ils ne savent rien de toutes ces choses-là. Pour eux les larmes sont des larmes et rien de plus. Ils ne les perçoivent pas. Ils ne ressentent rien. C'est comme ça. Ils ne sentent pas. Pour eux un gosse à la culotte déchirée qui cire des chaussures n'est qu'un cire-bottes. C'est tout. Peu leur importe ce qui se passe en lui. Ils le croient tel qu'ils le voient. Ils croient même que ce gosse aime cirer les souliers et ne pensent pas le moins du monde au tourment qui lui tenaille les entrailles. Ils dorment, se lèvent, vont travailler avec le même rictus figé sur la figure. Ils ne sont pas enfermés dans un trou où l'air devient de plus en plus lourd. Ils ne se réveillent pas en pleine nuit couverts de sueur avec la sensation d'être écrasés par l'obscurité. Ils ne gisent pas là, l'oreille tendue vers le réveille-matin sentant son tic-tac retentir de plus en plus fort et s'enrouler autour d'eux de plus en plus serré à chaque battement en sachant que s'il serre un peu plus il les éjectera de l'existence et pourtant le tic-tac serre de plus en plus, encore un peu plus et on peine à respirer, petitement, craignant de remuer, aspirant à se retourner pour saisir la pendule et la jeter contre le mur mais on ne peut pas bouger. On est pétrifié par le poids de l'obscurité et le tic-tac du réveil. On attend. On l'attend. On attend qu'il brise tout sur son chemin jusqu'à la fenêtre ou que soudain il fracture la porte en sachant qu'on ne sera pas capable de résister ni de s'enfuir. Alors on reste là, allongé, paralysé, peinant pour entendre ce qu'il y a au-delà de la porte, ce qu'il ya hors de la pièce, percevant le battement de la pendule et l'immobilité du temps. Mais ils ne savent rien de ces choses-là. Ils neconnaissent pas les terreurs qui nous traversent l'esprit quand on gît au fond de ce puits avec l'espoir qu'une lueur nous révélera la fin de la nuit. Que le temps a passé, qu'une nuit de plus s'est terminée et alors on remue, on finit par arriver à s'asseoir sur le lit, à regarder la pendule qui fait tic et tac, à fixer des yeux la plus grande aiguille qui dépasse le cinq et puis le six et puis le sept, en fixant jusqu'au fond du cadran pour voir le temps vivre hors de nous et imposer à notre esprit l'idée qu'un jour commence. Encore un jour qu'il faudra passer d'une manière ou d'une autre, minute infinie après minute infinie et après ce sera encore la nuit et on ira se coucher en espérant dormir, rien que dormir, jusqu'au lever du jour mais ça ne se passe jamais comme ça. On se réveille en sursaut dans une obscurité impénétrable et on perçoit le tic-tac de la pendule et c'est de nouveau la torture, l'agonie du temps implacable qui nous saigne de notre vie et on n'espère plus survivre à une nuit de plus qui n'en finit pas. Mais ils ne savent pas ça. Ils dorment c'est tout. Ignorants et insouciants. Oublieux de la misère et la souffrance du monde. Insensibles à la douleur qui règne autour d'eux. Ils n'en savent rien. Ils sont insensibles à tout. Tout. Ils ne savent pas. Ils semblent croire que tout ça c'est un jeu comme de se moquer d'un gosse qui porte des lunettes ou de celui qui vient de se faire couper les cheveux. Ils sautillent, montrent du doigt et chantent hahaha tu t'es fait couper les tifs, tu t'es fait couper les tifs. Et on en pleure. Ils sont toujours en train de faire des trucs comme ça. Un petit môme économise pendant des jours ou des semaines pour s'acheter un cornet de glace et s'il le laisse tomber par terre, ils rient. Le moufflet a peut-être ciré des chaussures ou ramassé des bouteilles pour avoir cetargent, mais ils rient. S'il ramasse la glace et la mange, ils se moquent de lui. Ou bien ils rient encore plus s'il nela ramassepas. Oui, c'est comme ça, je le sais. Mais moi c'est pas pareil. J'ai ri parce que les autres riaient. Je ne voulaispas le peiner. C'est arrivé comme ça. C'est vraiment paspareil. Je n'ai pas fait ces trucs-là délibérément. Oui, je sais, mais même ça c'était différent. Elle n'avait pas le droit de barrer la sortie du wagon de métro. Comment les gens seraient-ils montés dans le wagon et en seraient-ils descendus avec cette bonne femme qui barrait le passage comme ça. Vous savez combien de gens ont failli être blessés par la porte parce qu'elle ne voulait pas s'en aller de là? Et puis d'ailleurs je ne lui ai pas fait grand mal. Je l'ai un peu sonnée. Ça va, ça va. Je m'emporte parfois, c'est vrai, mais ça arrive à tout le monde. Je n'ai jamais fait de peine à personne exprès. Pas comme eux. Ils prennent plaisir à faire du mal. D'ailleurs je me suis excusé. Au moins presque toujours. Qu'est-ce que tu veux de moi, mon Dieu. J'ai dit que je regrettais. Mille et une fois, j'ai dit que je le regrettais. Ça suffit pas? On s'imaginerait que je suis une espèce d'animal ou un fou, Dieu sait quoi. Au moins, j'ai jamais circulé en donnant des coups de hache à la tête des gens ou des trucs comme ça. Et que dire de tous ceux qui battent leurs gosses, les privent de manger, les enferment dans des placards, leur font toutes sortes de choses comme ça. Comme le môme Pickles. Il ne cessait pas de voler crayons, plumes et tout à l'école parce que son vieux lui foutait des coups sur la tête et le balançait en bas de l'escalier ou des trucs dans ce genre-là. Je n'ai jamais fait des choses pareilles. Et les gens qui déclenchent des guerres où meurent des millions d'hommes. J'ai jamais rien fait dans ce genre-là. D'ailleurs je le regrettais toujours. Vraiment, sincèrement. Ne croyez pas qu'ils regrettent, eux. Vous croyez qu'ils s'en soucient? J'ai essayé de ne pas recommencer. Vraiment, sincèrement, j'ai essayé.

Parfois je me sens comme un enfant sans mère

C'est vraiment pas de ma faute si tout semblait tourner mal. Apparemment ça tourne comme ça, c'est tout. Oui, comme cette fois-là. Il y a longtemps de ça. Très très longtemps et c'était un accident. Une de ces choses qui arrivent.

Parfois je me sens comme un enfant sans mère

Nous étions en train de jouer et je ne sais pas comment il est tombé et il a saigné du nez. Il ne s'était pas fait grand mal mais j'ai dit à sa mère que je le regrettais. D'ailleurs c'était même pas de ma faute. Je n'avais rien fait et je me suis quand même excusé. On jouait. C'est tout.

Parfois je me sens comme un enfant sans mère.

Mon Dieu je ne sais pas comment c'est arrivé ni comment toutes ces choses-là sont arrivées. Ça semblait venir comme ça, tout seul, sans raison. Tout allait bien et à la minute suivante tout s'est détraqué. Effondré. Et je ne sais pas comment. Ni pourquoi. Mais ça semblait toujours tourner comme ça. Et je sais que j'ai fait de mon mieux. J'ai essayé de ne pas faire ces choses-là. J'en suis sûr. Oui. J'aurais peut-être pu faire mieux. Mais jusqu'à quel point voulez-vous que j'essaie de faire mieux?

Loin de chez moi Et de toute façon, à quoi bon? Finalement tout se détraquera. Tout tombe à rien à la fin. Je peux pas gagner. Apparemment je peux pas gagner, voilà tout. Apparemment rien n'a d'importance. Ça finira par tourner mal. Tout ce que je fais est mal. Même si j'ai raison j'ai tort. A force d'avoir tort depuis si longtemps je ne saurais plus quand j'ai raison. Ça n'a pas d'importance de toute façon. J'ai eu assez tort pour ma vie entière.

Loin de chez moi

et je crois que je serai toujours comme ça. Vraiment peu importe où je vais ou ce que je fais. Je peux aussi bien rester ici ou n'importe où. C'est pareil. Et ce sera toujours pareil.

Les jambes pendantes au bord de la couchette il se balance d'avant en arrière lentement, rythmiquement, les mains jointes entre les cuisses, la tête inclinée en avant. Sa compagne lui chatouilla le fond de la gorge et il avala automatiquement. Sa compagne s'écoula, câline dans tout son corps et lui ferma les yeux avec une douleur humide. Il la sentit chanter pour lui et il en perçut le goût. Au moins il n'étaitpas seul. Il aurait toujours sa compagne. Il n'aurait pas besoin de la chercher. Et il savait qu'elle avait raison, que continuer à faire des efforts était vain. Combien de fois avait-il essayé? Des tentatives innombrables, à n'en plus finir, mais le résultat était toujours le même et il était toujours obligé de retôurner à sa compagne et d'avaler automatiquement, vite, de manière répétée quand elle lui chatouillait le fond de la gorge. Oui, elle avait raison.

La porte s'ouvrit à grand bruit et on jeta des bleus sur sa couchette. Une voix glapit COMPARUTION. Il ne bougea pas mais resta avec sa compagne, à balancer les jambes lentement sans se soucier de la porte ouverte.

Impression réalisée par

BRODARD & TAUPIN

La Flèche (Sarthe), 61531
N° d'édition : 1347
Dépôt légal : décembre 2006
Nouveau tirage : décembre 2010
X02326/07

Imprimé en France